막장 악역이 되다

크레도 퓨전 판타지 장편소설

WISHBOOKS FUSION FANTASY STORY

 1

크레도 퓨전 판타지 장편소설

초판 1쇄 찍은 날 | 2019년 12월 6일
초판 1쇄 펴낸 날 | 2019년 12월 13일

지은이 | 크레도
펴낸이 | 권태완 우천제

기획 | 위시북스
편집책임 | 한준만
편집 | 위시북스

펴낸곳 | ㈜케이더블유북스
등록번호 | 제25100-2015-43호
등록일자 | 2015. 5. 4
KFN | 제2-10호

주소 | 서울시 구로구 디지털로31길 38-9, 401호
전화 | 070-8892-7937 팩스 | 02-866-4627
E-mail | fantasy@kwbooks.co.kr

ISBN 979-11-293-4390-1 04810
　　　 979-11-293-4389-5 (set)

Wish Books
막장 악역이 되다
크레도 퓨전 판타지 장편소설
WISHBOOKS FUSION FANTASY STORY
1

막장 악역이 되다

· CONTENTS ·

✦ **Chapter1** ✦
이상한 사람들

상쾌했다. 오랜만에 푹 잔 것 같았다. 온몸을 감싼 이불의 감촉이 너무나 좋아 계속 누워 있고 싶은 심정이었다. 은은하게 코를 자극하는 아름다운 향기가 그의 몸과 기분을 아주 편하게 풀어주었다.

천국에 있다면 이런 기분일까?

온몸이 기분 좋은 나른함에 녹아내렸다. 피부에 닿는 모든 것이 포근해서 눈꺼풀이 잘 떠지지 않았다. 이대로 영원히 다시 잠들 것만 같았다. 그렇게 그가 다시 푹신한 이불을 얼굴 바로 밑까지 끌어 올릴 때였다.

"아! 미친!"

이불을 차며 벌떡 일어났다. 회사 때문이었다. 알람이 울리지 않고 저절로 깨어났을 때는 무조건 지각이었기 때문이다. 그만큼 잠이 부족했다.

가뜩이나 압박해 대는데 지각까지 한다면 정말 스트레스로 뒈져 버릴 것이다. 이 부장이 뭐라 갈굴지 벌써 머릿속에 그려졌다. 인신공격은 물론이고 패드립까지 처대겠지.

"무슨……?"

잠이 확 깨자 아주 고급스러운 침대 위에 서 있는 자신을 발견할 수 있었다. 낯선 풍경에 그의 정신이 멍해졌다.

방은 넓고 무척이나 화려했다. 가구는 보는 것만으로도 손이 덜덜 떨릴 정도로 고급스러웠고, 벽에는 커다란 사슴인지 곰인지 모를 기괴한 생명체의 박제가 걸려 있었다. 커튼 사이로 보이는 창문은 마치 성문을 보는 것처럼 거대했다. 마치 유럽의 대성당에나 있을 법한 모습이었다. 침대 맞은편에는 거대한 TV가 놓여 있었는데, 언젠가 그가 뉴스 기사에서 보았던 부자들만을 위한 최고 사양의 고급 TV였다. 가격은 분명 4천만 원 정도일 것이다.

여기가 그가 살던 원룸일 리가 없었다. 낡고 습해서 곰팡이가 가득 낀 다섯 평짜리 원룸과는 차원이 달랐다.

"여긴……?"

무슨 상황인지 도저히 이해가 되지 않았다. 그러다가 문득 마지막 기억이 떠올랐다.

불길, 그리고 온몸이 타들어 가는 고통.

'납치당한 건가? 몰래카메라? 도대체 무슨……?'

차라리 꿈이었으면 했던 기억이었다.

진우는 황급히 몸을 내려다보았다. 분명 갑작스럽게 일어난 불길에 감싸였었는데, 지금은 상처 하나 없었다. 하지만 꿈이라고 하기엔 그 고통은 너무 생생했었다.

안도의 한숨을 내쉬었지만 식은땀으로 등이 축축했다. 그 고통이 꿈이라면 다시는 잠들고 싶지 않았다.

'이런 상황에서 출근은 무리겠지?'

이런 상황에서도 회사를 생각하는 자신이 우스웠다.

말 그대로 회사의 노예가 아닌가.

몸이 너무 편해서일까? 기분이 좋아서일까? 말도 안 되는 상황이지만 신기하게도 두려움은 느껴지지 않았다.

벽에 달린 고풍스러운 시계를 보니 이미 오후 2시를 넘어서고 있었다. 장인이 나무를 깎아 만든 것 같은 괘종시계였다. 나체의 천사들이 양각되어 있었는데, 굉장히 생동감이 넘쳤다.

일단 상황을 파악하는 것이 우선이었다. 진우는 침대에서 내려와 가지런히 놓여 있는 슬리퍼를 신었다.

실내에서 신는 슬리퍼마저도 명품이었는데, 그도 아주 잘 아는 값비싼 브랜드였다.

'내 한 달 월급이…….'

이런 비상식적인 상황이 아니었다면 감히 신지도 못했을 것이다. 그는 생활비에 매일매일 쪼들리는 가난한 월급쟁이였기 때문이다.

똑똑!

그때 갑자기 들리는 노크 소리에 깜짝 놀라 주춤 물러섰다. 뭐라고 해야 할지 몰라 일단은 가만히 있었다.

"들어가겠습니다."

듣기 좋은 여성의 목소리였다. 작은 목소리였지만 왜인지 힘이 느껴졌다. 떨어져 나가지 않을까 싶을 정도의 박력 있는 소리와 함께 문이 열렸다.

목소리의 주인은 정장을 입고 있는 여성이었다. 굉장한 미인이었지만 마치 군인을 보는 것 같이 전체적으로 깔끔하고 무표정한 인상이 아주 차갑게 느껴졌다.

그녀는 진우가 침대 앞에 서 있는 것을 보고 살짝 놀란 듯 그를 바라보았다.

"죽과 옷을 챙겨 왔습니다. 한 시간 뒤에 출발하셔야 하니 준비하시기 바랍니다."

"……."

그녀는 절도 있는 몸놀림으로 방 안에 있는 테이블에 죽과 과일, 그리고 정체불명의 음료수를 올려놓았다. 푸른빛이 도는 기이한 음료수였다. 빛을 내는 음료수 따위는 본 적이 없었다. 진우는 어떻게 반응해야 할지 몰라 일단 가만히 있었다.

"도련님?"

가만히 서 있는 진우의 모습에 그녀의 눈썹이 꿈틀했다.

"설마 먹여달라거나 씻겨달라거나 할 생각이면 넣어두시는 편이 좋을 겁니다."

그녀는 자신을 알고 있었다. 그런데 자신은 그녀를 몰랐다. 야근으로 점철된 생활 속에서 저런 미인은커녕 인간관계마저 협소하기 짝이 없었으니 말이다. 가장 친한 친구와도 만나는 건 고사하고 연락을 안 한 지 몇 년이나 지났을 정도였다.

일단은 대답을 하는 것이 좋을 것 같아 조심스럽게 고개를 끄덕이고는 입을 뗐다.

"그럴 생각이시면 지금 당장 돌아가겠……."

"아…… 네."

"네?"

"네. 아, 알겠습니다."

대답이 잘못된 건가?

오히려 그녀가 당황하며 자신을 바라봤는데, 그녀의 눈빛을 보니 마치 어디 아픈 사람을 보는 것 같은 느낌이었다. 진우는 얼른 표정 관리를 하고 성큼성큼 걸어가 커튼을 걷었고, 곧 강렬한 햇빛이 방 안을 밝혔다.

창문은 스테인드글라스였다. 아름다운 나체의 여성이 다채로운 컬러로 조각되어 붙어 있었는데 정말 악취미라 생각할 수밖에 없었다.

"그럼 한 시간 뒤 모시러 오겠습니다."

"네."

"장난이라면 그만두시는 것이 좋을 겁니다."

그녀가 차가운 눈빛과 함께 경고를 하고 나갔다.

말로만 듣던 살기가 이런 것일까?

소름 끼치도록 무서운 눈빛이었다.

일단 신변에 위협을 느낄 만한 상황은 아닌 것 같아 안심은 되었다. 여전히 무슨 상황인지 이해가 되지는 않고 있지만 말이다. 다행히 한 시간 정도 여유가 있으니 어떤 상황인지 알아보는 것이 좋을 것 같았다.

곧 진우는 주변을 뒤지기 시작했다. 테이블 위에는 차 키와 지갑이 있었는데, 딱 봐도 범상치 않아 보였다.

그는 바로 지갑을 열어 보았다.

"뭔 카드가……."

지갑에는 카드가 빽빽하게 꽂혀 있었고 현금도 꽤 있었다. 현금은 모두 빳빳한 새 지폐였는데, 사용한 일이 없어서인지 현금이 있는 부분은 마치 새 지갑 같았다. 하지만 주민등록증은 분명 자신의 것이었다.

이진우. 사진 부분이 긁혀 있는 것까지 똑같았지만 생일이 달랐다. 날짜는 같았지만 연도가 달라 본래 나이보다 일곱 살이나 어렸다.

'도대체 뭐가 뭔지…….'

상식을 뛰어넘는 상황이었지만 오히려 그는 침착해졌다.

주변을 둘러보다가 전신 거울 앞에 서보았다.

"이거……."

분명 자신의 모습이 맞기는 했다. 하지만 시커멓게 탄 얼굴은 보이지 않고 뽀얀 피부가 눈에 띄었다. 술로 만든 똥배는 사라졌고 그 자리는 적당히 붙은 근육이 대신하고 있었다. 키도 좀 더 커진 것 같았다. 전체적으로 비율이 좋아 상당히 괜찮게 보였고 길쭉길쭉한 것이 꼭 예전 사진을 가지고 포토샵으로 보정한 것 같은 모습이었다.

진우는 슬쩍 팬티의 밴드를 당기며 아래를 내려다보았다.

"……."

성장했구나.

그는 그렇게 생각했다.

아무튼 일반적인 상식이 통하지 않는 상황이었다. 차라리 다른 사람이 되어 있다거나 했다면 어렵겠지만 어쨌든 이해하려 노력했을지도 모른다. 으리으리한 방 안, 자신의 몸인데 조금 바뀌어 있었고 일곱 살이나 어려져 있었다.

모르겠다. 이제는 될 대로 되어라 하는 심정이었다.

진우는 한숨을 내쉬고는 TV를 켜보았다. 마침 뉴스가 나오고 있었다.

[금일 열 시경 기사단 네이트가 방한했습니다. 미국 제 1기사단 소속의 네이트 기사단은 한미 6.5 동맹 조약에 따라…….

대온그룹에서 본격적인 E게이트 산업부를 출범하였습니다. 후발 주자로서 무리수가 아니냐는 우려 섞인 시선이 있는 가운데 대대적인 투자와…….]

뉴스를 보는데 멍했다. 너무나도 익숙한 단어들이었기 때문이다. 그것은 모두 진우가 욕하면서 보았던 어떤 소설에 나오는 단어였다.

흔히 말하는 양판소. 근래 우후죽순처럼 불어난 전형적인 설정이었다. 갑작스럽게 게이트가 열리더니 각성하는 능력자들이 생기고 게이트 안의 괴수, 자원들이 굉장한 가치를 지닌 다는 설정. 당연한 말이지만 능력자들의 랭크, 스킬도 존재했고 길드 역시 있었다. 게이트 입장 순서를 두고 전 세계 국가들이 올림픽과 같은 대전을 한다는 것이 그나마 독창적인 설정이라 할 만했다.

주인공은 당연히 굉장한 잠재력을 지닌 평범한 인물.

평범한 소시민이었지만 치트 키와 같은 능력을 각성해서 최강의 존재가 되어간다는 이야기였다. 물론 그만큼 강력한 적들이 등장해 아주 답답한 전개가 되지만 말이다.

그래서 고구마라고 엄청난 욕을 처먹은 소설이었고 유료화를 한 지 얼마 되지 않아 조회 수가 급격히 추락했던 양산형 판타지 소설이었었다.

'설마…… 소설 속으로 들어온 건가?'

태블릿PC가 있는 것을 보고 인터넷으로 여러 가지 검색을 해보았다.

유명 연예인, 할리우드 스타. 한국 굴지의 대기업. 스마트폰으로 유명한 미국 기업. 자동차 브랜드와 기타 명품 브랜드. 전 여자 친구의 페이스북……. 그가 알고 있던 인물이나 기업들을 하나둘씩 검색해 보니 모두 실존했다. 그뿐만 아니라 소설 속 기업이나 설정들도 실존했다. 다니던 회사 역시 존재하고 있는 걸 보면 소설 속에 들어왔다기 보기보다는…….

'마치 소설과 현실이 합쳐진 것 같은…….'

진우는 그렇게 판단할 수밖에 없었다. 그래도 어느 정도 상황이 이해되어 조금 안심이 되었다.

한데 소설과 현실이 합쳐졌다면……?

'그럼 나는?'

현실의 자신인가? 아니면 소설에 접합이 되었나.

갑작스럽게 소름이 끼쳤다.

이진우.

짐작 가는 인물이 있었다. 분명히 소설 속 등장인물 중 그런 이름을 지닌 인물이 있었다.

"잠깐, 설마…… 아니겠지."

재벌 3세, 안하무인, 호색남, 이상 성욕자, 변태. 소설 속에서 가장 찌질했던 악역. 양판소에나 등장할 법한 전형적인 악인. 재벌계의 전설, 세계 최고의 초거대기업 일선 그룹을 일군 이희진 회장의 손자가 바로 이진우였다.

이런 찌질한 재벌 캐릭터가 주인공을 괴롭히다가 사라지는 스토리는 어느 소설에나 꼭 등장했고, 이진우 또한 초반에 쉴 새 없이 주인공을 괴롭히며 독자들에게 끊임없이 고구마를 먹였었다. 초반 흥미를 불러일으키기 위한, 흔히 말하는 '사이다' 요소로 소비되는 전형적인 악역 캐릭터였고, 그 끝은 예상대로 무척이나 끔찍했다.

꿀꺽!

절로 침이 넘어갔다.

진우는 설마 하며 지갑을 꼼꼼히 뒤져보았다. 하지만 한국 최고의 명문 대학인 대선대학교 학생증을 발견한 순간 그의 걱정은 현실이 되고 말았다. 자신이 알고 있는 한 그 대학을 다닌 '이진우'는 소설 속 그밖에 없었다.

"……미쳤네."

그는 한동안 멍하니 서 있었다. 끔찍한 최후가 눈앞에 아른 거렸다. 산 채로 거세를 당하고 팔다리가 잘린 채 꿈틀대다가 끝내 괴수에게 잡아먹히는 '소설 속 이진우'의 최후 말이다.

부르르!

몸이 절로 떨렸다.

'진정하자.'

이제 소설과 현실의 그가 어떤 이유에서인지 연관되었다는 것은 확실해졌다. 그렇다면 지금이 어느 시점인지 알아내는 것 이 급선무였다. 소설 속 주인공에게 영향을 주는 악행을 저지 르기 전이라면 아직 희망은 있었다. 주인공 그리고 소설 속 인 물들과 최대한 엮이지 않는다면 살아날 가능성은 충분히 있 어 보였다.

'하지만 이진우는 분명 주인공의 각성을 이끌어내는 존재였 는데……'

주인공이 각성하지 않는다면 이 세계는 아주 끔찍한 재앙 을 맞이할지도 몰랐다.

괴수들의 12군주. 그리고 괴수들의 정점, 대마신.

딱 봐도 전형적인 설정이지만 애초부터 힘의 균형이 맞지 않 을 정도로 밸런스가 확 뒤집혀 있어 생각보다 굉장히 끔찍한 것들이었다.

'ㅈ발, ㅈ같은 상황이구만.'

개입해도 죽고, 개입 안 해도 결국에는 죽는다.

이 얼마나 지랄 같은 현실인가.

진우는 단지 이름이 같다는 이유로 이런 일이 벌어진 것 같아 기분이 굉장히 언짢아졌다.

"에라이⋯⋯."

담배 한 모금이 너무나 간절했다.

'일단 나갈 준비를 하자.'

나가서 상황을 살피다 보면 어느 시점인지 알 수 있을 것이다. 그리고 만약 초반 내용이 진행되고 있다면 차라리 조용히 가출해서 잠적하는 편이 나을 것이다.

주인공 각성이고 뭐고, 일단 살고 보는 것이 맞았다. 일면식도 없는 답답한 주인공 놈에게 죽어줄 만큼 진우는 착하지 않았다. 차라리 세계의 멸망 직전까지 조용히 살다가 편하게 돼지는 편이 나을 것이다.

"후우⋯⋯."

테이블에 차려진 식사를 바라보았다.

소설 초반에 이진우와 붙어 다니는 비서가 나오기는 했다. 아마도 진우를 깨우기 위해 들어온 여인이 그녀일 확률이 높았다.

김유나. 국가 대표 후보 출신의 공인 B급 기사였다가 불미스러운 사건으로 자유 능력자로 전향, 이희진 회장의 밑으로 들어갔다. 그녀가 여기 있는 이유는 사고를 칠 때마다 뒤를 봐주는 것도 있었지만 감시가 주목적이었다.

이진우는 그런 김유나에게 약을 먹여 능욕하는 만행을 저질렀다. 그녀가 주인공에게 막 호감을 표시하던 시점이어서 엄청난 악플이 폭발하기도 했었다.

'이희진은 그나마 입체적인 인물이기는 했지.'

이희진 회장은 혈통을 굉장히 중요시했는데, 그에게 핏줄이라고는 이진우밖에 없었다.

'21세기에 혈통이라니…… 정말 소설 같은 이야기야.'

그랬기 때문에 이진우의 악행이 전부 덮어질 수 있었던 것이었다. 그리고 소설상으로는 이진우보다 훨씬 뛰어난 배다른 형이 모든 권력을 가져가는 것으로 기억했다.

'미남, 운동신경 만렙, A급 잠재 능력. 거기다가 아이큐가 170이 넘는다고 했었나? 무슨 말도 안 되는 설정이야.'

미래에 주인공의 누나와 이어질 운명이니 대단히 신경 쓴 설정이었다. 그에 비해서 이진우는 능력자로서의 재능은 평범했고 다른 재능 역시 모든 면에서 뒤처졌다. 이러한 이유 때문에 소설 속 이진우는 열등감 덩어리 괴물이었다. 그는 다른 사람을 업신여기는 것은 물론이고 대놓고 천한 노예 취급하는 것도 서슴지 않았다.

진우는 소설 속 이진우가 옆에 있으면 죽빵이라도 갈겨주고 싶었다.

'이놈아, 네 형은 괴물이야.'

그는 부디 괴물 같은 이진우의 형에게 찍히지 않았기를 빌었다.

다시 한번 한숨을 내쉬면서 죽을 비우기 시작했다. 죽이긴 하지만 상당히 맛있었다. 편의점 도시락이나 저렴한 식당에서 먹는 것과는 비교조차 되지 않았다. 싱싱한 해산물이 죽 안에서 헤엄을 치고 있었다.

"이러니 돈이 최고지."

괜히 눈물이 날 것 같았다.

고개를 설레 젓고는 빛나는 음료가 든 잔을 바라보았다. 현실에서는 없던 음료였다. 소설 속에서 등장하는 무언가가 분명했다.

'빛나는 사이다 느낌이네.'

마시니 청량감이 온몸에 감돌았다. 이질적인 기운이 몸 안으로 들어오는 게 느껴졌는데, 진우는 이게 마력인 것을 깨달았다. 이진우는 마력이 담긴 음료수를 매일매일 먹을 수 있는 재력이 있었다. 분명 엄청나게 비쌀 것이다.

한 시간이 다 되어갔다. 진우는 방에서 나와 욕실로 들어갔다. 무슨 약속인지는 모르지만 이대로 나갈 수는 없었다. 상태가 엉망이라 세수라도 해야 했다.

"안녕하십니까?"

"안녕하십니까?"

흠칫!

방 밖은 복도였다. 복도로 나오자 악취미 같은 메이드 복장의 여인들이 보였다. 그녀들은 진우를 보자마자 공손히 인사를 했다.

'……이런 비현실적인…….'

한국에서 이런 광경을 볼 수 있을 거라곤 생각지도 못한 진우였다. 옆 나라에서나 볼 수 있는 광경이지 않을까?

하지만 이 세계가 소설과 합쳐진 곳이라면 가능하기는 할 것이다. 생각해 보니 소설 속에서도 언급이 있었던 것 같았다.

'저택 보안과 관리 역할이던가?'

아마 하급이기는 해도 능력자가 맞을 것이다. 능력자를 이런 곳에 고용하다니, 정말 대단한 돈지랄이 아닐 수 없었다. 하지만 여인들의 표정은 차가웠다. 경멸이나 혐오의 감정이 조금 느껴졌다.

'도대체 뭔 짓을 한 거야.'

앞으로 할 짓거리는 대충이나마 기억해서 알고 있는데 해온 짓은 감이 잡히지 않았다. 소설 속에서도 자세히 언급되지 않았기 때문이다. 그나마 내용이 기억에 또렷하게 남아 있다는 것이 다행이라면 다행이었다.

그들을 어색하게 지나쳐 욕실을 찾아보았다.

'도대체 집이 얼마나 큰 거야.'

대저택이라고 표현하는 것이 옳을 것이다.

겨우 욕실을 찾아서 가볍게 씻고 방 안으로 들어가니 어느새 테이블에 있던 식기들이 치워져 있었고 옷이 가지런히 개어져 있었다.

옷을 입고 있으니 깨어나고 처음 만났던 여인이 방 안으로 들어왔다.

"김유나 씨?"

"……네, 도련님."

확실히 그녀는 김유나가 맞았다.

진우는 소름이 끼쳤다. 이진우를 거세한 것은 복수심에 불타오른 김유나였는데, 그 묘사가 너무 생생해서 신고를 당해 작가가 수정까지 해야 했을 정도였다.

'어설프게 연관되려 하지 말자.'

저런 여자에게 호감을 산다고?

이미지를 좋게 만든다거나, 나서서 무언가를 하려고 하지 말아야겠다고 다짐했다. 되도록 멀어지는 것이 좋다.

"하실 말씀이라도……?"

헛소리라도 하면 가만두지 않겠다는 냉랭한 표정이었다. 과거의 상처 때문에 실력이 죽었다고는 하지만 고위 능력자의 기백이 사라진 건 아니었다.

엄청났다. 저런 무서운 여인을 능욕한 이진우의 미친 성욕이 정말 무척이나 안 좋은 의미로 대단하다고 생각되었다.

그녀는 스토리상 능욕을 당한 다음 이진우를 거세하고 미친 듯 웃으며 자결한다. 정말이지 사이다를 가장한 고구마스러운 전개가 아닐 수 없었다.

가만히 자신을 응시하고 있는 유나의 모습에 다시 한번 소름이 끼쳤다.

"흐, 음, 오늘 약속은 누구와……?"

"……아직도 저를 탓하고 계시는군요."

유나가 살짝 한숨을 내쉬었다.

"도련님께서 치신 사고입니다."

사고?

무슨 사고냐고 물어볼 배짱은 없었다.

진우가 아무런 말도 없이 가만히 서 있자 유나는 몸을 완전히 돌리고는 진우를 응시했다.

"원망하지 마십시오. 저는 해야 할 일을 했을 뿐입니다."

"무, 물론이지요."

"……네?"

분명 이진우가 무슨 사고를 쳤고 유나는 이희진 회장에게 보고했을 것이다. 감시하고 보고하도록 명령받은 유나가 무슨 잘못이 있을까. 다 병신 같은 이진우 탓이겠지.

진우는 말을 내뱉어놓자마자 그냥 가만히 있을 걸 하는 후회가 물밀듯 밀려 들어옴을 느꼈다.

'음, 혹시 이진우가 이 사건 때문에 악심을 품은 건가?'

소설에서도 자세한 언급은 없었다. 일단 그냥 넘어가는 것이 좋을 것 같았다. 더 고민해 보았자 갑자기 알 수 있을 리는 없으니까 말이다.

그때 유나의 눈썹이 꿈틀했다. 무언가 마음에 안 든 것이 분명했다.

"추, 출발해야 하지 않을까요?"

"……그렇군요. 조금 늦었습니다. 가시지요."

앞서가는 유나의 뒷모습을 바라보며 간신히 안도의 한숨을 내쉬었다.

'이거 살 떨려서 살겠나.'

B급 능력자가 내뿜는 살기에 오줌을 지릴 지경이어서 차라리 이 부장 눈치를 보는 게 편하게 느껴질 정도였다. 해고의 위협이 있긴 하지만 적어도 목숨 걱정은 하지 않으니 말이다.

진우는 거세 루트는 절대로 피하고 싶었다. 아들딸 낳고 잘 살고 싶었다.

'×발······.'

개같은 이진우 새끼! 거세당해도 싼 새끼!

진우는 잠적이라도 해야 할까 진지하게 고민하기 시작했다. 뭘 하든 지금 상황보다는 나을 것이다.

남몰래 깊은 한숨을 내쉬고는 그녀를 따라갔다.

드라마에나 나올 법한 차량을 타고 저택을 빠져나왔다. 넓은 정원까지 있는 커다란 저택은 재력의 위대함을 보여주었다.

'여기가 서울이었어?'

서울 한복판에 누가 저런 크기의 저택을 지을 수 있을까?

굉장히 비현실적이었다. 더욱 놀라운 것은 관리나 감시, 보안을 책임지는 인원 외에는 이진우 혼자 기거한다는 점이었다. 차를 타고 이동해 복잡한 서울 한복판에 위치한 일선 그룹 빌딩에 도착했다.

진우는 소설에서 읽은 기억이 났다. 창밖으로 보이는 일선 그룹 소유의 이 빌딩은 세계에서 가장 높은 건물이라고 했다.

일선 퓨처 타워. 서울을 대표하는 랜드마크였고, 두바이에 있는 부르즈 할리파를 가볍게 넘어서는 명성을 자랑하고 있는 곳이었다.

'건물의 기본 골격을 게이트 너머의 신소재로 만들었다고 했 던가?'

게이트에서는 가장 흔한 광석이었지만 가격은 결코 저렴하 지 않았다. 이런 돈지랄을 벌일 수 있는 그룹은 세계에 몇 없 을 것이다.

일선 그룹의 미래전략실은 이 세계 최고 높이의 마천루에 위치해 있었고, 일선 퓨처 타워는 최고급 호텔, 아쿠아리움, 전 망대, 게이트 박물관, 웨딩 홀, 레스토랑 등으로 유명했다. 할 리우드 유명 톱스타 커플이 일선 퓨처 타워에서 결혼을 하곤 한다고 하니 그 유명세를 짐작해 볼 수 있었다.

'제2 롯데 월드도 못 가봤는데……'

겁이 날 정도로 스케일이 어마어마했다.

차에서 내린 진우는 잠시 심호흡을 했다. 일단 상황이 이렇 게 되었으니 냉정하게 살 방법을 찾아봐야 했다. 초반 끔살 루 트를 피할 수 있다면 조금은 여유를 찾을 수 있을 것이다.

일단 그것을 목표로 정했다.

'몸을 지킬 만한 능력을 얻을 수 있으면 좋을 텐데.'

소설을 알고 있으니 잘만 머리를 굴린다면 가능하지 않을까?

살아남기 위해서는 굴리고 또 굴려야 했다.

'이 빌딩에 불려 온 걸 보면……'

정황을 살펴보면 사고 때문에 불려 온 것이고, 소환한 사람은 이희진 회장이나 다른 가족일 확률이 높았다.

차에서 내린 진우는 깊게 숨을 내쉬었다.

'지금 당장 죽지는 않으니……'

진우는 너무 그렇게 쫄지 않아도 된다고 생각했다.

차 앞에 가만히 서 있자 유나가 다가왔다. 그녀는 고개를 설레설레 젓고는 진우의 목으로 손을 가져갔다.

'다, 당장 죽을 수도……'

방금 전의 생각은 눈 녹듯 사라져 버렸다. 유나의 눈빛은 정말 무시무시했다. 목을 당장에라도 꺾어버릴 것 같은 기백이 느껴져 흠칫 몸이 떨려왔지만 고통은 없었다.

유나가 꽉 조인 넥타이를 조금 풀고 깔끔하게 정리해 주었다.

"가시지요. 당연한지만 직원들의 마중은 없을 것입니다."

평소에는 직원들이 마중 나왔던 모양이었다.

만약 지금 그랬다면 부담스러워서 죽었을지도.

긴 숨을 내쉰 진우는 긍정적으로 생각하기로 했다. 아직까지는 죽을 만한 짓을 벌이지 않았을 것이다. 그래도 소설 초반, 그러니까 2권까지는 아주 끈질기게 살아 있었으니 말이다.

진우는 그녀를 따라 일선 퓨처 타워로 들어갔다. 관광객들에게 공개되지 않은 문으로 가서 엘리베이터에 올랐고 꼭대기

층인 201층에 순식간에 도달했다. 201층은 회장의 가족이나 특별 허가를 얻은 인원들만 들어올 수 있는 곳이었다. 미국의 유명 정치인이 꼭 한 번 그곳에 가보고 싶다고 말한 것이 뉴스가 될 정도였다.

'소설 속이니 뭐……'

엘리베이터에서 나와 살짝 어두운 복도를 걸었다. 군데군데 유물들이 전시되어 있었는데, 딱 봐도 일반적인 것은 아니었다. 정체를 알 수 없는 뼈, 이빨 그리고 광석들이었고 기이한 빛을 발하는 검과 방패도 보였다.

역시 판타지는 판타지인 모양이었다.

'21세기에 이런 원시적인 무기로 싸운다니……'

능력자가 되면 마력장이 생겨 현대 무기의 위력이 급감한다는 설정이어서 그랬을 것이다. F급의 하위 능력자라도 권총 총탄 정도는 방어해 낼 수 있다고 했다.

어쨌든 글로만 보다 직접 보니 굉장히 신기하게 느껴졌다.

진우는 잠시 멈춰서 방패에 손을 댔다.

'음?'

방패에서 무언가 손으로 빨려 들어오는 감각이 느껴지며 살짝 눈이 아파 왔다.

진우는 2권 후반에 이진우가 마안을 썼던 것을 떠올렸다.

2권에서나 각성하는 능력이 어째서 지금 나타난 것일까?

'맞아. 각성을 하기 위해서 매일같이 마력이 담긴 음료수를 먹었지.'

이진우가 가진 마안의 능력은 최면이었다. 이성을 능욕하고 지배하는 데 최적화되어 있었는데, 변태 이상성욕자인 이진우와 너무나 잘 어울려 마안이라는 중2병스럽고 진부한 설정에 감탄한 적이 있었다.

'없는 것보다는 나을 테니…… 응?'

그때 손 위로 떠오른 글씨가 보였다.

유나가 갑자기 멈춰 선 진우를 바라보았지만 그녀에게는 글씨가 보이지 않는 것 같았다. 방패 옆에 돋보기 모양의 아이콘이 생겼다. 그것을 바라보자 창이 떠올랐다.

[티]흑철 방패

흑철로 만든 무언가 있어 보이는 방패.

장식용 이외에는 아무런 가치가 없다.

현재 마력 고갈 상태이다.

*최근 경매가: 19억 9,450만 원(한국 제1랭크 경매소).

"십구억 구천사백오십만 원……."

진우는 이 능력을 알고 있었다. 작가가 묘사나 아이템 설명을 하기 귀찮아 주인공에게 붙여주었던 느낌이 강했던 '정보의 마안'이었다.

본래 장르 소설 중 게임 판타지에 등장하는 단골 소재였는데, 퓨전 판타지, 현대 판타지, 레이드물, 헌터물, 연예인물 등 가릴 것 없이 전부 등장하는 아주 식상한 소재였다. 정보의 마안은 이 소설 내에서는 능력자 학계에 소개된 적조차 없는 능력이었는데, 주인공이 이걸로 그나마 꿀을 빨지 않았다면 발암에 완결까지 보지 못했을 것이다.

진우는 절로 인상이 구겨졌다.

어째서 이 능력이 자신에게 발현된 것일까?

'최면을 바란 건 아니지만……'

양판소라 다행이었다. 어쨌든 지금 상황에서는 굉장히 유용할 것이 분명했다.

"가치를 정확히 알고 있군."

그때 뒤에서 듣기 좋은 중저음의 목소리가 들려왔다. 갑작스러운 목소리에 상념에서 깬 진우가 뒤를 돌아보았다.

완벽한 비율에 대단히 잘생긴 얼굴, 슈트가 너무나 잘 어울려 마치 화보를 찢고 나온 것 같았다. 예전에 외부 영업을 나갔다가 한국에서 제일 잘생겼다는 배우를 본 적이 있었는데, 눈앞의 남자가 한 수 위였다.

'이 사람이……'

이진우의 배다른 형, 이민우였다.

"게이트 아이템의 가치를 정확히 아는 사람은 별로 없지. 더군다나 이런 과시용 물품이라면……."

이민우가 진우의 앞으로 걸어와 사람 좋은 미소를 지었다.

실제로 그는 좋은 사람이었다.

'그러니 주인공의 누나와 이어지지.'

사람 대 사람으로 만나면 엄청 좋은 형이겠지만 안타깝게도 자신에게는 해당하지 않았다. 일할 때는 감정을 전혀 담지 않는 사람이라서 경계를 해야 했다. 일선 그룹에 해가 된다면 가차 없이 제거해 버리는 냉정한 면도 있어 더욱 그랬다.

아마 이진우와는 엄청나게 사이가 안 좋을 것이다.

게다가 본인 자체가 A급 능력자였다. 무려 A급. 사단급 파괴력을 가진 능력자라는 말이었다.

무슨 이런 말도 안 되는 설정이 다 있을까?

"오랜만이구나."

"……."

"이제는 인사도 안 받아주는 거냐?"

"네, 오랜만이네요."

진우는 간신히 대답하고 억지로 웃었다. 지금부터라도 최대한 좋은 인상을 남겨주고 싶었기 때문이다.

그게 마음에 들지 않기 때문일까? 이민우의 눈빛이 순간 깊게 가라앉았다. 유나와 비견될 기백이 느껴져 가슴이 답답해졌다.

'아니, 썅! 내가 뭘 잘못했다고…….'

하긴 원래 이진우가 잘못한 것은 엄청 많을 것이다. 죽임을 당하기도 전에 스트레스로 죽어버릴 것 같았다. 무섭기는 하지만 지금 믿을 사람은 지금 유나밖에 없었다.

유나가 진우의 눈빛을 받자 살짝 기침하더니 입을 뗐다.

"실례하겠습니다. 회장님께서 기다리고 계십니다."

진우는 고개를 끄덕이고 그 자리를 황급히 벗어났다.

그러나 그야말로 첩첩산중이었다. 이제 회장을 만나야 했다. 회장도 분명 정상은 아닐 것이다. 그러니까 이진우의 뒤를 그렇게 봐주고 끝까지 믿어줬겠지. 손자가 괴물이 된 줄도 모르고 말이다.

'다 비정상이었지.'

이진우의 가족들은 다 그러했다. 작가가 표현한 소설 속 인물들은 너무 극단적이었다. 입체적인 인물을 묘사해 내는 것은 꽤 어려운 일이니 그러려니 했지만 등장인물의 행동에 개연성이 없다시피 했다.

'그래도……'

현실이 되었으니 조금은 달라지지 않았을까? 어쨌든 자신이 알고 있는 현실이 섞여 있는 듯하니 말이다.

회장실은 넓었다. 사무실이라기보다는 마치 저택의 안뜰을 보는 것 같은 느낌이었다. 창밖을 바라보니 도시의 전경이 펼쳐져 있었는데 뜰 안쪽으로 조금 걷자 도시의 전경은 어느덧 산속 풍경으로 바뀌어 있었다.

유리 전체가 디스플레이 같아 근미래로 온 느낌. 과연 최신 기술을 선도하는 일선 그룹다운 모습이었다. 한국 최고의 기업인 S 그룹도 물론 존재했지만 일선 그룹에 비할 바는 아니었다.

'미쳤네. 이게 무슨 돈지랄이야.'

바닥에 아무렇게나 놓여 있는 도자기들을 보니, 수천만 원짜리부터 시작해서 수억 원까지 그 종류가 다양했다. 화분으로 쓰고 있는 것이 9천만 원 정도의 감정가를 가지고 있을 정도니 하나만 팔아도 당분간 먹고 사는 데 큰 지장은 없을 것이다.

9천만 원이면…….

물만 먹고 4년 동안 월급을 모아야 가능한 금액이었다.

억울해지기 시작한 진우였다.

"왔느냐."

건장한 체격에 머리가 희끗한 노인이 보였다. 진우는 그 노인을 본 순간 일선 그룹을 일군 이희진 회장임을 알 수 있었다.

재계의 살아 있는 전설이자 세계능력자협회의 일각을 담당하고 있는 전설적인 남자로, 한국의 게이트를 모두 주무르고 있다고 해도 과언이 아니었다.

이희진 회장은 뜰 가운데에 있는 정자에 가부좌를 틀고 앉아 있었는데, 신선의 풍모를 보는 것 같았다. 세계에서 손꼽히는 대기업의 회장이라기보다는 무협지에서 나올 법한 도인의 모습이었다.

"앉거라."

"네."

이희진 회장의 표정은 근엄하기 이를 데 없었다.

"그 아이가 마음에 안 들더냐?"

"네?"

머리를 굴려봤지만 무슨 말을 하는지 알 수 없었다.

"최희연, 그 아이를 말하는 것이다. 네가 그토록 원해서 내 이름까지 팔지 않았느냐. 그렇게 간신히 마련한 자리였다."

"아……."

최희연. 한국에서 손꼽는 가문의 여인이었다. 검을 쓰는 능력자 중에서는 으뜸으로 치는 검선의 딸이자, 차기 한국 대표로 이름을 올리고 있는 유망주였다.

'비극적인 여인이지.'

이진우와 관련된 여자들이 모두 그랬지만 최희연은 특히 비극적이었다. 손꼽히는 가문이기는 하지만 내부는 썩어 있었는데, 검선은 수행에만 열중해서 그 사실을 몰랐다.

애초부터 진우의 목적은 최희연의 몸과 그 가문의 기술뿐이었다. 거렁뱅이 가문이라고 생각해 경멸하고 무시했으며 최희연을 창녀 취급하기를 주저하지 않았다.

이진우가 이리저리 공작하여 해외로 가전 비술들을 모두 유출했고, 그녀는 결국 최악의 기술만을 전수받게 된다.

이진우는 이런 쪽 잔머리는 꽤 잘 돌아갔다. 돈을 물 쓰듯이 쓰니 그에게 충성을 바치는 인물도 꽤 있었고, 최면의 능력을 얻은 후에는 더욱 악랄해졌다.

'결국 중국의 능력자 놈들이 속인 거였지만.'

뻔한 스토리였다. 어쨌든 흑막은 있어야 하니까.

아무튼 주인공이 이야기 중반쯤에 회수해 줘서 주인공을 사모하게 되는데, 나중에 이진우의 장례식에 참석할 정도로 지독하게 착해 빠진 면모를 보여준 여자였다.

아무래도 이진우가 최희연의 가문과의 중요한 약속을 펑크낸 모양이다. 무슨 뜻이 있어서 그런 건 아닐 것이고 그냥 술을 처먹다가 안 간 것이 분명했다. 유나가 알았을 것이니 이희진 회장의 귀에도 들어갔고 말이다.

'차라리 잘되었군. 이진우랑 엮이지 않는 편이 행복할 거야. 한국을 빛낼 유망주니까.'

원작과 최대한 멀어지자. 주인공을 상처 없이 만난다면 아주 행복하게 잘 살 것이다. 사모하는 여자가 상당히 많기는 하지만 뭐, 양판소 소설이 다 그런 것 아니겠는가.

부럽지만 부럽지 않은 자리였다. 지금 제 목숨 하나 간수하기도 벅찰 지경이었다.

'뭐라고 말은 해야겠는데……'

진우는 고개를 끄덕였다.

일선 그룹으로부터 멀어질 변명거리를 생각해 내야 했다. 하지만 아는 거라곤 내부 사정이 좋지 않다는 것과 언제인지는 모르지만 사람을 심어놓은 것, 그것뿐이었다. 거기에 대해선 소설 속에서도 많은 언급이 없었기 때문이다.

'일단 적당히 둘러대 보자.'

진우는 고민 끝에 간신히 입을 뗐다.

"그렇습니다."

"이유는?"

"……관심이 없어졌습니다."

"내 이름은 그렇게 가볍지 않다."

등골이 오싹했다.

진우는 애써 웃으며 이희진 회장과 눈을 맞추었다. 눈을 맞추는 것만으로도 정신이 나갈 것 같았다.

무슨 노인네가 저렇게 무섭단 말인가.

아무래도 그냥 넘어가기는 어려워 보였다. 진우는 나름 말빨에 자신이 있는 편이었다. 눈치를 살피고 멘트를 뱉는 것은 일류였다. 그런 영업 능력 때문에 회사에서 버틸 수 있었다. 이럴 때는 역시 빠르게 손절해야 했다. 그리고 가장 고전적이지만 '내 탓 없고 남 탓 있음'을 시전하는 것이 좋았다.

"제가 착각했습니다. 내부 단합도 안 되는 오합지졸 가문일 뿐입니다."

"음……."

이희진 회장이 살짝 눈을 감았다가 고개를 끄덕였다.

괜히 지른 것일까? 후회가 밀려왔다.

"그랬었군. 이 일은 나에게 맡기거라."

"……네?"

이희진 회장이 일어나며 무심하게 진우를 바라보았다.

"처벌하겠다. 내 저택에서 나가거라. 네가 물려받기에는 아직 이른 것 같군. 저택 관리는 민우에게 맡길 것이다. 오늘부로 모든 지원을 끊겠다."

오늘 자신이 잠에서 깨어난 곳을 말하는 것이 분명했다. 후계자가 머무는 장소라는 의미가 강한 곳이었나 보다. 하지만 암습 위험에 늘 시달려야 하는 후계자 따위는 사양이었다. 이 미친 세상에서 재벌 후계자들은 늘 암살 위협에 시달렸다. 여러 의미로 정말이지 돌아버린 세상이다.

'그래도 후계자에서 멀어지면 살 만하겠지.'

진우는 속으로 기뻐했다.

"알겠습니다."

"음. 가거라."

이희진 회장이 고개를 돌리고는 한 차례 피식 웃었다.

비웃음이었을까?

'자, 잘 된 건가?'

어쨌든 위기는 넘긴 것 같았다. 진우는 안도의 한숨을 내쉬었다. 그리고 이희진 회장이 사라지자 겨우 미소를 지을 수 있었다.

이민우는 이진우의 뒷모습을 바라보았다.

어렸을 적에는 총명한 아이였다. 그리고 순수하고 귀여웠다. 그 총명함이 사라진 것은 언제부터였을까?

늘 자신을 차갑게 바라보는 시선, 그 안에 담겨 있는 무시, 주위에서 들려오는 안 좋은 소문들. 그러나 아직까지는 아슬아슬하게 선을 넘지는 않았다. 한데 그게 단지 우연이었을까?

내부적으로 가장 혼란스러운 시기였다. 이민우의 손에 무수한 피가 묻어서 도저히 지워지지 않을 정도로. 어쩌면 자신은 이복동생이긴 하지만 하나밖에 없는 동생을 방패막이로 써먹었는지도 몰랐다. 이번에 그가 해외 일정을 빠르게 마치고 귀국한 것도 동생 때문이었다.

검선의 손녀에게 추근거리더니 이희진 회장의 이름을 함부로 팔아 약속까지 잡았다. 거기까지는 괜찮았다.

검선이 나올 자리를 펑크 내버리고, 술에 취해 집에 실려 왔다는 말을 들었을 때는 드디어 선을 넘었구나 싶었다.

그러나 이민우는 자신의 예상과 다른 방향으로 일이 흘러감을 직감했다. 1년 만에 본 동생은 너무도 달라져 있었다. 완전히 다른 사람 같았다. 마치 다른 영혼이 들어온 것 같은 그런 착각마저 들 정도였다.

'대단하군.'

언제부터 자신을 속인 걸까? 자기 자신을 감춘 것이 언제부터인가?

무신경한 표정과 차가운 눈빛, 일그러진 미소 뒤에는 놀랄만큼 강한 의지가 숨어 있었다. 잠깐 보인 눈동자는 그 끝을 모를 정도로 깊었고, 거기엔 삶에 대한 열망이 가득했다.

보고 있자니 소름이 끼칠 정도였다.

'혈통 같은 건 믿지 않았지만……'

이진우는 이희진 회장의 정통 혈통을 이은 유일한 남자였다. 호랑이의 새끼가 강아지일 리는 없었다.

이민우는 이진우가 무엇을 바라보고 있는지 궁금했다. 그렇게 자기 자신을 낮추면서까지 무엇을 바라보고 있는 것일까? 그리고 하필이면 왜 오늘 자신에게 그 모습을 보여준 것일까?

이민우는 정자에 앉아 있는 진우의 옆모습을 바라보았다. 굉장히 여유로운 모습이었다.

이민우의 눈동자가 크게 뜨였다.

'웃는다고?'

아주 만족하는 표정이었다.

이진우가 나간 후, 얼마 뒤 이희진 회장이 그를 불렀다.

문 앞에 서자 목소리가 들려왔다.

"들어오너라."

"네, 회장님."

이민우는 방 안으로 들어가 공손히 인사한 후에 이희진 회장의 앞에 앉았다. 그가 이민우에게 서류 하나를 건넸다. 방금 작성된 것으로 보였다.

"중국 화연맹 쪽 간자들이 국내에 들어와 있더군."

"화연맹 말씀이십니까?"

"그래."

화연맹은 중국의 칠룡회 중 한 축을 담당하고 있는 능력자 연합이었다. 산업스파이를 엄청나게 돌리는 곳으로, 가전 비술이나 비급, 스킬북 같은 아이템들을 비밀리에 빼돌리다가 적발된 적도 있었다.

이민우는 일선 그룹의 게이트 산업 분야의 전반적인 운영을 담당하고 있는 기업가이자, A급 능력자로서 국가대표 능력자이기도 했고 한국능력자협회에서 중요한 위치에 자리하고 있었다. 스물여덟이라는 젊은 나이에 정치권과 각별한 인연도 있어 손이 열 개라도 부족할 지경이었다. 그런 이민우를 해외에서는 일선 그룹이 탄생시킨 괴물이라고 부르고 있었다.

"최씨 가문에 말입니까? 어떻게?"

"진우가 미리 사람을 심어놓았더군. 꽤 깊게 접근한 모양이야."

"진우가 말입니까? 최근에 쓴 자금은…… 그쪽이었군요."

민우는 놀란 표정이 되었다. 여태 돈을 물 쓰듯이 했지만 사용처는 그리 주의 깊게 보지 않았었다.

이희진 회장이 흐뭇한 표정으로 고개를 끄덕였다.

"심계가 깊은 아이야. 자칫 잘못했으면 나까지 속을 뻔했으니……. 마치 어릴 때의 나를 보는 것 같군."

이희진 회장은 회상에 잠겼다.

이 자리는 무수한 피로 쌓아 올린 자리였다. 원한 관계도 많았고, 외부의 적은 물론이고 내부에도 적이 많았다. 실로 아슬 아슬하게 균형을 유지하고 있는 것이 일선 그룹이었다.

이희진 회장은 이진우가 자랄 동안 최소한의 안전장치만 해주었다. 정을 주지도 않았고, 대화도 거의 하지 않았다. 그저 들어줄 수 있는 요구 사항만을 들어줄 뿐이었다.

호랑이가 되려면 호랑이답게 자라야 한다는 것이 그의 지론이었다. 스스로 무장을 하기를 바랐는데, 자신을 숨기는 것도 좋은 전략이었다. 그러나 그것이 언제까지 계속될 순 없었다. 나비가 되려면 반드시 번데기를 깨야 하니 말이다.

이민우도 그것을 이해했는지 고개를 끄덕였다.

"그렇다면 왜 지금 드러낸 것일까요?"

"검선 쪽에 빚을 달아놓고 몸을 확실히 지키려는 것이겠지. 그리고 약혼을 통해 검선의 가문 자체도 휘하로 두고 말이야.

검선도 꼼짝없이 약혼할 수밖에 없겠군. 허허허! 그놈의 얼굴이 무너지는 꼴을 볼 수 있다니 통쾌하구나!"

"확실히…… 가문에는 관심 없지만 손녀 사랑은 크다고 알고 있습니다. 이번 만남에도 적지 않은 비용이 소모되었으니……."

"얻을 것에 비하면 아주 작은 것이지."

이희진 회장이 찻잔을 내려놓았다.

검선이라는 이름이 가지는 무게는 대단했다. 대한민국에서 무소불위의 권력을 누리고 있는 이희진이 그의 체면을 생각해 줄 정도로 말이다.

"이런 상황에서 진우를 내쫓는다면 몰래 일을 벌인 것에 대한 나름 합당한 처벌이 되겠군요. 그쪽에서도 뭐라 할 수 없을 것입니다."

이희진 회장이 씨익 웃었다. 그리고 손가락을 튕겼다. 그러자 창밖에 보이던 나무들이 사라지고 회색 도시의 전경이 나타났다.

"이 혼란스러운 시대를 이끄는 건 자본과 능력뿐이야. 능력이 법 위에 있고 자본에 제약이 없다면……."

"그렇게 된다면 더 이상 두려울 것이 없겠습니다."

"아니."

이희진 회장이 음침하게 웃었다.

"두려울 것이 없을 뿐 아니라 모두가 두려워하겠지."

이런 세상에는 영웅보다는 마왕이 필요했다. 그리고 그것이야말로 일선 그룹의 궁극적인 목표였다.

이민우는 조용히 고개를 끄덕일 뿐이었다. 무수한 피와 살, 그리고 재물로 쌓아 올린 이 탑이 영웅을 위한 곳일 리가 없었다.

저택에 돌아온 진우는 본격적으로 이사 갈 준비를 했다. 명목상 이유는 건강 때문에 자리를 옮기는 것이었지만 진우가 쫓겨난다는 것은 저택의 모두가 아는 사실이었다.

진우는 피식 웃었다.

'엄청 좋아하는 것 같은데.'

자신을 경멸하는 눈으로 바라보던 저택의 메이드를 포함한 직원들이 오늘따라 웃고 있었다.

그런 것 때문에 기분이 나쁘진 않았다. 거래처를 뚫기 위해 온갖 모진 수난과 치욕을 감수하던 진우였다. 하지만 멸시의 시선에 익숙해진다는 것도 너무나 슬픈 일이었다.

'사회가 선생님이지, 뭐.'

아무튼 일이 잘만 풀린다면 그때보다는 나은 상황이었다.

이 세상은 주인공이 어떻게든 지켜주지 않을까?

주인공 보정이라는 것도 있을 테니 말이다.

"가져갈 만한 게 또 있을까?"

일단 이진우의 물품 중 값비싸 보이는 건 모두 챙겼다. 장식장에 있던 것들도 은근슬쩍 상자에 다 넣은 진우였다. 대부분 순금이나 값비싼 보석으로 되어 있으니 챙길 수밖에 없었다.

어쨌든 소유자는 이진우였으니 말이다.

"이 정도면 어디에 떨어져도 먹고살 수는 있겠지."

모든 지원을 끊는다고 했으니 돈도 자신이 벌어야 할 것이다.

'이래서 더 삐뚤어진 건가? 아무튼 원작 시작 전이라서 다행이야.'

이 일이 원작의 이진우가 탄생하게 된 계기가 된 사건인지도 몰랐다. 하지만 기분이 나쁘지 않았다. 지금 챙긴 것들 정도라면 전세 자금을 마련하고 몇 년 동안 풍족하게 지낼 만했다.

군이 다시 후계자가 되기 위해 발악할 필요가 있을까?

세계에서 손꼽히는 대학교도 다니고 있고, 나이도 젊다. 군대를 가야 했지만 능력자가 된다면 면제가 된다. 긍정적으로 생각해 보면 모든 조건이 좋았다.

"응?"

진우는 책상을 뒤지다가 서류 다발을 발견했다. 이진우와 서류는 전혀 어울리지 않았다. 애초부터 공부와 담을 쌓은 놈이니 말이다.

고개를 갸웃하면서 서류를 펼쳐 보았다. 그곳에는 익숙한 사진들과 함께 어떤 정보들이 가득 적혀 있었다.

'……메이드 분들?'

저택 메이드들의 얼굴 사진이었다.

'이미희, 이십삼 세. 어머니가 병원에 계시고…… 위암 말기. 병원비가 부족…….'

거기엔 자세한 신상 정보가 빼곡히 적혀 있었다. 이진우가 어째서 이 정보를 가지고 있는지 알 수 있었다. 노골적으로 적혀 있지는 않았지만 협박을 위한 것이 분명했다.

"와, 개쓰레기네. 공부를 이렇게 했으면 자력으로 대학교에 갔겠다."

노트가 다른 사람의 손에 들어가기 전에 발견해서 다행이었다. 진우는 협박할 만한 정보들이 적혀 있는 노트를 벽난로에 넣고 태워 버렸다. 여름에 벽난로를 가동하는 게 이상하게 보이겠지만 흔적을 남기는 것보다는 나을 것이다.

'소설이나 드라마에서는 이런 걸 남겨둬서 화를 자초하지.'

그런 고구마 섞인 전개는 사양이었다.

남은 것은 신상 정보가 적혀 있는 서류였다. 가정 사정이나 대략적으로 어려운 일들만 적혀 있었다.

이것조차 개인 정보 유출이 아닐까?

보다 보니 유나의 것도 있었다. 호기심이 생겼다.

막 읽으려던 순간.

"짐은 다 챙겼니?"

흠칫!

뒤에서 들려오는 목소리에 진우는 크게 놀라며 몸을 떨었다. 고개를 돌려 보니 이민우가 살짝 웃으며 서 있었다.

하루 만에 다시 보는 것이었지만 더럽게 잘생기기는 했다. 이제 저택은 이민우의 것이 되었으니 그가 여기에 있는 것은 당연했다.

기억이 맞다면 이민우는 불꽃을 다루는 능력자였다. 그가 마음만 먹는다면 자신의 목숨 따위는 아무렇지도 않게 지워 버릴 수 있을 것이었다.

'나를 빨리 내쫓고 싶은가 보네.'

그 마음 충분히 이해하다 못해 넘쳤다. 그리고 직원들이 기뻐하는 이유 중 다른 하나도 찾을 수 있었다.

"그건?"

이민우가 진우의 손에 들린 파일을 호기심 섞인 눈으로 바라보자 진우의 등으로 땀이 흘렀다. 그가 가까이 다가와 손을 내밀자 서류를 건넬 수밖에 없었다. 진우는 조금 많이 쫄아 있었으니까.

이민우는 서류를 빠르게 훑어보고는 진우를 바라보았다.

이런 게 왜 있냐는 눈빛이었다.

'나 좀 그냥 놔두면 안 되나?'

정말이지 이 이상한 사람들에게서 어서 벗어나고 싶었다.

진우는 고개를 돌리며 간신히 숨을 돌렸다.

"처리할 것이 있었나 보군."

이민우의 중저음 섞인 목소리가 귓가에 꽂혔다.

진우의 시선이 이민우에게 돌아갔다. 그리고 볼 수 있었다. 이민우가 사악하게 웃고 있는 것을.

'×발!'

호구 잡힌 것이다. 이 일을 숨겨주는 대가로 무리한 것을 요구할지도 모른다. 어차피 후계자 자리를 이민우에게 순순히 넘겨줄 생각이라 협박당한다고 하더라도 그리 큰 타격은 없겠지만 말이다.

'이런 답답한 전개가 있다니!'

아니! 멍청아! 한 번에 다 태워 버리라고! 님, 왜 안 넣었음?

"걱정하지 말 거라."

이민우가 그런 말을 남기더니 다시 한번 사악하게 웃고는 진우의 어깨를 툭툭 쳤다. 영화에나 나올 법한 소름끼치는 연출이었다. 진우의 얼굴이 창백해진 것은 두말할 나위 없었다.

이민우가 서류를 챙기더니 밖으로 나갔다.

문밖에는 유나가 날카롭게 진우를 노려보고 있었다.

'그래, 그냥 니들 맘대로 해라.'

이미 벌어진 일을 후회해 봤자 뭐하겠는가? 어차피 이민우에게는 납짝 엎드릴 생각이었으니 미리 했다고 생각하자.

진우는 현실 타협이 빠른 남자였다.

"시계장이 있었네?"

버튼을 누르니 각종 시계가 쭈욱 올라왔다. 파텍필립, 바쉐론 콘스탄틴부터 시작해서 다양한 시계가 보였는데, 진우도 알 법한 고가의 시계들이었다.

살짝 문 쪽을 바라보니 이민우와 유나의 모습이 보이지 않았다. 그래서 안심하고 모두 챙겼다. 이런 것이라도 없었다면 스트레스로 돌아버렸을 것이다.

다른 짐들은 저택의 직원들이 싸주었다. 원작이 시작되기 전 이진우의 생활에 대한 언급은 없었기에 진우로서는 알 방도가 없었다. 지금까지의 정보로만 보면 이진우는 대학교 1학년이었다. 1학기는 가지 않았고, 2학기도 아마 그럴 예정인 것 같았다.

그렇게 따져보면 원작이 시작될 시점은 대충 2년 정도 남지 않았을까?

'일단 천천히 생각해 보자.'

하루를 더 머물고 저택 밖으로 나왔다. 이희진 회장의 기세로만 보면 맨몸으로 쫓아낼 것 같았는데 아니었다. 고급스러운 차에 운전기사까지 붙여주었다. 거기에 개인 경호원으로 유나가 따라왔다.

차에 올라 슬쩍 물어보니 머물 곳은 준비가 되어 있다고 한다. 부동산에 가서 집을 알아볼까 했던 자신의 생각이 조금 부끄러웠다. 아직 적응이 덜 되어 그런 것도 같았다.

진우는 옆자리에 앉아 있는 유나를 힐끔 쳐다보았다. 여전히 무서웠지만 왜인지 조금은 표정이 풀어져 있는 것 같았다.

진우와 시선이 마주친 유나가 입을 뗐다.

"불편한 점이라도 있으십니까?"

"아니요."

"시장하시겠군요."

"괜찮습니다."

여전히 무뚝뚝했지만 첫날 보았을 때처럼 날이 선 느낌은 아니었다. 그랬다면 보는 것만으로도 체했을지도 몰랐다.

아무튼 이런 식으로 대화를 나눈 것만으로도 장족의 발전이었다.

진우가 머물 집은 서울에 있었다. 그것도 서울에서 땅값이 비싸기로 유명한 곳.

"다 왔습니다."

창밖으로 아담한 이층집이 보였다. 그래도 혼자 살기에는 대단히 컸다. 서민은 절대 이런 집에서 살 수 없을 것이다. 진우는 역시 쫓겨나도 재벌 3세는 재벌 3세라고 생각했다.

차에서 내려 앞으로 자신이 살 집을 바라보았다. 부담스럽기 그지없던 대저택보다는 훨씬 마음에 들었다.

"도련님."

"네?"

"이쪽입니다."

유나가 진우를 부르며 뒤쪽을 가리켰다.

"아……."

순간 진우는 반성할 수밖에 없었다. 소설 속 최고의 기업이자 지구의 중심인 게이트 산업의 선두 주자가 바로 일선 그룹이었다. 현실의 구글이나 애플 같은 기업조차 일선 그룹의 발끝에도 미치지 못했다. 그런 그룹의 후계자였던 이진우가 흔한 부자들이 사는 평범한 곳에 머무를까? 아니었다.

"마음에 안 드십니까?"

유나의 물음에 간신히 고개를 저었다.

눈앞에 있는 것은 저택보다는 작지만 상당한 크기를 자랑하고 있는 넓은 정원이 딸린 5층짜리 건물이었다. 진우의 눈에는 그 대저택이나 이곳이나 똑같아 보였다. 오히려 이쪽이 현실적인 느낌이 더 강해 이제는 머릿속이 어지러울 지경이었다.

진우는 넋을 잃고 그저 멍하니 건물을 바라볼 뿐이었다.

그래, 이러니 막장 소설이지.

"도련님."

"네?"

유나의 목소리에 간신히 정신이 돌아왔다. 진지한 목소리에 절로 긴장이 되었다.

"신경 써주서서 감사합니다."

"……네?"

유나가 고개를 깊게 숙이며 그렇게 말하자 진우는 화들짝 놀라며 뒤로 한 걸음 물러났다. 이 갑작스러운 태도 변화에 놀랄 수밖에 없는 것이, 어제까지만 해도 드라이아이스처럼 느껴지기만 했던 그녀였기 때문이다.

저런 식으로 나오니 오히려 더 무서웠다.

'음, 그래도…….'

무섭기는 했지만 살짝 웃는 모습은 상당히 예뻤다. 웬만한 연예인들과는 비교도 되지 않을 만한 미인이니 당연했다. 확실히 소설 속 세계다 보니 비중 있는 등장인물들의 외모는 대단히 뛰어났다.

아마도 나쁜 놈은 나쁜 놈처럼 생기지 않았을까?

'근데 이상하게 소설 속 주인공은 대부분 평범한 모습이지.'

흥미롭게도 이 소설도 그러했고, 읽어본 소설들 중 많은 작품들이 그러했다.

어쨌든 자신의 외모는 보정되었으니 좋은 일이었다. 딱 봐도 귀하게 자란 재벌 3세 느낌이 팍팍 났다.

집 안으로 들어섰다. 정원은 한국식으로 꾸며져 있었고, 기이하게 생긴 붉은 소나무가 인상적이었다. 거대한 본관과 거리가 떨어진 곳에 별관이 있었는데, 유나의 가족들이 쓴다고 했다.

진우로서는 처음 듣는 이야기였지만 그러려니 했다. 부지가 워낙 커 옆집이라고 하기에도 애매하니 서로 볼 일도 없을 것이다.

'동생들이 둘 있다고 했었나?'

신상 정보가 적힌 서류에서 본 것 같기도 했다. 아직 미성년자들이니 유나가 곁에 있어줘야 하는 것은 맞았다. 진우도 극심하게 힘들었던 어린 시절을 겪었기에 이해가 되는 심정이었다.

곧 진우는 집을 둘러보기 시작했다. 온갖 편의시설이 전부 다 구비되어 있었다. 능력자가 사는 세계답게 최첨단 설비가 들어간 수련장도 있었고, 오락 시설, 극장, 수영장, 각종 술이 전부 구비되어 있는 저장고 등등이 존재했다. 이 건물 하나에서 모든 것을 전부 해결할 수 있을 것 같다는 생각이 들 정도였다.

고시원을 전전하다가, 그리고 최근에 다섯 평짜리 원룸으로 이사 와서 무척이나 행복감을 느꼈던 진우에게 이곳은 천국이나 다를 바 없었다.

'이게 쫓겨난 거 맞아?'

이희진 회장이 말했던 지원을 끊겠다는 말의 의미가 이런 것이었다니 부자의 스케일은 정말 알 수가 없었다.

진우는 지하에 있는 차고로 가보았다. 마치 배트맨의 차고 같은 느낌의 거대한 공간 안에 남자라면 누구나 꿈꿔왔던 슈퍼 카들이 일렬로 전시되어 있었다. 페라리, 람보르기니, 벤틀리, 멕라렌 등 종류도 다양했다.

"이건……."

그중 단연 진우의 시선을 끄는 차가 있었는데 다른 차들이 전부 평범해 보일 정도로 잘 빠진 차였다. 아름답게 일렁이는 색을 지닌 차였는데, 일선 그룹의 퍼스트썬이 만든 차량이었다.

[-]퍼스트썬 제우스 카
일선 그룹의 퍼스트썬에서 만든 슈퍼 카.

일선 그룹이 경영권을 가지고 있는 제1 안양 게이트에서 채굴한 희귀 금속으로 도금한 차량이다. 뼈대는 마력 강철로 만들어져 있어 대단한 강도를 자랑한다. 18년도 최고의 차량으로 꼽혔고, 열 대만 한정 생산했다.
*가격: 123억 9500만 원.

이건 타라고 만들어놓은 건지, 그냥 예술품인지 알 수가 없었다. 확실한 건 이런 걸 타고 다닐 수 있는 사람은 대한민국, 아니, 전 세계에서 몇 되지 않을 거란 것이다.

"……정말 출세했네."

이쯤 되니 자신의 미약한 상상력으로 부자의 삶을 측정하는 것은 무리가 있다고 생각했다. 현재 가장 중요한 게이트 산업 관련 부분을 거의 독점하다시피 하고 있으니 일선 그룹이 막대한 이익을 벌어들이는 것은 당연했다. 그냥 부자도 아니고 압도적인 기업 랭킹 1위에 빛나는 일선 그룹의 황태자가 바로 이진우인 것이다.

'뭐, 소설에서도 흑막 수준의 악덕 기업으로 나오니…….'

대통령보다 더한 권력을 지닌 것은 공공연한 사실이었다. 미국의 유대인 자본조차 일선 그룹의 눈치를 보고 있다니 말 다한 것 아닌가.

후에 이민우가 주인공의 누나와 결혼하고 나서는 그런 부분이 조금 없어지기는 했다. 작가의 역량이 부족해 자세히 묘사하지는 않았지만 말이다.

'그렇게 휘황찬란하게 설정해 놓고서는 꼴랑 2권에서 죽이다니…….'

워낙 스케일이 커지다 보니 떡밥을 수습하기도 벅차 보이긴 했었다. 끝까지 다 본 자신이 대견할 정도였다.

'이벤트로 쿠폰을 뿌리지 않았다면…… 아마 중도 하차를 하지 않았을까?'

진우는 작게 한숨을 내쉬고 위층으로 올라왔다. 짐은 전부 풀어져 있었다. 개인 프라이버시가 담긴 짐만이 거대한 방 안에 놓여 있을 뿐이었다.

책상 위에는 핸드폰이 놓여 있었다. 두 개 있었는데 하나는 공적인 용도로 쓰는 것이었고, 하나는 사적인 용도로 쓰는 걸로 보였다. 당연한 말이겠지만 모두 값비싼 프리미엄 폰이었다.

살펴보니 톡이 엄청 와 있었다.

"음……."

업무 청탁용 톡들이 대부분이었고, 진우도 이름을 들어본 정재계의 유명인들도 많았다.

'대원일보?'

대원일보는 종편 채널에 대원TV를 소유하고 있는 언론사였다. 대주주는 김일태라는 사람이었는데 평소 이런저런 구설수에 자주 휘말렸던 사람이었다.

-김일태: 정말 죄송합니다. 관련 기사들은 전부 내렸고 사과 기사와 함께 정정 보도를 올렸습니다. 인턴 기자의 치기 어린 짓이었고, 깊게 뉘우치며 반성하고 있습니다. 즉각 해고 처리를 하였으니 부디 사과를 받아주셨으면 하는 바람으로 이렇게 연락을 드립니다. 기회를 주신다면 따로 자리를 마련하여…….

구구절절 굉장히 길었고 극도의 저자세였다. 진우가 알고 있는 김일태 사장의 평소 언행은 굉장히 건방졌었다. 워낙 막말을 일삼고 안하무인으로 행동해 국민들에게 공분을 산 적도 많은 사람이었다.

'그 김일태가…….'

그런 그가 이렇게 극도로 공손한 모습을 보일 줄은 꿈에도 생각 못 한 진우였지만 딱히 답장을 해주고 싶지는 않았다. 다른 톡들을 읽어보며 평소에 이진우가 무엇을 하는지 파악하려 애썼다. 하지만 아부성 글들이 대부분이었다.

이진우는 귀찮다고 생각했는지 거의 대부분 답장하지 않았는데, 읽지 않은 것들이 너무 많아 톡은 999개를 넘어 더 이상 표시되지 않고 있었다.

'검색해 볼까?'

진우는 검색 사이트에 이진우를 입력해 보았다.

[일선 그룹의 이진우, 하룻밤 지내려 호텔 구입.]
[현대판 황태자, EPL 1부 리그 구단 인수?]
[이진우, 만수르 깝치지 마라. 신경전.]
[이진우, 한마음애국당 김주표 대표를 향한 폭언 '뇌에 지방이 껴 있어 빨리 뒈질 것.']

진우는 눈을 껌뻑였다.

이건 그야말로 고삐 풀린 망아지, 아니, 망나니였다.

심심하다고 축구 구단 하나를 인수하려고 했던 것은 가장 얌전한 행위에 불과했다. 지방 행사에 가는데, 잠자리가 불편하다는 이유로 호텔 하나를 인수해 버린 일도 있었고, 예약이 꽉 찬 맛집에 가서 돈을 처발라 그날 하루를 통으로 빌린 기행을 펼친 적도 있었다.

진우는 자주 가던 대형 커뮤니티 사이트에 가보았다.

[제목: 하루만 이진우가 되고 싶다.]
기사단이고 능력자고 뭐고 없음.

맘에 안 들면 다 깜.

패기 지림.ㅋㅋ

ㅋㅋㅋ 김주표한테 뇌에 지방 껴서 빨리 뒤질거라고, 자기 병원에 오면 머리 열어서 고쳐주겠다고 막말했는데 다음날 김주표가 먼저 사괄ㅋㅋㅋ

시벌, 진짜 미친놈인 듯.

[댓글 32]

-고라니고자탕: 더 대박인 건 다음날 채용 비리 뉴스 뜸. 김주표가 개 겨서 조졌다는 말이 있음.

└베이직: 그러넼ㅋㅋ. 김주표는 뜬금없이 욕 얻어 처먹고 검찰 조사 받게 생겼네.

└순후추그곳맛: 갑질이 아니라 그냥 배때기 쑤셔버림.

└니코짱: 역시 밀레니엄 킹 엠페러 갓진우.

└고라니고자탕: 김주표가 불쌍하게 느껴진 적은 처음임ㅋㅋ

이진우에 대한 반응은 생각보다 그렇게 나쁘지는 않았다. 초호화 여객선에서의 파티나 이런 건 그냥 일상생활로 받아들 여지는 분위기였다. 그나마 이 정도인 게 다행이었다. 아직까 지는 원작에서 봤을 때만큼 망가지지는 않은 것 같았다. 막말이기는 하지만 나름 시원하게 긁어주는 부분도 있어 인지도도 상당히 높은 편이었다. 하긴 언론조차 설설 기는데 이건 당연한 일일지도 몰랐다. 게다가 일선 그룹 미래전략실에는 이진우 전담 이미지 메이킹팀까지 있을 정도였다.

"대충 세상 돌아가는 건 현실이랑 비슷하네."

그가 직장을 다니며 틈틈이 했던 모바일 게임도 건재하고 영화나 드라마 같은 것들도 똑같았다. 얼마 전에 할리우드 스타 존 크루즈가 영화 홍보를 위해 내한했다던가 하는 것도 말이다. 다른 점이 있다면 역시 소설 속 세계관일 것이다. 능력자가 주제가 되는 영화나 만화 같은 콘텐츠도 상당히 많았는데, 특히 한국은 능력자, 그리고 능력자 문화 강국이었다.

"세계 최강 리그라……."

한국능력자리그(K.E.L)는 세계에서 가장 수준 높은 능력자대회였다. 현실의 양궁과 비슷하다고 생각하면 편하지만 그와 다른 점이 있다면 실제로 목숨을 잃는 일이 많다는 것이었다. 그리고 국내 대회까지는 룰이 있는데, 국제 대회는 사정이 달랐다.

국제 대회는 24개의 공문, 즉 소유자가 없는 게이트의 대여권을 두고 펼쳐지는 대회였다. 보유한 게이트의 숫자가 곧 국력이 되는 시대였기에 국제 대회는 무규칙 전력전이었다. 스포츠의 느낌으로 포장을 하고 있지만 실상은 전쟁이나 마찬가지였다.

"작은 전쟁이 아니라 진짜 전쟁이지."

핵무기조차 통하지 않는 능력자가 있는 마당이라 현대전에서 능력자의 전쟁으로 바뀐 것일 뿐이었다.

'빈틈이 많은 설정이기는 하지만…… 뭐, 가능은 하겠지.'

아무튼 국제 대회에 나갈 수 있는 자격을 갖춘 이들을 나이트, 기사라 불렀다. 국내외의 길드들은 기사를 배출하기 위해 혈안이었다. 그만큼 기사가 갖는 명예와 권력은 막대했다. 법위에 기사가 있었고, 그와 비슷하거나 조금 높은 곳에 일선 그룹이 존재했다.

일선 그룹은 세계에서 가장 큰 게이트 중 3개를 실질적으로 소유하고 있었는데, 국가 소유 게이트를 제외하고 가장 많은 게이트를 소유한 기업이기도 했다. 이런 상황이었기에 목숨을 걸고 국익을 위해 국제 대회에 나가는 기사에게 시민들은 많은 지지와 성원을 보냈다.

"……와, 확실히 장난 아니네. 왜 사람들이 그토록 열광하는지 알겠어."

진우는 미튜브를 통해 대회 영상을 찾아보았다. 갑자기 모습이 사라지더니 거대한 바위들이 깔끔하게 잘려 나갔다. 카메라가 잡을 수도 없을 만큼 빠르게 두 사람이 부딪치더니 대지가 뒤집혔다. 자연재해라는 말이 어울릴 정도였다.

검을 한 번 휘저은 것뿐인데 주변 일대가 초토화되었다.

초현실적이지만 분명한 현실이었다. 이러니 영화보다 더 인기가 많을 수밖에 없었다.

진우도 넋을 잃고 영상을 계속 봤을 정도니 말이다.

"……이제야 실감이 되네."

지금까지가 꿈을 꾸는 것처럼 붕 뜬 느낌이었다면 이제는 실제 피부로 와닿았다.

이곳은 그가 살던 세계와는 완전히 다른 곳. 실제 저런 괴수들이 존재하는 세계였다.

'숫자가 적은 게 다행인가?'

능력자들의 숫자는 상당히 적었다. 정식 능력자 등급을 받은 이들의 숫자는 한국에만 3만 명, 전 세계적으로는 40만 명 정도였다. 능력자는 게이트에 영향을 받는다는 가설이 있었는데, 게이트를 소유하지 못한 국가에서는 그 숫자가 현격히 적었기 때문이다.

진우는 핸드폰을 내려놓고 긴 숨을 내쉬었다.

'능력자라······.'

아무도 모르지만 이제 진우도 능력자 카테고리 안에 들 것이다. 설정에 따르면 마안 소유자는 능력자 중에서도 특별한 대우를 받았다. 다분히 중2병스러운 느낌이지만 어쨌든 그러했다.

'정보의 마안은 S급이었던가? 어쨌든 주인공의 힘이니.'

어째서 이진우가 가져야 할 최면의 마안 대신 이런 마안을 소유하게 되었는지 의문이었다.

자신과 이진우는 다르기 때문인가?

진우는 고개를 저었다. 앞으로 어떻게 해야 할지 감조차 잡히지 않았다. 원작까지 2년. 그 안에 무언가를 해야 했다.

진우는 자리에서 일어나 거대한 방 안을 서성였다. 그러다가 거실로 나와 소파에 깊게 몸을 묻었다.

"음······."

차라리 엑스트라 정도가 되었다면 멀리서 응원하면서 관전했을지도 모른다. 그러나 그는 스토리에 깊게 관여하고 있는 악역이었다.

'일단 능력자로서 성장해야겠지.'

자신의 몸을 지킬 수 있는 능력을 손에 넣어야 했다. 결코 죽고 싶지 않았다. 누릴 것 다 누리면서 벽에 똥칠할 때까지 살고 싶었다.

'강해지는 것, 살아남는 것에 집중하자.'

왜인지는 모르겠지만 원작의 이진우보다 빠르게 각성했다. 원작 시작까지 2년 남은 시점이니 가능성은 충분하다 못해 넘쳤다. 육체적으로 따지면 주인공보다도 아마 스펙이 좋을 것이다. 매일같이 먹은 값비싼 약물은 그냥 단순한 물이 아니었으니 말이다. 돈도 엄청 많았다. 이희진 회장이 지원을 안 해준다고 해도 충분할 것이다.

게다가.

"원작……."

치트 키가 존재했다. 원작 내용을 아주 잘 알고 있다는.

가물가물한 부분도 있었지만 중요 부분은 또렷하게 기억하고 있었다.

'나 말고 다른 악역 놈들의 것들을 먼저 취할 수 있다면…….'

게다가 주인공이 빼앗긴 것들도 상당히 많았다. 때문에 고구마 백만 개쯤 먹은 전개라고 욕을 그렇게 처먹은 것이다. 그걸 평범한 직장인이었던 자신이 해낼 수 있을지는 잘 모르겠지만 가만히 있다가 죽는 것보다는 나았다.

"해보자."

수많은 거래처를 뚫은 자신이었다. 그에겐 38도 땡볕 밑에서 12시간도 넘게 기다린 집념이 있었다.

그 시작은 할 수 있다고 믿는 것부터 출발하는 것이다.

현대판 황태자라 불리는 이진우. 그의 아침은 꽤나 일렀다. 새벽부터 일어나 가벼운 식사를 하고 헬스장으로 올라갔다.

진우는 살아남기로 결심한 후부터 열심히 움직였다. 첫 번째 단계로 정보의 마안을 활성화하고 잠재력을 높이는 데 주력했다. 발전 가능성은 무궁무진했다.

잠재력은 능력자가 어디까지 강해질 수 있을지 알려주는 지표였다. 무협으로 따지면 근골과도 같은 개념이었는데, 잠재력은 선천적으로 타고난 것이라 수련을 한다고 해서 높아지는 것은 아니었다. 하지만 방법이 있었다.

어떻게 아냐고? 주인공이 원작에서 했던 수련 방식이 있기 때문이다.

'본래 능력인 최면의 마안이 초반에는 훨씬 더 강력하겠지만……'

최면의 마안은 B급으로 분류된 능력이었다. 그러니 이진우는 기고만장할 수밖에 없었을 것이다.

이성에 한정된 힘이기는 하지만 효과는 거의 절대적. 게다가 마안 소유자는 만 명도 되지 않았었고 높은 등급의 마안은 거의 없었다. B급 정도면 100명 정도 소유하고 있다고 알려져 있을 뿐이었다. 심지어 A급 이상으로 측정된 마안은 알려진 바가 거의 없었다. 그리고 정보의 마안은 훗날 최고 등급으로 분류되지만, 초반에는 쓰레기 취급을 받았었다. 스토리가 전개되며 'F등급의 마안이었는데, 사실은 겁나 좋은 S급이었다!' 뭐, 이렇게.

'그냥 사물의 기본 정보와 값어치만 알려주었으니……'

어떻게 사용하느냐에 따라서 매우 유용하긴 했지만 절대 강하다고 볼 수는 없는 능력이었다.

어쨌든 진우는 5층 헬스장에서 지쳐서 손가락 하나 까딱 못할 때까지 몸을 혹사했다. 운동 자세 같은 경우에는 유나가 알려주었는데, 헬스장과 수련장이 워낙 크고 좋아 혼자 쓰기에는 부담스러울 정도였다.

유나도 마음껏 사용할 수 있다는 조건으로 트레이닝을 해주는 중이었는데, 매일 얼굴을 맞대다 보니 꽤 친해질 수 있었다. 여전히 조금 무서운 부분이 있기는 해도, 성실하고 착한 사람이었다. 이제는 반말로 대해도 어색하지 않을 정도가 되었다. 그녀도 그러는 편이 편하다고 해서 진우는 말을 놓았는데, 유나는 존댓말을 하는 이진우의 모습에 소름이 끼쳤다고 했다.

"너무 무리하시는 것 같습니다만……"

"조금 더 할게."

진우는 여기서 그만두고 싶을 정도로 힘들었다. 왜 이런 고생을 사서 하는지 싶었다. 그러나 이렇게 해야 효과가 있었다.

실제로 가능할까 하고 의심했던 적도 있었지만 역시 주인공의 방법이었다. 괜히 괴수들이 판치는 이 세계를 씹어 먹은 것이 아니었다. 그런 대단한 무력을 지니고 답답한 전개를 만드는 것도 힘들 텐데, 정말 대단했다. 괜히 편당 악플이 200개가 넘어가는 것이 아니었다.

"하아, 하아……"

땀범벅이 되었다. 바닥에 쓰러져서 그렇게 헉헉대고 있자니 유나가 알 수 없는 눈빛으로 바라보았다.

'조금 한심해 보이기는 하겠지.'

바닥에 쓰러져서 굼벵이처럼 꿈지럭거리는 모습은 확실히 한심해 보일 것이다.

하지만 어쩌겠는가. 살기 위해서는 몸부림쳐야 했다.

진우는 바닥을 기다가 다시 러닝 머신에 올랐다.

몇 번 속을 게워내고 간신히 샤워를 했다. 샤워기를 들어 올릴 힘조차 없어 몇 번이나 떨어뜨렸다.

진우는 헛웃음이 나왔다.

"이게 무슨 고생이냐, 진짜."

샤워기에서 떨어지는 물세례를 한동안 맞고 있다가 진우는 몸을 일으키며 샤워실 한쪽에 있는 진열장 문을 열었다. 마력 농축액이 잔뜩 담긴 병이 무수히 진열되어 있었다.

[D]마력농축액 1L

게이트에서 발견되는 마정석을 녹여 뽑은 액체. 복용 시 건강해지는 효과가 있다고 알려져 있다.

*가격: 1억 2천만 원.

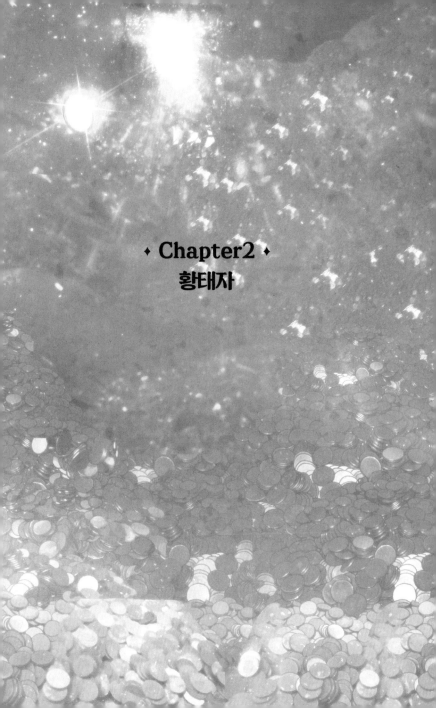

✦ Chapter2 ✦
황태자

　한 병에 1억 원이 넘는 가격이었다. 아티팩트의 연료나 재료, 그리고 다른 유용한 용도로 쓰이는 덕분에 굉장히 비싼 가격이었다. 이 정도의 양을 뽑아내려면 상당히 많은 마정석이 들어갔을 것이다.

　진우는 일단 마력농축액을 원샷했다. 한 번에 꿀꺽꿀꺽 마시고는 진열장 옆에 있는 거대한 통을 꺼내 탕 속에 쏟아부었다. 거대한 통에도 조금 밀도가 떨어지기는 했으나 마력농축액이 들어 있었다.

　"돈지랄……."

　그런 말이 절로 나왔다. 한 번에 수억 원이 사라지는 순간이었다.

　진우는 탕에 들어간 다음 정보의 마안을 활성화했다. 그러자 체내로 퍼져 나가는 마력의 정보를 볼 수 있었다.

본래는 이렇게 선명하게 볼 수 없지만, 마력농축액을 먹고 마력이 가득한 탕 속에 있기에 가능했다. 주인공 같은 경우에는 불행한 사고를 겪으며 고생 끝에 알아낸 방식이었지만 진우는 아니었다.

주인공은 노가다와 죽을 고생을 하며 돈을 모아 하급 아티팩트를 산 후, 마력을 한 방울씩 뽑아내어 마셨다.

하지만 진우는 그럴 필요가 없었다.

돈은 썩어 넘치니까.

오히려 검소하게 생활한다면 주변에서 이상하게 생각할 것이다. 당장 움직일 수 있는 자산만 수천억 대였는데, 정말 현실적이지가 않았다.

이희진 회장이 지원해 준다면 그 한계가 없겠지만 이 정도만으로도 차고 넘쳤다. 평소에 이진우가 했던 사치를 보면 이 정도는 오히려 얌전한 편에 속할 것이다.

"후우……."

진우는 마력의 흐름을 느끼며 마력이 전신에 골고루 흡수될 수 있도록 집중했다. 움직이는 양은 무척이나 적었지만 주변에 액체화된 마력이 넘쳐났기에 상당한 수준이 그의 의도대로 퍼져나갔다. 만약 정보의 마안이 없었다면 그 흐름을 읽지도 못했을 것이다.

'작가 새끼…….'

특별한 능력이 없고서는 육체를 혹사해야 마력을 그나마 의지로 움직일 수 있다는 설정은 실로 신박하기 그지없었다.

"으으……."

마력이 뼈와 근육, 혈관, 그리고 피부까지 넓게 퍼지며 흡수되기 시작하자 한기가 몰려왔다. 몸이 얼어붙어 사지가 떨어져 나가는 것 같았다. 이런 고통은 분명 주인공이 아주 힘들게 잠재력을 최고로 높였다는 보여주기식 묘사가 분명했다.

쉽게 강해지면 어때서?

이렇게 한 시간 정도 참아내야 효과가 확실했다.

띠리리리!

타이머가 울리자 진우는 바로 탕 밖으로 나왔다. 그래도 이렇게 마력을 흡수하고 나면 피로가 대부분 사라졌고 전신에 활력이 생겨 상쾌하기까지 했다.

"음……."

진우는 거울을 바라보았다. 훈련한 지 3주가량 지났을 뿐인데도 외모는 꽤 달라져 있었다. 근골이 좋아진 탓인지 비율도 더 좋아졌고 피부도 깨끗해졌다. 근육도 모델을 보는 것처럼 보기 좋게 형성되어가고 있었는데, 일반 근육은 아니었다.

마력이 활성화되면서 만들어진 까닭에 굉장한 힘을 자랑할 것이다. 지극히 평범한 외모로 묘사되던 주인공이 후반부에 훈남으로 묘사되는 건 이러한 효과 때문이었을까?

게다가…….

"이건 왜……."

남자의 자존심이 자부심으로 바뀌어가고 있었다.

굉장히 흥미로웠다.

진우는 고개를 끄덕이며 샤워실 밖으로 나왔다. 입을 옷들이 미리 세팅되어 있었다. 일선 그룹 미래전략실 소속의 이진우 개인 디자이너가 매일매일 세팅을 해서 건네주고 있었다.

이진우가 사람이 많은 것을 싫어해서 다행이었다. 안 그랬다면 주변이 항상 사람들로 바글바글했을 것이다.

옷을 갈아입고 대충 머리를 넘겼다. 시계는 부담스러웠지만 준비해 준 성의가 보여서 어쩔 수 없이 착용했다.

1층으로 내려오니 유나가 대기 중이었다. 깔끔한 정장을 입고 있었는데, 경호원보다는 비서 느낌이 강했다. 실제로 비서 업무도 하고 있긴 했다. 뭐, 본연의 목적은 감시겠지만.

"오전 수업이 있습니다. 전공과목으로, 과목명은 '고대 무술과 현대 능력의 결합'입니다."

"꽤 재미있겠네."

"이진수 교수님입니다. 유명한 분이시지요."

진우의 전공은 '게이트 연구와 능력 발현'이었다. 가장 인기 있는 전공으로, 경쟁률이 엄청났다. 특히 대선대학교는 게이트 분야에서 세계 1위였다. 게이트 분야에서 많은 업적을 세운 교수진들이 있었고, 해외의 유명 교수들도 자주 찾아와 연구회를 가졌다.

세계 각국의 엘리트들도 많이 유학을 오고 있었다. 1학기를 통째로 쉬었지만 면피가 된 것은 능력 발현을 위한 개인 수련을 했다는 이유 때문이었다. 성적은 모두 A+였는데, 대선대학교에서 이진우에게 A+ 미만을 줄 수 있는 교수는 없었다. 대학교 자체가 이진우의 손아귀에 있다고 표현하는 편이 옳았으니 말이다.

대선대학교는 사립이었지만 등록금이 굉장히 싼 편이었고 성적 우수자는 전액 무료였다. 게다가 공부만 하고 살 수 있을 정도로 장학금은 물론 생활비도 팍팍 주니 일선 그룹에 대한 이미지는 굉장히 좋았다. 참으로 비현실적인 대학교였다.

"혼자 가는 건 안 되겠지?"

"위치를 자각하십시오, 도련님."

"수업 받을 때도 곁에 있으면 좀⋯⋯."

"은신하고 있겠습니다."

유나의 모습이 흐릿해지더니 사라졌다. 정확히는 사라진 것처럼 보였다. 바로 앞에 있는데도 제대로 인식을 할 수 없었다. 역시 과거이기는 하나 B급 능력자였다.

"차량을 준비해 놓았습니다."

"전에 그 탱크 같은 차량이지?"

"그렇습니다."

미사일도 튕겨낼 만한 스펙을 갖춘 차량이었다. 하급 능력자의 공격도 웬만큼은 버틸 수 있을 것이지만 너무 눈에 띄었다. 첫 등교인데 소란을 피우고 싶지는 않았다.

'대중교통 이용은⋯⋯.'

하지만 이진우가 대중교통을 이용하면 아마 9시 뉴스에 나오지 않을까? 차라리 전철 하나를 사서 혼자 타고 다닌다고 하면 그러려니 할지도 모른다.

"다른 차가 나을 것 같아. 오히려 눈에 띄면 경호에 더 불편하지 않을까?"

"그렇군요. 알겠습니다."

차고로 가서 가장 수수한 차량을 골랐다. 6억 중반 정도 되는 차량이 그나마 가장 나았다.

유나가 운전하려 했지만 진우는 고개를 저었다. 운전을 꼭 해보고 싶었기 때문이다. 한 달 전까지만 해도 큰 출혈을 감당하며 산 경차를 애지중지하며 타고 다녔던 진우였다.

"오……."

운전대를 잡으니 절로 감탄이 나왔다. 손에 착 감기는 것이 보통 재질이 아니었다.

유나가 이상하다는 듯 바라보았다.

진우는 헛기침을 하고 시동을 걸었다. 엔진음과 함께 차는 부드럽게 차고를 빠져나갔다. 남자의 가슴을 자극하는 모든 것이 이 차 안에 존재했다.

"……출발, 각 위치에서 응답……."

"응?"

유나가 귀에 손을 대고 중얼거렸다. 방금 전과는 다르게 굉장히 날카로운 눈빛이라 물어볼 수는 없었다.

'대선대학교가…….'

도로로 나오자 주변에서 쳐다보는 것이 느껴졌다. 진우의 차 앞뒤 간격은 굉장히 넓었지만 심지어 옆 차선에서도 다가오지 않으려 했다.

진우는 그 마음을 절실히 이해했다. 무려 6억이 넘는 차량이었다. 잘못해서 접촉 사고라도 난다면 인생이 나락으로 떨어져 버릴 것이다. 바로 이런 차량이야말로 미래까지 파괴시켜 버리는, 움직이는 흉기였다.

두드드드드!

헬기 소리가 들렸다. 도로로 나온 순간부터 유난히 헬기 소리가 많이 들려 이상했다.

"오늘따라 헬기가 많네?"

"평소보다 줄였습니다."

"응?"

진우는 유나의 말에 눈을 껌뻑이다 곧 무슨 뜻인지 이해할 수 있었다. 주변에 헬기가 많은 이유는 자신 때문이었다.

헬리콥터까지 이용한 호위라니…….

'대통령도 이 정도일까?'

진우는 작게 한숨을 내쉬었다. 이진우가 학교에 출석하지 않은 것도 이해할 수 있을 것 같았다. 대학교를 갈 때마다 이런 소란을 피웠을 것이니 말이다.

조심스럽게 차를 몰고 대학교로 향했다. 규정 속도를 지키며 주행했지만 차가 워낙 좋기 때문인지 느리게 달려도 기분은 좋았다. 그동안 받은 정신적, 육체적 고통이 어느 정도 보상받는 기분이었는데 가끔 드라이브를 하는 것도 기분 전환에 좋을 것 같았다.

'평범한 걸로 하나 구입해야겠어.'

멀리 대학교가 보였다. 서울에서도 굉장히 큰 부지를 차지하고 있었는데, 정문부터 굉장했다. 미래지향적인 조형물과 학교의 상징이 배치되어 있었는데, 대학교 정문이라기보다는 하나의 예술 작품을 보는 것 같았다. 세계에서 손꼽히는 능력자 교육소도 있어 평소에 외부인 출입은 통제되어 있었다. 가끔 시민들에게 개방을 하기도 했지만 주말 한정이었다.

'관광객들도 많네.'

입구에는 사진을 찍고 있는 관광객들이 많았다. 나름 관광 명소로 통하는 모양이었다. 세계 1위 대학, 그리고 전 세계인들이 가장 가고 싶어 하는 대학이니 당연한 것일지도.

차를 몰고 정문으로 가자 별다른 절차 없이 바로 들어갈 수 있었다. 진우의 차를 막아서는 행위를 하는 이들은 아무도 없었다. 어디로 가야 하는지 헤맬 필요도 전혀 없었다. 검은 정장을 입은 이들이 차에 붙더니 입구에서부터 에스코트를 해 주었기 때문이다. 가볍게 달리는 느낌이었지만 굉장히 빨랐다. 보통의 경호원은 절대 아닌 것이, 딱 봐도 인간의 한계를 뛰어넘은 박력이 느껴졌다.

이런 상황이니 당연히 주목을 끌 수밖에 없었다. 많은 학생들이 멈춰 서더니 핸드폰으로 진우의 차량을 찍었다. 분명 흔하게 볼 수 있는 광경은 아니었다.

아니, 누가 이럴 수 있을까?

"헬기는…… 돌려보내자."

"알겠습니다. 대학교 내에서는 별문제 없겠지요."

유나가 살짝 창을 열더니 손가락으로 원을 그렸다. 그러자 덩치 큰 남자가 고개를 끄덕이고는 어디론가 무전을 했다.

두드드드드!

하늘을 선회하고 있던 헬기가 빠르게 사라졌다.

"근데 지금 어디로 가는 거지?"

"일단 본관으로 가시지요. 어제 이야기해 드리지 않았습니까? 총장과의 면담이 잡혀 있습니다."

"수업 시간은……."

"수업을 뒤로 미루면 됩니다. 한 시간 정도 미루면 되겠군요."

유나가 당연하다는 듯이 말했다. 그녀가 어디론가 전화를 하려 하자 진우가 말렸다. 그럴 만한 힘을 가지고 있긴 하지만 분명 굉장한 민폐였다.

"……그냥 쉬는 시간에 들어갈게."

"알겠습니다."

대선대학교의 본관으로 향했다. 워낙 부지가 커서 시간이 꽤 걸렸지만 워낙 조경을 잘해놓아 가는 길은 지루하지 않았다.

거대한 호수도 있었는데 물이 굉장히 맑았다.

돌고래 떼가 뛰어오르는 광경을 본 순간 진우는 어이가 없어 웃음을 흘릴 뿐이었다. 그야말로 민물 돌고래였다.

'무슨 교내에 호수가…….'

꽤 큰 유람선도 있었다. 인공 백사장도 있어서 학생들이 뛰고 있는 모습이 보였고 백사장 뒤로는 기숙사가 자리 잡고 있었다. 수상스키를 즐기는 이들도 있어 테마파크라고 해도 믿을 것 같았다.

누가 계획해서 만든 것일까? 궁금하지 않을 수 없었다.

학생들의 표정은 밝아 보였다. 대선대학교 졸업생은 이름난 대기업에서 뽑아가니 취업 걱정은 없었다. 상위 성적의 학생들은 일선 그룹에서 특별 채용한다고 한다. 취업이 보장되고 돈 걱정도 하지 않아도 되는 그야말로 꿈의 대학교였다.

성공하려면 대선대학교에 입학하라!

학원가에서 진리로 통하는 말이었다.

'진짜 판타지는 판타지네.'

진우는 어이가 없어 고개를 설레설레 저을 뿐이었다.

본관에 도착했다. 대선대학교 명성에 맞게 크고 화려했는데, 성이라 부르는 편이 더 어울릴 지경이었다. 무슨 호그와트를 보는 것 같기도 했다.

게이트에서 채취한 자원으로 지은 터라 빛을 받으면 색이 조금씩 변하는 특징이 있었는데, 일부 관광객들이 조금씩 캐가는 바람에 지금은 관광객들에게 본관 출입이 제한되어 있었다. 경호원들이 진우를 본관 근처에 있는 차고로 안내했다.

누구도 쓰지 않은 차고였는데, 학장이나 교수진 전용이 아니라 진우 전용이었다. 굉장히 큰 부지를 차지하고 있어 터무니없는 공간 낭비라고 생각했다. 진우가 방문하지 않는다면 그냥 놀리고 있는 땅이니 말이다.

그래서 이제는 무엇을 봐도 놀라지 않을 자신이 있었다.

'미친……'

하지만 그 생각은 곧 취소되었다. 차고의 문이 열리자 진우는 다시 한번 놀라지 않을 수 없었다. 비행기가 여러 대 보였고 오토바이나 요트도 있었다. 차고의 뒤는 헬리콥터 착륙장과 활주로가 길게 자리 잡고 있었는데, 이곳이 공항인지, 차고인지, 학교인지 분간이 안 될 지경이었다.

대학교를 이렇게 사적으로 이용해도 괜찮을까?

"……."

아마도 이진우니까 괜찮을 것이다.

차를 주차하고 밖으로 나오니 나이가 지긋한 남자가 미리 마중 나와 있었다. 환하게 웃는 표정이 징그럽게 느껴졌다.

"저 사람이……."

"김명수 총장입니다. 이전에 몇 번 만나셨다고 알고 있습니다만……."

"뭐, 그랬었지."

대선대학교의 김명수 총장이었다. 총장이 손수건으로 땀을 훔치며 진우의 앞으로 달려왔는데 금테를 두른 안경과 똥배가 인상적이었다. 외모로 모든 것을 평가해서는 안 되지만 인상만으로는 전형적인 탐관오리 스타일이었다.

"안녕하십니까? 허허! 날이 이리 더운데 대한민국의 미래를 위해 이리 발걸음해 주시니 정말 기쁘고 영광입니다! 허허허!"

"네, 반갑습니다. 더운데 안에서 기다리시지……."

"허허! 기쁜 마음에 시간 가는 줄 몰랐습니다! 저를 이리 걱정해 주시다니 몸 둘 바를 모르겠습니다."

굉장한 저자세였다. 너무 낮아서 대지를 뚫고 지구의 내핵으로 파고들 것만 같았다.

급기야 김명수 총장은 눈시울까지 붉혔는데, 저게 연기라면 배우를 했어야 했다. 오늘따라 더위가 심했는데, 그 때문인지 그가 살짝 비틀거렸다.

진우가 잡아주려고 손을 뻗자 김명수 총장이 다급히 손수건을 꺼내 손을 닦고는 진우의 손을 잡았다. 그리고 살짝 고개를 숙이면서 마치 영광스럽다는 듯한 표정을 지었다.

진우는 잠시 할 말을 잊었다.

그 표정을 보고 잠시 움찔한 김명수 총장이 분위기를 바꾸기 위함인지 크게 웃었다.

"허허허! 자! 가시지요!"

"네."

차량을 갈아타고 본관의 앞까지 가니 대학교에서 일하는 모든 직원들이 모두 마중 나와 있었다. 당연히 너무나 부담스러웠다. 총장과 잠시 얼굴만 볼 줄 알았는데, 이건 너무 파격적이었다.

"다음부터는 마중 나오지 마세요."

"허허! 어쩜 이리 마음이 고우십니까? 회장님께서는 정말 축복받으신 것 같습니다. 아니, 회장님뿐만이 아니라 전 세계인들의 축복이지요! 허허허!"

김명수 총장은 입만 열었다 하면 진우 찬양이었다. 직원들의 얼굴은 웃고 있었지만 눈빛에는 짜증이 가득 담겨 있었다. 이른 아침도 지난 시간이라 충분히 땡볕이어서 땀을 굉장히 많이 흘리는 이들도 있었다.

진우는 그들의 모습에서 예전의 자신을 보았다.

"나오신 분들 좀 잘 챙겨주세요."

"허허허! 당연한 일입니다! 모두 기쁜 마음으로……."

"말로만 하지 말고 실제로 잘 챙겨주세요."

진우가 걸음을 옮기며 김명수 총장을 바라보았다. 총장은 그 표정을 보고 화들짝 놀라 고개를 마구 끄덕였다.

"아, 알겠습니다!"

"음, 직원분들 고생하셨는데 좋은 곳에서 회식이라도 하실 수 있도록……."

유나를 바라보자 그녀가 품에서 봉투를 꺼냈고, 진우는 그 것을 김명수 총장에게 건네주었다.

"허허! 진정한 성군이십니다. 허허허!"

김명수 총장의 아부 스킬은 대단했다. 그는 옆에 따라온 직원에게 봉투를 건네고 귓속말을 속삭였다. 본관에 들어서자 밖에서 환호 소리가 들렸다.

유나가 살짝 웃는 것이 보였지만 진우와 눈이 마주치자 바로 무표정으로 돌아왔다.

"충분히 챙겨줬습니다. 불만은 나오지 않을 것입니다."

"잘했어."

"별말씀을."

본관 내부는 깔끔했다. 박물관을 보는 것처럼 게이트의 역사가 담긴 그림이나 자료들이 전시되어 있었는데 유명한 박물관에서조차 볼 수 없는 전시물까지 있을 정도였다.

김명수 총장이 굽실거리면서 응접실로 안내했다. 마치 중세의 왕궁을 보는 것 같았는데, 가구와 장식물들이 모두 명품들로 도배가 되어 있었다. 금붙이, 보석들, 고풍스러운 도자기, 교과서에 나오는 명화까지. 그러나 너무 많은 것을 봐온 진우였기에 이제는 감흥이 없었다.

총장이 직접 다과와 함께 차를 내왔다. 꽤 좋은 향이 마음에 들었다.

진우가 찻잔으로 손을 옮기려 하자 유나가 진우의 옆으로 오더니 살짝 고개를 숙이고는 품에서 쇠막대를 꺼냈다. 그리고 찻잔에 가져다 대고는 고개를 끄덕였다.

"드셔도 됩니다."

굉장한 과잉보호였지만 김명수 총장은 당연하다는 듯 아무렇지도 않은 표정이었다.

진우는 한 모금 마셔보았다. 차의 맛은 잘 모르지만 그럭저럭 괜찮았다. 하지만 솔직히 말하자면 콜라가 더 나았다. 갑자기 햄버거와 콜라가 먹고 싶어진 진우였다. 떡볶이와 순대도 당겼다.

"……좋군요."

"마음에 드신다니 다행입니다. 허허허, 저…… 외람된 말씀입니다만 본가에서 나오셨다고……."

"네, 그렇게 되었습니다."

"허허! 회장님께서 본격적으로 후계를 위한 준비를 하시는 모양입니다. 하나뿐인 손자를 외지로 보내니 얼마나 마음이 찢어지시겠습니까?"

그는 이진우가 듣기 좋은 말만 골라서 했지만 어쨌든 김명수 총장의 능력만은 상당히 좋은 편이었다. 그 결과로 학교도 잘 이끌고 있었고, 덕분에 이미지도 상당히 좋았다.

'다이버에 검색해 보니 호평 일색이었지.'

프로필 사진도 옆집 아저씨 같은 느낌으로 잘 나와 있었는데, 총장 임기가 끝난 후에는 정계로 진출할지도 모른다는 말도 있었다.

잠시 이야기를 나눴다. 아부하는 말들이 대부분이었지만 나름 시간은 잘 갔다. 이래서 좋은 말만 하는 이들을 곁에 두는가 싶었다. 너무 심하게 아부를 해서 조금 깨기는 하지만 말이다.

그때 김명수 총장이 눈치를 보다가 조심스럽게 입을 뗐다.

"그…… 안양 게이트 내부 관광도시 설립 공사 말입니다."

안양 게이트 관광도시 설립 공사. 그 말을 들으니 여러 내용들이 또렷하게 떠올랐다. 이는 이진우가 퇴장한 이후의 이야기로, 도시 설립 공사를 하다가 해외에서 정보원들이 건드려서는 안 될 것을 건드려 내부에 잠들어 있던 12군주 중 하나를 깨운 사건이었다.

주인공이 이 사건에서 크게 활약하면서 본격적으로 영웅의 길로 들어서게 되지만, 이후 11군주가 차례대로 깨어나며 소설도 본격적으로 산으로 가기 시작한다.

'산으로만 갔으면 다행이지.'

작품 후반에는 이미 우주로 떠나 블랙홀에 빠져 버렸는데, 비유하자면 이것저것 맛있어 보이는 걸 다 넣었다가 개밥이 된 느낌이었다.

"얼마 전에 안전 검사를 통과했다고 들었습니다."

"그런 것 같더군요."

"그…… 중심 건물의 디자인에는 대한민국의 자랑이자 대선 대학교의 교수를 지냈던 이충익이 어떻겠습니까? 이충익 전 교수의 LC사무소는……."

이진우는 안양 게이트에 많은 지분을 가지고 있었다. 후계 작업이 진행 중이었기 때문인데 혼자서 70%의 지분을 가지고 있으니 지배력은 완전했다. 그와 달리 이민우는 이진우처럼 후계 작업을 통해 물려받은 것이 아니라 순수 자신의 역량으로 다른 게이트의 지분을 늘려가는 중이었다.

진우는 진심으로 이민우가 후계자가 되기를 바라고 있었지만 아무래도 이희진 회장이 자신을 놔줄 확률은 적으리라. 원작에서 그렇게 병신 짓을 했음에도 끝까지 이진우에게 무언가 있다고 믿은 미련한 할아버지였기 때문이다.

'그래도 좋은 할아버지는 아니야.'

원작 속 이희진 회장은 좋은 할아버지도, 좋은 인간도 아니었다. 그래도 이진우가 죽고 나서 폭주를 한 걸 보면 이진우에 대한 애정은 있었나 보다.

'이민우가 오히려 더 냉철하지.'

그런 이희진 회장을 막은 것이 바로 이민우였다.

진우는 열심히 설명 중인 김명수 총장을 바라보았다. 일선 그룹에는 일선 건설이 있었는데, 김명수 총장의 입에서는 다른 하청 업체들의 이름이 나오고 있었다. 안양 게이트 붕괴 사건은 허술한 보안 때문에 일어난 일이었다. 원작에서는 잘 이해가 되지 않았는데, 아마도 이진우가 이것저것 참견을 하면서 빌미를 제공한 것 같았다. 공사가 어떻게 되든 간에 자신의 영향력을 높이기 위해 혈안이었으니까. 한마디로 사람이 만든 참사였다. 만약 고이 자고 있는 그놈을 깨우지만 않는다면 원작대로 스토리가 흘러가진 않을 것이다.

'12군주라…….'

게이트가 지구의 것이 아님을 알려준 최초의 사건이었다. 진우는 기업이나 경영에 대해서는 잘 몰랐지만 적절한 답변을 해주기로 했다.

"어떤 방식이든 공정하게 진행해야 할 것 같습니다."

"아…… 네! 무, 물론 그, 그래야지요!"

"능력이 되면 경쟁을 뚫을 수 있겠지요."

"캬! 명답이십니다! 허허허!"

김명수 총장이 엄지손가락을 치켜들었다. 역시 치고 빠지기를 굉장히 잘했다.

더 이상 이야기를 나누고 싶지 않아 자리에서 일어났다.

"그럼 가보겠습니다."

"시간을 빼앗아서 송구스럽습니다. 허허! 제가 직접 안내해 드리고 싶습니다만……."

"괜찮습니다. 바쁜 분이신데 그럴 수는 없지요."

김명수 총장은 끝까지 아쉽다는 표정이었는데 진우가 허락했다면 수업까지 따라올 기세였다.

이해가 되지 않는 것은 아니었다. 진우의 말 한마디 한마디가 그에게 엄청난 이득을 안겨다 줄 테니 말이다.

김명수 총장이 본관 밖까지 배웅 나와 헬기를 준비한다는 것을 진우는 거절했다. 본관과 강의실은 꽤 가까웠기에 걸어가도 되었다. 마침 유나가 위치를 잘 알고 있었다.

"김명수 총장이 얼마 전에 정계 입문 권유를 받았다더군요."

"그렇군. 지금도 남부럽지 않게 사는데 욕심이 많네."

"도련님께서 하실 말씀은……."

"그건 그렇지."

진우는 피식 웃을 뿐이었다. 유나의 첫인상은 무서웠지만 지금은 가장 편하게 대할 수 있었다. 그녀가 바로 곁에서 진우를 안내했고 다른 경호원들은 멀찍이 떨어져서 방해하지 않았다.

"이진우?"

"와, 미쳤다."

"대박!"

다가오지는 않았지만 멀찍이 뭉쳐서 사람들이 진우를 구경하고 있었다. 커뮤니티 사이트와 SNS를 통해 실시간으로 그의 모습이 올라가고 있었는데 이런 부분에서는 현실적이었다.

-Kim JJ
우리 학교에 진우흥 떴음ㅋㅋㅋ
포스 장난 아님. 실물로 보니까 미쳤어.
가서 절할까? 그럼 청소부로 써줄지도ㅋㅋㅋ
[이진우 사진.jpg]

└김학식: 헬기도 떴더라. 학교 중앙로 통제됐어.
└David Lee: 명수가 뛰어서 마중 나가던데ㅋㅋㅋ
└Ray44: 교직원들 회식하라고 거금 투척하고 갔다고 함. 너무 금액이 커서 전원 해외로 놀러가기로 했대.
└그냥짖는개: 진우 형님네 강아지가 되고 싶다. 사료가 내가 먹는 것보다 나을 듯. 만수르한테 거지라고 부르는 형님이신데.

연예인 위의 연예인이라는 말이 과언이 아니었다. 이진우라는 이름을 모르는 이는 거의 없으니 말이다. 조금 오그라들기는 하지만 황태자라는 단어에 가장 적합한 유일한 인물이 바로 이진우였다.

일선 그룹 미래전략실에서는 이진우에 관한 모든 사항을 실시간으로 모두 모니터링하고 있었고 이미지에 타격을 줄 만한 부정적인 내용은 칼같이 제거하는 중이었다. 많은 인원과 고성능 프로그램을 통해 여론은 조작이 가능했고, 언론은 이미

진우의 편이었다. 많은 기행 속에서도 이미지가 그럭저럭 괜찮은 건 언론의 힘이 가장 컸다. 국내 최고의 포털사이트도 물론 이진우의 편이었다.

진우는 곧 강의실이 있는 건물로 들어왔다. 건물이 상당히 멋진 것은 말할 필요도 없었다.

"그럼 조용히 경호하겠습니다."

유나가 존재감을 지우며 은신했다. 바로 옆에 있었는데, 능력자가 아니고서는 그녀가 있는지 알 수 없을 것이다.

마침 쉬는 시간이라 조용히 강의실로 들어갈 수 있었다. 세 시간짜리 수업이었는데, 이미 절반 정도 지나 있었다.

강의실은 굉장히 넓었다. 마치 공연을 위해 만들어진 홀을 보는 것 같았다. 쾌적한 환경에서 수업을 들을 수 있도록 최신설비들이 배치되어 있었고 실내 온도와 습도도 환상적이었다. 이불만 펴면 바로 잘 수 있을 정도였다. 공부하기에는 너무나 좋은 환경이었지만 진우는 공부와 인연이 없었기에 아마 잠부터 오지 않을까 싶었다.

'오······.'

자리마다 태블릿PC가 놓여 있었는데, 누구나 사용할 수 있었고, 강의 자료가 들어 있어 수업용 책이 필요가 없었다.

딱히 잠금장치가 걸려 있는 것도 아니었다.

진우는 눈에 가장 안 띄는 구석 뒷자리에 앉았다. 그러나 눈에 안 띌 수가 없었다. 진우가 들어온 순간부터 모두의 시선이 그에게 몰렸기 때문이다.

그때 교수가 강의실 안으로 들어왔다. 잠깐 탕비실에 다녀왔는지 커피를 들고 있었는데, 학생들이 처다보는 곳을 바라보다가 진우를 발견하고는 마시고 있던 커피를 뿜었다.

"크흡! 쿨럭……."

강의실 안은 굉장히 조용했다. 이내 교수가 떨리는 목소리로 수업을 진행하기 시작했다. 그는 굉장히 긴장해 있었는데, 진우의 말 한마디면 해고를 넘어 가정이 풍비박산 날 수도 있었기 때문이다. 연예인이라도 얄짤 없는 교수였지만 확실히 이진우가 가지는 위엄은 너무나 거대했다.

'아무래도 정상적인 대학 생활은 힘들겠네.'

이진우에게 평범한 생활을 바라는 건 힘들었다. 어차피 앞으로 대비해야 할 일들도 많으니 대학 생활을 계속하는 것은 무리가 있었다. 예의상 얼굴이라도 한번 비치는 것이 좋을 것 같아 왔는데 민폐란 민폐는 다 끼치고 있었다.

수업은 나름 재미가 있었다. 고대 무술과 현대 능력이 가지는 시너지에 대한 논리적인 설명이 있었는데, 확실히 원작에서는 무협에 나올 법한 것들도 많았으니 굉장히 흥미로웠다.

진우가 교수를 바라볼 때마다 교수는 말을 더듬었다.

괜히 미안해진 진우였다.

수업 시간이 꽤 많이 남았는데, 교수는 빠르게 수업을 끝내려 했다. 늘 수업 시간을 오버해서 하는 열정 넘치는 교수라 했는데, 오늘은 굉장히 힘들어 보였다.

"지, 질문이 없으면…… 오늘 수업은 이것으로……."

"교수님, 저……."

그때 질문을 하는 학생이 있었다. 살짝 고개를 돌리는 순간 얼굴을 볼 수 있었는데 유나만큼이나 대단한 외모였다. 긴 머리카락과 안경으로 얼굴을 살짝 가리고 있었지만 한눈에 굉장한 미인이라는 것을 알 수 있었다.

보통 주요 등장인물들은 하나같이 범상치 않은 생김새를 지니고 있다. 여성일 경우 더욱 그러한데, 저 여학생은 딱 봐도 나 등장인물이요, 하고 말하고 있었다.

"아…… 짜증 나게."

"거지 년이……."

"저년 술집에서 일할걸? 교수들이 단골이라 학점 잘 주나 봐."

"그럴 만하네. 어디 나도 한번?"

대놓고 소곤거리는 목소리가 들려왔다. 어디선가 본 연출, 굉장히 흔한 전개라는 느낌이 강했다. 그래서인지 너무나 비현실적으로 다가왔다.

진우는 여학생을 바라보았다.

예쁘고 똑똑하지만 가난한 여학생. 공부를 잘하지만 주변의 시기를 받는 캐릭터.

등장인물로 딱이었다.

'중학생도 아니고 유치하게.'

주변에서 소곤거리는 양아치 같은 연놈들도 적당히 존재하고 있었다. 얼마 안 되는 부유함을 자신감으로 삼고 있으니 한심하게 느껴졌다. 재벌 3세 이진우가 되니 그러한 것들이 더욱 강하게 와닿았다.

진우가 인상을 찡그리자 떠들던 놈들이 몸을 부르르 떨었다. 유나가 살기를 내뿜어 조치한 것이 확실했다.

'그냥 착각일까?'

대선대학교를 다니는 여성 등장인물은 그가 기억하기로는 존재하지 않았다. 진우는 정보의 마안으로 그녀를 살펴보았다. 매일 몇억씩 되는 마력 음료를 괜히 먹는 것이 아니었다. 마안의 성장 요인은 방대한 마력이었는데, 진우는 그것을 위해 매일 돈을 쏟아붓고 있었다. 효율은 좋지 않았지만 상관없었다. 물을 마시듯 마력을 먹는 사람은 전 세계에서 진우뿐일 것이다.

힘들게 훈련을 한 보람이 있어 이제는 인물의 간략한 정보 역시 열람이 가능했다.

[-]Lv.1
이름: 김세연
나이: 21세
잠재 능력: A
현재 상태: 피로, 병약, 오랜 피로 누적, 스트레스, 압박감, 우울함, 강한 부담감, 절망.

진우의 눈이 커졌다. 김세연이라는 이름은 확실하게 알고 있었다. 그녀는 등장인물 중에서도 상당히 중요한 인물이었기 때문인데, 바로 이민우와 결혼하게 되는 주인공의 누나였다.

'형수님이 어째서 여기에……?'

이민우와 김세연은 꽤 잘 어울려서 훈훈하게 읽었던 기억이 있었다. 조금 오그라들 정도로 달달하기는 했지만 고구마 전개 중에 그나마 한 줄기 사이다 같은 역할을 했었다. 둘이 출연하는 편에는 그나마 악플이 적었는데, 그러한 이유에 기인했다.

청순가련한 미인. 그녀는 미련할 정도로 착하고 일편단심이었는데, 작가 본인의 이상형이 아닐까 싶을 정도로 비현실적인 캐릭터였다.

한데 그녀가 대선대학교에 있는 이유가 무엇일까?

진우는 곰곰이 생각해 보았다. 원작소설의 내용은 대부분 기억하고 있었다. 세연에 대한 역사는 자세히 언급되지는 않았지만, 상당히 불행한 삶을 살아왔다고 묘사가 되어 있었다.

'아르바이트를 해서…… 주인공 뒷바라지를 했었지.'

하지만 대선대학교에 다닌다면 생활비 걱정을 할 필요가 없었다. 일정 이상의 학점만 되면 전액 장학금이었고, 우수 학생에게는 대한민국 회사원 평균 연봉 정도의 금액을 생활비로 주었기 때문이다. 김세연은 머리가 상당히 좋고 모범생이었다고 하는데 처음 출연했을 때부터 건강이 나쁜 상태였다. 주인공의 불행 또한 김세연이 병원에 입원하고부터였는데, 불어나는 병원비와 빚은 인생의 지옥이라고 표현하기에 충분할 것이다.

'A급 잠재력이라……'

잠재 능력 A면 굉장한 수치였다. 노력만 한다면 능력자 1% 안에 들 수 있는 잠재력이었으니 이런 인재를 대선대학교에서 놓칠 리 없었다.

그렇다면 어째서 상태가 저 모양일까? 어째서 원작에서는 대학교에 다니지 않고 있었을까?

그녀의 질문은 굉장히 예리했고 수준도 높아 교수도 이진우의 존재를 잠시 잊고 즐겁게 대답해 주었다. 수업 시간을 오버한 것도 아니어서 딱히 불만이 있을 이유가 없었는데, 노골적으로 무시하는 분위기를 조성하는 몇몇의 인물들이 보였다. 대학교에서 이런 분위기를 볼 줄은 예상치도 못한 진우였다. 그건 고등학교에서조차 보기 드문 광경이었기 때문이다.

"필사적으로 들이대는 거 봐라."

"저것도 어제 입었던 옷이지?"

"냄새 쩌네."

진우가 어이없어 고개를 저을 만큼 굉장히 유치했다. 최고의 지성들만이 모이는 대선대학교에서 벌어지고 있는 일이라고는 도저히 믿을 수 없었다.

저들이 과연 공정하게 입학을 했을까?

하긴 교내에 이진우 전용 활주로가 있는 마당에 부정 입학 정도는 아무것도 아닐 것이다.

'조사해 봐야겠군.'

원작과 관련이 있는 내용은 그냥 넘어가기 어려웠다. 김세연 같은 주요 등장인물에 있어서는 특히 더욱 그러했다.

수업이 끝나고 점심시간이 되었다. 더 이상 수업 참여는 어려워 오후는 스케줄을 변경하는 편이 좋을 것 같았다. 차라리 집에서 잠재 능력 개발을 하는 것이 미래에 도움이 될 것이다.

그의 눈에 수업이 끝나자마자 급하게 사라지는 김세연이 보였다.

"관심이 있으십니까?"

"관심이라기보다는……. 음, 아무튼 조사해 줄 수 있을까? 입학부터 지금까지, 아주 자세하고 철저히."

"철저히, 조사하라는 말씀이시군요. 거기다가 아주 자세하게까지…… 네, 알겠습니다."

"그리고 경호원 하나를 붙여줘."

"네, 알겠습니다."

정보의 마안으로 보니 아무래도 상태가 심상치 않았다. 진우가 강의실에서 나올 때 복도에 기다리고 있는 이들이 있었다. 아까 전 김세연을 보고 수준 낮은 말을 했던 이들과 처음 보는 이들이었다. 조금 살이 찐 남자가 사람 좋은 웃음을 머금으며 고개를 숙였다. 상당히 비열해 보이는 느낌을 풍기고 있었다.

"반갑습니다, 이진우 님. 저는 32대 총학생회장 박정호라고 합니다. 그리고 이쪽은 과대……."

박정호가 진우에게 다가오려 하자 유나가 옆에서 나타나며 그를 제지했다.

진우가 바라보자 그는 식은땀을 흘리며 입을 다물었다.

박정호는 원작에서 몇 번 나왔던 인물이었다. 전형적인 엑스트라 악역이었는데, 흔한 전개가 그렇듯이 주인공을 대놓고 개무시하고 모욕을 주다가 결국 참교육을 당하는 사이다 전용 캐릭이었다. 이진우의 수족이라고 보면 되었는데, 기억이 맞다면 주인공과 악연의 시발점이 바로 박정호였다.

'대학에서 만난 인연이었나 보군.'

이진우가 한 번쯤은 대학에 왔을 테니 아마 그때부터 그 인연이 이어졌으리라. 조금 피곤해지는 것을 느꼈다. 원작에 나오는 인물들을 하루 만에 두 명이나 만나니 머리가 조금 아파 왔다. 기분 전환 겸 가벼운 마음으로 왔지만 역으로 마음이 무거워졌다.

"식사 어떠십니까? 학생회 식당으로……."

"교내 식당과 다른 곳입니까?"

"네! 물론입니다. 총학생회와 엘리트들만 입장이 가능한 VIP 식당입니다. 오늘 메뉴는 특별히 공수한……."

"흠."

잠시 말을 나눈 것만으로도 학생회라기보다는 사조직이라는 인상을 강하게 받았다. 회사, 집안, 인맥 등으로 생긴 파벌과 비슷할 것이고, 교내에서도 꽤나 힘을 주고 다닐 것이다.

"함께 가시지요! 거하게 모시겠습니다!"

"이진우 님을 평소에 흠모해 왔습니다!"

"신입생들도 불러서……."

박정호뿐만 아니라 김세연을 욕하던 이들이 그렇게 말하니 기분이 별로 좋지 않았다. 만약 원작의 주인공이 자신이었다면 죽빵이라도 날리지 않았을까?

어차피 얽혀봤자 아무런 이득도 없는 이들이었다. 저런 놈들과 시간을 허비하고 싶지 않았다. 뭐가 아쉬워서 저런 멍청이들과 어울린단 말인가? 차라리 집에 가서 에어컨 바람을 맞으며 맥주를 먹는 게 훨씬 큰 이득이었다.

진우는 그들을 바라보다가 살짝 고개를 젓고는 몸을 돌렸다.

"긴히 드릴 말씀도 있고…… 어? 자, 잠시만요!"

무시하며 발걸음을 옮기자 박정호가 다급히 진우의 뒤를 따라왔다. 그가 진우의 어깨에 손을 올리려는 순간이었다.

"으억!"

박정호가 갑자기 들이닥친 검은 양복을 입은 경호원들에게 붙잡히더니 그대로 쓰러졌다. 경호원들이 바닥에 얼굴을 누르고는 그를 포박했다. 움직이려 했지만 그럴수록 압박이 더 심해졌다.

"이, 이게 무슨 짓…… 크윽! 이, 이진우 님. 이, 이러면 곤란하실 겁니다! 저, 만만한 사람 아닙니다! 으, 으억! 아니, 제 말 좀…… 이, 이러고도 그냥 넘어갈 것 같습……"

"재미있군요."

유나가 조용히 박정호에게 다가갔다. 그리고 그를 내려다보다가 품에서 무언가를 꺼냈다.

작은 날붙이였다.

"이런 날붙이로 도련님을 시해하려 하다니, 무섭지도 않습니까?"

"그, 그게 무슨…… 그건 당신이 꺼낸…… 읍!"

"마침……."

날붙이가 어느새 박정호의 손에 들렸고 경호원들이 기다렸다는 듯이 그것을 핸드폰으로 찍었다. 박정호 주변에는 덩치 큰 경호원들이 서 있어서 다른 학생들은 그 상황을 볼 수 없었다.

"지문도 가득 묻어 있고, 증거 사진도 있군요."

"이건 모, 모함이야! 이러고도 무사할 것 같아!?"

"누가 과연 무사할 수 있을까요?"

박정호의 안색이 창백해졌다. 결과는 불을 보듯 뻔했다. 대한민국 자체가 이진우의 편이었다. 정계, 재계, 사법부, 군부까지 일선 그룹의 밑에 놓여 있었다. 심지어 능력자협회조차 일선 그룹의 편이었다.

박정호는 그럴듯한 기업을 물려받을 유망주였지만 진우 앞에서는 아무것도 아니었다. 대선대학교의 총학생회장이라는 신분도 이진우에게는 그저 장난감 같은 것에 불과했다.

"죄, 죄송합니다! 죄송합니다. 제, 제가 큰 실수를 했습니다. 다시는 이런 일 없도록 하겠습니다! 죄송합니다! 흐윽!"

"그만 놔드려."

박정호가 눈물 콧물 다 쏟으며 사과를 하자 진우가 말했다. 저 무리가 마음에 들지는 않았지만 조금 심한 처사이기도 했다.

일으켜 세워 보니 박정호의 볼은 어느새 크게 부어 있었다.

"죄송합니다. 저희 쪽 사람이 본의 아니게 실수를 했군요."

"아, 아, 아닙니다. 제, 제가 잘못했습니다. 제가 감히……."

"세탁비와 치료비는 따로 보내 드리겠습니다. 그럼⋯⋯."

진우가 어깨에 묻은 먼지를 털어주자 박정호는 가문의 영광이라는 듯 굽실거렸다.

그대로 진우가 시야에서 사라지자 그는 그대로 바닥에 털썩 주저앉으며 한참 동안 멍하니 그렇게 있었다. 오히려 정중한 진우의 태도에 소름이 끼쳤다. 몸이 덜덜 떨렸다. 왜인지 엄청난 압박감이 느껴졌다. 바지는 어느새 조금 축축해져 있었다.

진우는 그들을 뒤로한 채 건물 밖으로 빠져나왔다. 그의 발걸음을 막을 수 있는 사람은 아무도 없었다. 많은 인파가 모세의 기적처럼 좌우로 갈라졌다.

"오후 수업은 역시 취소하는 게 좋겠어."

"그럼 남은 스케줄은 어떻게 하시겠습니까? 우선 순위를 재조정했습니다."

"뭐가 있었지?"

"능력자훈련소 방문, 대학 리그팀 격려 일정이 있습니다."

"음⋯⋯."

대학 리그팀이라는 말에 진우는 스케줄을 취소하기로 했다. 잘은 기억이 나지 않지만 아마도 검선의 손녀가 대선대학교에서 후원하는 대학 리그팀 소속일 것이다. 괜히 가서 분란거리를 만들고 싶진 않았다. 그리고 아직 잠재력이 충분히 만들어지지 않아 능력자의 세계와 얽히는 건 시기상조였다.

미래를 대비하는 일, 그리고 목숨이 달린 일이니만큼 신중해야만 했다.

'적어도 S랭크 이상까지 잠재력을 올려야 해.'

진우의 잠재력은 그야말로 수직 상승 중이었다. S랭크는 주인공과 검선 같은 핵심적인 인물들만이 지니고 있었다.

하지만 진우는 그 이상을 바라보고 있었다. 그에게는 돈과 시간, 그리고 게이트가 있었다. 그리고 원작의 중요한 것들에 대한 지식이 있었다.

진우는 무거운 기분을 털어내려 고개를 젓고는 살짝 웃었다.

"나가서 밥이나 먹자."

"알겠습니다."

"아! 여기서 조금 가면 맛있는 곳이 있어. 아마 아직 있을 거야."

"가게 이름을 알려주시면 바로 예약하겠습니다."

"그럴 필요 없어."

진우는 고개를 저었다. 예약하고 가는 그런 곳이 아니었다. 대선대학교가 나타남으로써 주소가 조금 달라졌지만 분명 이 근방에 있을 것이었다.

유나가 의아한 표정이 되었지만 진우는 살짝 웃고는 대학교 밖으로 이동했다. 타고 온 차량 대신 경호원이 운전하는 검은 세단을 탔다. 학교 밖으로 나서는 순간 많은 경호원들이 따라 붙었지만 지금은 오히려 괜찮았다. 사람이 많을수록 좋다고 생각했기 때문이다.

'한 달이 조금 넘었을 뿐인데……'

익숙한 지하철역과 익숙한 건물들이 보였다. 생각하기도 싫은 기억만이 가득한 곳이었지만 지나고 나면 추억이라는 말이

딱 어울렸다.

도착한 곳은 식당들이 줄지어 있는 곳으로, 대학가라 그런지 맛집이 상당히 많았다. 이 거리를 지나면서 늘 고픈 배를 움켜잡았던 기억이 새록새록 했다.

예상 밖의 장소에 도착하자 경호원은 고개를 갸웃했고, 그것은 유나도 마찬가지였다.

"여기가 맞습니까?"

"맞아."

"가실 만한 곳이 있으리라 생각이 되지는 않습니다. 도련님과 어울리는 곳이라고는 도저히……."

"그건 편견이 아닐까?"

진우는 사람의 발길이 잘 닿지 않는 구석진 식당으로 갔다. 중년의 부부가 하는 식당이었는데, 분식집이었다. 고등학생 시절 진우가 굶고 다닐 때 매번 불러다가 무료로 밥을 챙겨주곤 했던 사장님이었다. 가난하다고 따돌림당하던 시절 학교를 무사히 졸업할 수 있었던 것은 주인 아주머니의 도움도 컸다.

'다른 세계일지도 모르지만…….'

자기만족이었다.

"다들 점심 안 먹었지? 같이 먹자."

진우의 말에 경호원들이 어색한 표정이 되었지만 어쨌든 그의 말을 따라야 했다. 명령은 절대적이었기 때문이다.

점심시간임에도 분식집은 한산했다.

진우와 유나가 들어오자 밝게 웃으며 인사하던 가게 주인

아주머니가 우르르 몰려온 경호원들의 숫자를 보고 깜짝 놀란 표정이었다.

진우는 그 모습에 살짝 웃음이 나왔다. 자신은 달라졌어도 아주머니나, 이 가게의 풍경은 그대로였다. 심지어 벽에 있는 낙서까지 똑같았다.

"어, 어서 오세요! 몇 분이신가요?"

"열일곱 명입니다."

진우 대신 유나가 먼저 말했다. 분식집 안은 금세 꽉 찼고, 덩치 큰 경호원들이 다닥다닥 붙어 있는 모습은 조금 우스꽝스러웠다.

진우와 유나도 딱 붙어서 앉았다. 거의 매일 얼굴을 보는 사이였지만 이 정도로 거리를 좁힌 적은 이번이 처음이었다.

진우는 조금 신선한 기분이 들었다.

"일단······."

진우는 능숙하게 메뉴를 시켰다. 매운 돈까스가 굉장히 맛있는 집이었다. 조금 고통스럽기는 했지만 맛있게 매웠고, 게다가 집에 들어가면 생각나는 중독성을 지니고 있었다.

떡볶이도 물론이고, 순대, 쫄면도 괜찮았다.

집에서 매일 코스 요리만 먹다 보니 오히려 이런 음식이 상당히 당겼다. 고급 코스 요리가 맛있기는 했지만 편하게 먹는 기분은 들지 않았기 때문이다.

주방에 있던 아주머니 남편이 꽉 찬 식당을 보고는 깜짝 놀랐다.

"어이구! 많이들 오셨네요."

"여보! 빨리……."

"하하!"

진우는 흐뭇하게 둘의 모습을 바라보았다.

밑반찬을 먹어보고는 고개를 끄덕였다. 예전에 기억하던 맛과 똑같았다. 세상이 변했어도 맛은 그대로이니 눈물이 살짝 나올 것 같았다.

먼저 나온 김밥과 떡볶이를 먹었다. 진우는 고급 코스 요리보다 역시 이런 음식이 더 입에 잘 맞았다.

유나가 그런 진우를 뚫어져라 바라보고 있었다. 경호원들도 마찬가지였다.

진우가 고개를 들자 유나를 제외한 모든 이들이 시선을 돌렸다.

"왜? 입맛에 안 맞아?"

"맛있습니다만……."

"근데?"

"설마 이런 곳을 알고 계실 줄은 몰랐습니다."

유나는 아직도 믿기지 않는 듯 진우에게서 시선이 떨어질 줄 몰랐다. 동공마저 살짝 흔들리고 있었다.

진우는 그녀의 마음이 이해되었다. 이진우와 이런 분식집은 절대 어울리지 않았다. 본래 서민적인 것과는 아주 거리가 멀었다. 그냥 마시는 물조차 수십만 원을 호가하는 고급 브랜드만을 고집했으니 말이다.

"햄버거조차 주문하지 못하실 것 같았는데……."

"햄버거는 그랜맘스터치가 괜찮더라고. 감자튀김이 끝내줘. 버거퀸도 좋고."

"노, 놀랍군요."

유나의 놀란 모습을 처음 본 진우였다.

경호원들도 진우의 발언에 크게 놀라 사레가 걸려 버렸다. 그들이 평정심을 되찾기까지는 조금 시간이 걸렸는데 그만큼 파격적인 일이었다.

하지만 이내 유나도 진우를 따라 돈까스를 먹기 시작했다.

유나의 얼굴이 순식간에 새빨갛게 변했다.

"매워? 이런 거에 약한가 봐?"

"……전혀 안 맵습니다."

"그래?"

진우가 보란 듯이 한 조각을 먹고 바라보자 유나도 표정 관리를 하면서 따라 먹었다. 귀가 터질 것처럼 빨갛게 변했는데, 표정은 무표정이었다.

대단한 인내력. 역시 능력자는 능력자였다.

진우는 피식 웃으며 우유를 주문해서 따라주었다.

"내가 이길 수 있는 게 생겼구만."

"지지 않았습니다만 양보해 드리지요."

"그래."

진우는 우유를 벌컥벌컥 들이켜는 유나를 보고는 고개를 설레 저었다. 이렇게 외출하는 것도 나름 괜찮은 것 같았다.

오랜만에 마음에 드는 분위기에서 식사를 마칠 때쯤이었다. 유나가 입술에 묻은 우유 자국을 닦고는 진우를 바라보았다. 매운 여운이 남아 있는지 연신 입술을 할짝거리다가 입을 뗐다.

"알아보라고 하신 내용이 도착했습니다."

"빠르군. 차 안에서 듣도록 하지."

제법 어두운 이야기일 것 같은 느낌이 강하게 들었다. 지금은 이 분위기를 깨고 싶지 않았다.

유나도 그런 진우의 마음을 읽고는 고개를 끄덕였다.

"감사합니다."

"잘 먹었습니다. 저것도 다 포장해 주세요."

"네? 다요?"

"곤란하시다면……."

"아니에요. 호호! 잠시만 기다려 주세요."

가게에 남아 있는 떡볶이와 김밥을 모두 샀다. 좋아하는 아주머니의 얼굴을 보니 진우 역시 웃음이 나왔다. 경호원들에게 나눠줬고, 유나의 동생들이 한참 먹고 자랄 때니 그쪽으로도 많이 선물해 주었다. 경호원을 통해 바로 배달하라 했으니 식을 염려는 없을 것이었다.

'돈이 많다는 건 역시 좋구만.'

이진우의 유일한 장점이었지만 그건 모든 단점을 커버하고도 남았다.

"그럼 들어볼까?"

"네."

유나가 차 안에서 조사한 것들을 요약 정리해 알려주었다.

내용을 들을수록 진우의 표정이 굳어졌다. 마치 소설이나 드라마에서나 볼 법한 이야기였다. 역시 현실은 소설보다 더욱 판타지였다.

"음……."

일방적인 괴롭힘이었다. 총장과 연이 있는 박정호의 눈에 김세연이 띈 것이 문제였다. 신입생 환영회 때 처음 호감을 가진 이후로 스토커처럼 따라다녔다고 하는데, 김세연이 거절하자 물리적인, 그리고 정신적인 괴롭힘이 시작되었다. 정신 계열의 하급 능력자를 포섭하여 여론을 선동한 것은 오히려 얌전한 편이었다. 문제는 장학금 목록에서 일부로 누락시키고, 김세연에게만 학생회비를 과하게 걷었고, 심지어 아르바이트 자리까지 찾아가서 여러 수작을 부렸다.

천천히 말려 죽이며 자신에게 찾아와 굴복하도록 설계하고 있었던 것이다.

악랄하기 그지없는 수법이었다.

"박정호가 보낸 메시지를 확인해 보니 자기가 애완견으로 키워주겠다고 했더군요. 거절할 때마다 괴롭힘이 더 심해졌던 모양입니다. 김세연 양은 최근에 대출까지 썼더군요."

"그랬던가."

진우는 김세연이 학교를 그만두고 그토록 모질게 일했던 이유를 그제야 납득할 수 있었다. 원작에서 언급은 없었지만 모든 게 다 박정호 때문이었다.

진우는 고민이 되었다.

'내가 이 일에 개입하는 게 과연 옳은가?'

김세연으로 인해 주인공이 학업을 그만두고 고생하며 원작이야기가 진행된다. 만약 지금 시점에서 개입을 하게 된다면 주인공의 상황 역시 달라질 것이다. 그리고 그에 따라 미래가 크게 달라질 수도 있었다.

훗날 주인공이 박정호를 참교육해 주고, 김세연도 이민우와 만나 행복해지겠지만 그건 정말 먼 훗날의 이야기였다.

방관하는 것이 옳을까? 개입하는 것이 옳을까?

'······이미 많이 달라졌어.'

유나와의 관계도 그렇고, 이미 상당 부분 달라졌다. 큰 줄기는 똑같으니 그것만 사전에 대비하면 될 것이라 생각했다.

'그냥 외면한다고 해도 나에게는 아무런 피해가 없겠지만······.'

어쩌면 이것이 기회가 되지 않을까?

미적지근하게 대처하다가 결국 일이 벌어지는 그런 뻔한 전개는 사양이었다. 어느새 진우는 필사적으로 개입의 이유를 찾고 있는 자신을 발견했다.

"내가 이진우인데······."

굳이 이유나 변명 같은 걸 할 필요가 있을까?

그냥 마음대로 살면 되는 것이다. 목숨을 건 배팅을 하고 있는데, 그 정도도 못 한다면 차라리 그냥 죽는 것이 나았다.

그래, 하고 싶은 거 마음대로 하자.

그렇게 생각하니 마음이 한결 편해졌다.

"박정호는 학교에 있나?"

"포박하여 정보를 뽑아내고 있습니다."

"음?"

"철저히 하라고 하시지 않았습니까? 거기에 아주 자세하게 하라고까지 주문하셨습니다."

분명이 그렇게 말한 기억이 있었다. 하지만 진우의 '철저히'와 유나의 '철저히'는 확실한 차이가 있었다.

그래도 덕분에 진상을 빨리 파악했으니 좋은 일이었다. 박정호의 사정 따위 걱정해 줄 필요는 없었다.

유나가 태블릿PC를 꺼내어 화면을 보여주었다. 거기엔 박정호와 관련된 일당이 모두 묶여서 침을 질질 흘리고 있었고, 복면을 쓴 괴한들이 전기 충격기를 들고 신호를 기다리고 있었다.

박정호가 발언한 모든 내용은 이미 녹음이 되어 있었다. 진우는 이렇게 빨리 조사가 된 것이 이해가 되었다. 본인에게 직접 자백을 받고 정보를 얻는다면 얼마 걸리지 않을 것이다.

모두 진우의 최종 결재만을 기다리고 있었다.

그때 유나가 갑자기 온 연락을 받고는 입을 뗐다.

"김세연 양이 아르바이트를 하다가 쓰러졌다고 합니다. 붙여놓은 경호원이 병원으로 옮기는 중입니다."

"우리 쪽 병원으로 옮겨."

"알겠습니다."

미래의 형수님이 될지도 모르니 나쁜 이미지를 줄 수는 없었다. 그래야 명줄이 조금이라도 더 길어지지 않겠는가. 그것 때문이 아니더라도 진우는 이미 열이 받았다. 인터넷의 썰로만 보던 집단 괴롭힘, 그것을 넘어선 폭력의 현장을 직접 경험하니 답답해졌다. 이런 이야기의 결과는 좋지 않은 경우가 상당히 많았다. 흔히 말하는 참교육과 사이다가 필요한 시점이었다. 그리고 자신은 그럴 만한 힘이 있었다. 탄산이 아주 강한 사이다를 먹일 힘 말이다.

"어떻게 하시겠습니까?"

"이런 일이 없도록 정상으로 만들어야지. 어쨌든 대학교 잘못이니 보상도 해줘야 할 테고. 그리고 대가도 치르고."

잠시 침묵이 내려앉았다.

진우는 긴 숨을 내쉬고 차 시트에 등을 깊게 묻었다.

유나가 조용히 진우의 다음 말을 기다렸다.

"총장 오라고 해."

진우의 명령이 떨어졌다. 앞으로 일어날 많은 일들에 비하면 너무나 가벼운 한마디였다. 그리고 그 가벼운 한마디는 박정호와 그의 일당들을 지옥으로 몰고 갈 것이었다.

김세연은 하루하루가 지옥 같았다. 그 남자를 떠올리면 당장에라도 죽고 싶었지만 그럴 수 없었다. 적어도 부모님과 동생에게는 짐이 되고 싶지 않았기 때문이다.

핸드폰에 쌓인 수많은 욕과 음란한 톡들은 그래도 버틸 만했다. 그러나 장학금과 지원금 누락은 그녀를 점점 궁지로 몰고 갔다. 학교에 따져보았지만 절차대로 처리했다는 답변만 나올 뿐이었다.

경찰에 신고할까 생각도 해봤지만 보복이 두려워 망설이고 있었다. 박정호의 뒤에 굵직한 중견 기업이 버티고 있었기 때문이다. 선배 하나가 박정호의 손에 걸려서 사라진 걸 보면 결코 헛된 상상만은 아니었다.

'……힘내자.'

친구라 믿었던 이들이 자신을 창녀라 부르며 손가락질을 했다. 그녀가 쓰고 있던 물건도 종종 사라지곤 했다. 그들은 노골적이었지만 집요했고 흔적도 남기지 않았다.

세연은 아무 일 없다는 듯이 꿋꿋하게 행동했지만 속은 곪아가고 있었다. 그런 일을 겪고 정상적인 생활을 할 수 있을 리가 없었다.

하지만 오늘은 웬일인지 조금 덜했다.

"오, 이진우다!"

"실물 미쳤는데?"

"후광이……."

이진우가 왔다는 소문 때문이었다. 어제부터 대학교 전체가 혼란스러웠던 것이 바로 그 이유였다. 업체가 동원돼 며칠 전부터 학교 전체를 청소했고, 조경 역시 굉장히 신경 썼다. 헬리콥터가 여러 대 떴다든가, 총장이 버선발로 뛰어왔다든가 하는 이야기를 들으니 이진우가 다른 세계의 사람 같이 느꺼졌다.

그때 복도에서 걸어오는 이진우가 보였다. 그녀는 존재하는 것만으로도 압도한다는 말이 무슨 뜻인지 단번에 깨달을 수 있었다. 이 세상이 시시하다는 듯한 표정과 시니컬한 눈빛은 영화에나 나올 법한 황제처럼 보였다.

늘 자기 잘난 맛으로 살며 돈 자랑을 하던 놈들도 감히 이진우를 쳐다보지도 못하고 있었다. 존재감, 그리고 영혼의 격 자체가 아예 다른 느낌이었다.

발걸음마저 우아했다. 평범했던 복도가 황실로 보이는 것 같은 기분마저 들었다. 사치스럽게 느껴지는 시계와 옷은 그에게 있어서 너무나 평범해 보였다.

그녀는 한동안 그의 모습을 두 눈에 담았다. 이진우의 비현실적인 모습이 잠시나마 현실의 고민과 고통을 잊게 해주는 것 같았다.

'나도 이상해졌네.'

너무 힘들어서일까?

그녀는 쓰게 웃었다. 이진우가 강의실로 들어간 후에야 자신의 자리로 돌아갈 수 있었다.

"후……."

수업은 모처럼 평화로웠다. 이진우가 구세주처럼 보일 지경이었다. 가끔씩 들려오는 뒷자리에서의 이죽거리는 소리는 이제 배경음처럼 들려서 아무렇지도 않았다. 단지 몸이 무겁고 시야가 흐릿했다. 고통을 잊으려 더욱 공부에 몰입하고 있는지도 몰랐다.

"창녀 또 뜬다."

"몸 팔러 가나?"

수업이 끝나고 달릴 수밖에 없었다. 편의점 아르바이트가 있었기 때문이다. 부모님도 얼마 전부터 쉬고 있어 당장 돈이 필요했다. 그녀는 야간 알바를 하나 더 구할까 고민 중이었다. 간신히 버스를 타고 편의점으로 향했다. 식은땀이 나고 몸이 축 처졌지만 겨우 구한 아르바이트 자리였다.

지겹도록 따라붙어 방해하는 박정호 때문에 정상적인 곳을 구하기는 어려웠다.

'차라리 자퇴를 할까?'

이제는 너무 지쳤다. 호소할 곳도 없었고 집에 가서 약한 티를 낼 수도 없었다. 사회를 잘 모르고 쓸데없이 정의감만 넘치는 동생이 무슨 짓을 할지 몰랐기 때문이다.

한숨을 쉬며 핸드폰 화면을 바라보았다. 대학교에서 지급한 스마트폰이었는데, 요금 역시 지원금에 포함되어 있어서 매달 내야 했다. 해지를 하려고 했지만 학교를 통해서 해지를 해야 했는데, 계속 신청이 미뤄지고 있었다.

'이진우가…… 1위네.'

실시간 검색어를 보니 이진우가 1위였다. 기사도 엄청나게 많이 올라와 있었는데, 마치 화보처럼 찍힌 이진우의 사진이 보였다. 일반인이 찍은 것 같지 않은 고화질의 사진이었다.

[제목: 이진우, 또다시 완판남 등극?]

이진우 패션이 또 화제이다. 이탈리아 유명 디자이너가 디자인한 상의부터, 시계, 반지, 구두까지 인터넷 실시간 검색어에 오르고 주문이 폭주하고 있다고 한다.

[사진: 온누리 백화점 G.J 매장 앞]

특히 이진우가 착용한 반지인 G.J는 온세상백화점 강남점에서만 특별 판매하는 것으로 현재 사람이 몰려 인산인해를 이루고 있다. 이진우가 착용한 골든 엠페러는 한정 수량 판매하는 제품으로, G.J의 정수가 담겨 있다고 해도 과언이 아니다. 게이트 내의 희귀 보석으로 제작한 골든 엠페러는 시중가 8억 원에 달한다. G.J에서는 하위 제품인 실버 킹 시리즈를 선보여…….

'……'

세연은 이진우의 실물이 훨씬 낫다고 생각했다.

피식 웃고는 고개를 설레 젓는 순간이었다.

-동생놈: 누나, 올 때 치킨 콜?(이모티콘: 조르는토끼)

-세연: 먼저 시켜 먹어.

-동생놈: ㅇㅋ

속도 모르고…….

동생의 톡을 보니 한숨이 절로 나왔다. 늘 걱정이 되는 동생이었다. 공부를 잘하는 것도 아니었고, 무언가 목표가 있는 것도 아니었다.

편의점에 도착하고 교대 후 일하기 시작했다. 그녀가 일하는 곳은 사람이 몰리는 장소에 있어 쉴 틈이 없었다. 하지만 일하고 있으면 고통스러운 기억을 잊을 수 있어 차라리 마음이 편했다.

'이제 두 시간…….'

시계가 흐릿하게 보였다. 열이 너무 올라 머리가 지끈했다.

세연은 자양강장제를 하나 사서 바로 먹고 다시 일하기 시작했다. 처음에는 기운이 나는 것도 같았다. 그러나 곧 몸이 나른해지고 머리가 멍해졌다. 몸이 기우는 것이 느껴지면서 그대로 시야가 어두워졌다. 세연은 그대로 기절했다.

얼마나 지났을까?

기분 좋은 이불의 감촉이 느껴졌다. 오랜만에 푹 잔 것 같았다. 하루에 두 시간도 자지 못했던 세연이었다.

"아!"

순간 세연은 깜짝 놀라며 상체를 일으켰다. 눈앞에는 낯선 공간이 펼쳐져 있었다. 병원의 1인실 같았는데, 대단히 고급스러웠다. 환자복을 보니, 대선대학병원이라고 쓰여 있었다.

"세, 세연 양, 정신이 드나?"

"누구…… 초, 총장님?"

"허, 허허. 다, 다행이네. 다행이야."

어안이 벙벙했다. 기절한 것까지는 기억이 났는데, 고급 병실에 있었고 눈앞에는 총장이 새파란 안색으로 땀을 훔치고 있었다. 실내 온도는 무척이나 쾌적한데, 총장은 땀에 흠뻑 젖어 있었다. 마치 무언가에 쫓기는 사람처럼.

"정말 미안하네."

총장이 고개를 깊이 숙였다.

명성이 자자한 대선대학교 총장이었다. 세계를 빛낸 21세기 위인에도 뽑힌 인물이었다. 그런 총장이 자신에게 고개를 숙여 사과를 하니 당황할 수밖에 없었다.

"박정호, 그 새…… 흠흠, 총학생회는 오늘부로 폐지일세. 그간 저질렀던 비리들을 미리 잘라내지 못한 내 책임일세."

"아……."

"장학금과 지원금도 정상적으로 지급될 것이고 사죄의 의미에서 보상도 해줄 것이네. 물론 총학생회도 처벌받게 하겠네."

"처벌…… 법적으로 책임을 지게 할 수 있을까요?"

총장의 표정이 굳었다. 세연이 그럼 그렇지 하며 실망하려 할 때였다.

"……차라리 법적으로 처리가 되는 것이 그들의 입장에서는 더 편하겠지. 차라리 징역을 사는 게 편할 거야."

총장이 침을 꿀꺽 삼켰다. 그의 얼굴은 아예 백지장이었다. 얼굴이 미세하게 떨리고 있었는데, 겁을 먹고 있는 것처럼 보였다.

"살아도 산 게 아닐 것이야. 그분이……."

"그분이요?"

"크, 크흠. 자네가 생각하는 것 이상으로 큰 책임을 지게 될 것이니 안심하게. 내 이름을 걸고 약속하지."

세연은 그 말을 듣는 순간 눈물이 핑 돌았다. 참으려 했지만 이미 눈물은 뺨을 타고 흘러내렸다. 애써 억눌렀지만 그간 쌓인 설움이 폭발해서 울음이 계속 나왔다. 세연은 말을 하지 못할 정도로 계속 울었다.

그러다가 간신히 울음을 참고는 입을 떼었다.

"고마…… 워요."

"아닐세. 정말 미안하네."

총장은 안도의 한숨을 내쉬면서 세연에게 다시 한번 고개를 숙여 사과했다.

"몸이 조금 편찮더군. 내일 퇴원하고 앞으로 통원 치료를 하게나. 치료비는 모두 학교에서 부담할 것이니 아무 걱정 말고. 그럼 나는 가보겠네. 오늘은 푹 쉬게."

총장이 조심스럽게 문을 닫고 병실 밖으로 나갔다. 정적 속에서 흐느끼던 그녀는 겨우 진정했다. 선반에 놓여 있는 핸드폰이 보였다. 동생이 걱정할까 봐 밖에서 자고 온다는 톡을 보냈다.

"아! 아르바이트……."

아르바이트 도중에 쓰러졌기 때문에 비어 있는 편의점이 걱정되었다. 시간을 보니 이미 여섯 시간이 넘게 지나 있었다.

점장님이 굉장히 잘해줘서 더욱 미안한 마음이 있었다.

세연은 핸드폰으로 점장에게 전화했다.

-세연아! 몸은 괜찮아? 쓰러졌다고 들었는데…… 어휴, 걱정 많이 했다.

"죄송해요."

-아니야. 내가 더 챙겨줬어야 하는데…….

"저…… 가게는……."

세연이 조심스럽게 물었다.

그러자 점장의 웃음소리가 들려왔다.

-걱정 마라!

"네?"

-매장에 있는 거 다 팔렸어.

"다 팔렸다니요?"

-응. 한 번에 결제하고 창고에 있는 것까지 싹 다 쓸어 가더라. 내일까지는 팔 물건이 없으니 쉬어야지 뭐.

"어떻게……?"

도저히 이해가 되지 않았다. 기절 전과 기절 후의 상황이 너무 달랐기 때문이다. 꿈을 꾸고 있는 건가? 생각을 해봤지만 너무 생생했다.

-캬! 대선대학교 학생이라더니 설마 그 이진우랑 동기일 줄은 몰랐네. 보니까 건물도 통째로 산 것 같더라. 좀 친한가 봐?

"아……."

잠시 전화를 끊었다. 대화의 흐름을 따라갈 수 없었다.

"이진……우?"

그 이름만이 또렷하게 세연의 귀에 박혔고, 그녀의 멍한 표정은 상당히 오랫동안 계속되었다.

총장은 허겁지겁 병원에서 나왔다. 자신의 차 앞에 서 있는 누군가가 보였다. 이진우의 비서실장 겸 경호실장 김유나였다. 유나의 표정은 마치 만년설처럼 차가웠다. 바라보는 것만으로도 얼어버릴 것만 같았다.

"허억, 허억! 하시라는 대로 모두 했습니다."

"사과도 충분히 하셨는지요."

"네, 물론입니다. 저…… 정말 죄송하다고 전해주셨으면…… 이, 이번 사태는 저도 정말 모르는 일이었습니다."

유나가 침묵을 지키자 총장의 눈빛이 마구 흔들렸다. 이진우의 눈 밖에 난 순간 모든 것이 끝이었다. 그리고 그것은 사회적인 말살을 의미했다.

'이런 씹어 처먹어도 모자랄 새끼들!'

총학생회의 인원들이 상당히 좋은 배경을 가지고 있었기에 권한을 어느 정도 인정해 준 것이 이 사단의 원인이었다. 하지만 부총장, 행정부까지 합세해서 그들의 뒤를 봐줬으리라고는 꿈에도 생각하지 못했다.

부총장은 이진우의 교내 집권 체제를 위한 사전 작업이었다고 항변했지만, 그는 언젠가부터 연락이 두절된 상태였다. 어느새 그의 사무실도 깨끗하게 치워져 있었다. 과연 그를 다시 볼 수 있을지 의문이었다.

"도련님께서는 총장님이 상당히 유용한 인간이라 생각하고 계십니다."

"허, 허허! 가, 감사할 따름입니다."

"이런 실수가 두 번 다시 있어서는 안 되겠지요. 그건 결코 유용한 일이 아니니까요."

"당연합니다! 다시는 이런 일이 없도록 하겠습니다!"

총장의 필사적인 외침에 유나는 고개를 끄덕였다.

"자칫 했으면 일선 그룹의 이미지가 크게 훼손될 수도 있었던 일입니다. 회장님께서 요즘 가장 신경 쓰시는 것이 바로 친근한 이미지인 건 아시지요?"

"네, 네!"

"회장님께서는 후계자이신 도련님의 모든 것을 지켜보고 계십니다. 이 정도로 관대하게 넘어간 것은 도련님께서 신경을 많이 써주신 덕분입니다."

"흐, 흐흑……."

총장이 털썩, 주저앉았다. 그의 눈물이 실제인지 연기인지는 중요하지 않았다. 진우의 뜻대로 일이 진행되었다면 그것으로 족했다.

유나는 그를 잠시 바라보다가 어둠 속으로 사라졌다. 그녀는 자신이 하는 일이 법적으로 옳은 일은 아니라는 것을 알고 있었다. 하지만 오늘만큼은 마음에 들었다.

유나가 바로 집으로 돌아와 보고를 위해 본채에 들어가려 할 때였다. 정원에 나와 있는 아이들이 보였다.

"어? 누나!"

"언니!"

초등학교, 중학교에 다니고 있는 동생들이었다. 유나의 아버지는 중병으로 병원에 입원해 있었고, 어머니도 치료 중이었다. 게이트 주변에서 발생한 산업재해가 원인이었는데, 현재 보험도 적용되지 않아 치료비가 만만치 않았다. 그래서 그녀는 다른 길을 마다하고 돈을 많이 주는 일선 그룹에 들어온 것이었다. 그럼에도 불구하고 병원비는 굉장히 부담스러웠지만 지금은 걱정할 필요가 없었다.

원래 이희진 회장은 자신의 부모님을 볼모로 삼아 그녀를 부렸었다. 그러나 이진우는 달랐다. 회장이 그녀의 가족에게서 손을 뗀 것도 이진우가 집을 나서면서부터였다.

유나가 살짝 인상을 쓰며 동생들을 노려보았다.

"정원에 나오지 말라고 했잖아."

"진우 형이 괜찮다던데? 친구들 불러서 놀아도 된대."

"도련님이?"

"응, 맞아! 오빠 생일 때 소고기도 먹자고 했어!"

유나는 밝게 웃으며 말하는 동생들을 보며 살짝 웃을 수밖에 없었다. 한층 밝아진 모습을 보니 마음까지 따뜻해졌다.

처음에는 재수 없는 남자라 생각했다. 안 좋은 점밖에 보이지 않은 남자였다. 오만하고, 찌질했으며 제멋대로 행동하기 일쑤였다. 선을 넘지는 않았지만 늘 아슬아슬했다.

'그런데……'

그건 몸을 낮추고 있던 것에 불과했다.

이희진 회장이 방해물들을 모두 제거한 순간부터 사람이 완전히 달라졌다. 마치 그때를 기다리고 있기라도 한 듯이 하루아침에 다른 사람이 된 것이다. B급 능력자의 눈썰미로도 알아차리지 못한 연기였다.

보고할 때마다 이희진 회장은 그럴 줄 알았다는 듯 웃기만 했었다.

그녀가 봤을 때 이진우는 이희진 회장과 치열한 수 싸움을 하는 것 같았다. 그리고 그는 이희진 회장에게 굴복하지 않고 오히려 맞서고 있었다.

'다만 잔정이 많은 것이……'

그것은 그의 장점일까, 단점일까?

이민우가 보여준 서류가 떠올랐다. 거기에는 저택의 직원들이 고민하고 있는 점이 모두 적혀 있었다. 자신의 가정 상황을 알고는 병원비를 전액 지원해 줬고 별채에 집을 마련해 주기까지 했다.

저택에서 일하는 메이드들은 모두 그를 경멸의 눈으로 봤었지만 결국 자신들이 진우의 본모습을 잘못 알고 있었다는 것을 깨닫고 눈물을 흘렸다. 오히려 저택을 관리하게 된 이민우가 더 깐깐하게 고생을 시켜 진우를 그리워한다는 후문이었다.

김세연 건도 그러했다.

결과적으로 총장과 교내 질서를 이진우 휘하로 완벽히 가져왔지만, 굳이 그렇게까지 할 필요는 없었던 사안이었다.

이희진 회장은 그런 보고에 씨익 웃으면서 패기가 좋다고 평했다. 그 나이 때에는 자신이 마음대로 주무를 수 있는 장난감을 하나쯤 가지고 싶어 하는 것이 당연하다고 말이다.

'최고의 수재들이 모이는 대학교가 장난감인가……'

유나는 살짝 복잡해진 마음을 정리하고 본채로 들어갔다. 꽤 피곤한 스케줄이니 쉬고 있을 것이라고 생각했지만 아니었다. 이진우는 보는 것만으로도 고통스러워 보이는 격한 운동을 하고 있었다. 그것은 고문에 가까웠다. 마치 번데기에서 벗어난 나비가 필사적으로 날개에 혈액을 뿌리는 것 같은 느낌이었다.

어느덧 진우의 몸은 전사의 그것에 가까워져 있었다.

"도련님."

"왔어? 상태는 어때?"

"걱정할 수준은 아니라고 합니다. 통원 치료를 받으면 완치가 될 겁니다."

"잘됐네. 신경 좀 써주라고 해."

"알겠습니다."

진우가 운동을 멈추고 의자에 앉았다. 유나가 수건과 음료수를 가져다주었다.

"박정호 일당은 모두 처리했습니다. 특히 전적이 가장 화려한 박정호는 법적인 처벌과는 별개로 다시는 고개를 들고 다니지 못할 것입니다. 목이든, 다른 곳이든."

"그렇군."

유나는 진우의 표정을 살폈다. 전혀 흥미가 없는 듯했고 게다가 아무런 감정도 느낄 수 없는 무표정이었다. 다정한 모습을 보여주다가도 소름끼치도록 차가운 모습 또한 나타나니 어느 것이 진짜인지 알 수가 없었다.

그런 유나의 마음을 읽은 것일까? 진우가 부드럽게 웃었다.

"음, 내일은 영화나 보러 갈까? 얼마 전에 존 쿠르즈가 내한했다지?"

"그렇군요. A급 능력자가 비밀 요원이 되는 영화였던가요? 보고 싶으시다면 영화관을 비워놓겠습니다. 이참에 구매해 보시는 것도 괜찮겠군요."

"영화관은 대부분 대기업 계열이지 않아?"

"그게 무슨 문제가 있습니까?"

유나의 말에 진우는 눈을 깜빡이다가 피식 웃을 뿐이었다.

진우의 일과는 단순했다. 새벽 일찍 기상 후, 오후가 될 때까지 고강도의 훈련. 정보의 마안으로 마력을 유도하여 잠재력과 신체 능력을 극대화하고 있었기 때문에 훈련 시간은 점점 늘어났고, 이제는 오전 시간을 통째로 쓰고 있었다.

근육 섬유 한 올 한 올마다 깃든 마력은 육체를 한 차원 높은 경지로 이끌었고, 뼈와 골수, 장기에까지 퍼지며 비루했던 잠재력을 지속적으로 끌어올렸다. 잠재력은 마력을 얼마만큼 받아들일 수 있느냐, 그리고 그것을 얼마만큼 효율적으로 이용할 수 있느냐의 척도였다.

주인공은 근골을 바꾸고 마력에 익숙해진 것만으로 S랭크에 이르렀는데, 진우는 겨우 그 정도에 만족할 수 없었다. 게이트의 봉인에서 풀려난 12군주와 같은 마력의 수준을 바라고 있었는데, 그것은 주인공이 소설 후반에서야 이룬 육체의 경지였다. 작가가 그냥 갑자기 넣은 개념인 것 같기는 했는데, 흔히 무협지에서 말하는 무극지체나 천무지체와 같은 종류의 것이라 생각하면 편했다.

설정이란 게 다 거기서 거기 아니겠는가.

아무튼 목표한 경지에 도달하기 위해서는 매일매일 엄청난 양의 마력을 몸에 쏟아부어야 했는데, 이는 돈을 물 쓰듯 할 수 있는 이진우가 아니었다면 시도도 못 해볼 일이었다.

오전을 그렇게 훈련으로 보내고 나면 오후에는 몸에 좋은 영약과 음식을 다량 섭취했다. 배가 부르든 말든 계속 먹어 치웠다. 중국에서 건너온 값비싼 환단이나 미국, 유럽에서 제련한 포션 등, 가치를 환산하기 힘든 것들 모두가 진우의 위장 속으로 사라져 갔다.

그리고 나머지 시간은 정보의 마안에 집중했다. 원작에서 보여준 정보의 마안은 그야말로 치트 키였다. 그러니 주인공이 일 년도 되지 않아 국내 리그를 평정하고 세계 우승까지 하는 활약을 보일 수 있었지 않겠는가.

그리고 중견 기업이든 대기업이든 마음만 먹으면 간단히 박살 내버릴 수 있는 것이 이진우가 가진 큰 힘이었다.

이진우마저 그런데 이희진 회장이 가진 권력이 어느 정도일지는 짐작조차 불가능했다.

이렇듯 성장에 목마른 진우는 자신의 가장 큰 능력인 돈을 이용해서 그것을 실제로 이뤄가고 있었다.

그렇게 3개월 정도가 지났다.

진우는 마력이 가득 담긴 수영장 안으로 들어갔다. 처음에는 욕탕 정도였지만 점점 육체의 그릇이 커지다 보니 얼마 전부터 수영장 크기로 늘렸다. 진우가 개인적으로 수입하는 마력농축액은 국가 단위와 맞먹는 정도였다.

수영장에 들어간 진우는 혹사당한 근육으로 마력을 유도했다. 북극에 있는 것 같은 한기가 이제는 너무나 익숙해졌다. 이미 초반 주인공이 만들었던 육체를 초월한 지는 오래였고 새로운 차원을 향해 도약하고 있었다. 어느 순간 한기가 느껴지지 않더니 수영장에서 흐르는 마력이 몸을 그대로 통과하여 흐르기 시작했다.

'됐다!'

원작의 묘사가 워낙 허술해서 느낌이 잘 안 왔는데, 확실히 한계를 돌파했음을 알 수 있었다. 마력은 육체를 거부하는 성질을 지닌 터라 이렇게 마치 아무것도 없는 것처럼 통과할 수는 없었다.

이 모두가 돈과 시간, 마안이라는 사기적인 능력, 공략집이 만들어낸 결과였다.

'깨달음이 팍 오거나 극적인 변화가 있는 건 아니군.'

판타지 소설에 매번 등장하는 환골탈태 같은 것은 없었다. 하지만 그를 괴롭혔던 지독한 한기가 황홀감으로 다가왔다.

진우는 손을 뻗어보았다. 그의 손을 따라 수영장 안에 있는 마력이 이리저리 움직였다.

"이게 되네."

긴가민가하며 도전해 본 것이었지만 막상 되니 허무함이 밀려왔다. 무언가 깨달음에 고뇌를 하며 몸부림친다든가, 주화입마에 걸려 구토를 한다든가 하는 그런 것 따위는 없었다. 혹시나 해서 세계 최고의 의료팀을 대기시켜 놓았는데 부질없는 짓이었다. 이 얼마나 허술한 설정이란 말인가. 갑자기 현자타임이 조금 온 것 같았다.

진우는 고개를 젓고는 수영장 밖으로 나와 거울을 바라보고는 씨익 웃었다. 회사원이었던 시절 배불뚝이 같은 모습은 사라지고 조각 같은 근육이 자리 잡고 있었다. 팔다리도 길쭉길쭉해서 옷 입는 즐거움이 꽤나 늘어났다.

'외모가 잘나지는 건 역시 주인공을 위해서겠지.'

덕분에 큰 효과를 본 진우였다.

풀코스 요리로 가볍게 식사를 하고 본격적으로 마안 연구에 집중하기 시작했다. 마력과 육체의 일체화를 달성했으니 성장이 느린 마안일지라도 큰 성장을 보일 것이다.

"식사는 하셨습니까?"

"응? 휴가 중인데 왜 와?"

유나의 목소리가 들려 뒤를 바라보았다. 요즘 들어 집에서만 지내니 유나에게 유급휴가를 준 진우였다.

"정원으로 피서를 왔지요. 안부 차 들러봤습니다."

"그래서 수영복이구만."

"괜찮습니까?"

"좋네."

수영복 위에 긴 팔 흰 티를 입고 있었다. 유나는 흉터를 가리기 위해 늘 소매가 긴 옷을 입었다. 그렇지만 실로 흐뭇한 광경이었다. 물에 살짝 젖어서 몸매가 확 드러났기 때문이다.

주인공은 참으로 복을 타고난 놈이 틀림없었다. 출연하는 히로인이 꽤 많았는데, 모두 주인공에게 일편단심이었다.

판타지 소설의 주인공이 늘 그렇듯 우유부단해서 누구 하나를 딱 정하진 못했지만. 실로 희망 고문이 아닐 수 없었다.

만약 유나가 주인공을 만나 그에게 떠난다면…….

'유나의 해피 엔딩이기는 하겠지.'

그녀의 불행이 행복으로 바뀐다면 보람찰 것 같았다. 물론 한 사람의 남자로서는 굉장히 씁쓸하겠지만 말이다.

정원에 있는 야외 수영장은 꽤 컸다. 저택만큼은 아니지만 정원이 꽤 크다 보니 야외 수영장도 그만한 규모를 자랑했다. 오션월드 같은 곳에나 있을 법한 미끄럼틀도 존재했다.

"동생들이 굉장히 좋아하더군요. 친구들에게 인기도 많아졌다고 합니다. 식사도 정말 맛있었습니다."

"그 유명한 이진우의 집에 놀러 오는 거니 당연하겠지. 좀더 자랑하고 다니라 그래."

"알겠습니다."

유나가 미소 지으며 고개를 끄덕였다.

진우는 유나의 동생들뿐만 아니라 그 친구들에게도 출입 허가를 내주었다. 수영장이 겁나게 큰데, 달랑 셋만 있으면 너무 허전할 것 같아서였다.

여럿이서 노는 것이 재미있는 법이었다. 거기에 맛있는 음식이 있다면 금상첨화이니 진우의 셰프팀이 특별히 신경 써서 뷔페식 식사도 제공해 주었다.

이진우의 캐릭터와 점점 멀어지는 느낌이었지만 이미 마음대로 살기로 했으니 신경 쓰지 않고 있었다.

"그건 뭐야?"

"동생 친구들이 집들이라고 가져온 건데……."

두루마리 휴지와 향초였다.

"오, 잘 쓸게."

"네, 그럼 가보겠습니다."

"그래, 푹 쉬어."

유나가 고개를 꾸벅 숙이고는 나갔다.

진우는 휴지와 향초를 바라보았다. 싸구려가 분명했지만 기분은 굉장히 좋았다. 화장실에 두루마리 휴지를 손수 배치한 후 개인 서재로 향했다. 향초가 타오르니 나름 분위기가 살아났다.

서재는 완전 방음이 되어 있고 진우 외에는 그 누구도 들어올 수 없는 곳이었다. 그곳에는 진우가 틈틈이 모은 게이트에서 나온 서적들이나 지구의 고서적들 등 박물관에나 있을 법한 것들이 진열되어 있다.

요즘 진우가 가장 몰두하는 일은 악역들이 약탈해 갈 예정인 서적이나 그들이 맞이하는 기연들, 근간이 되는 연구들을 선점하는 것이었다.

게이트가 출몰한 이후, 역사가 축적된 고서적들은 신비한 힘을 품게 되었다. 그것이 능력자의 힘이 크게 증가된 이유이기도 했고, 12군주가 지구를 침범한 이후 더욱 강해진 이유였다. 그중에는 뛰어난 일선 그룹의 능력 덕분에 이미 연구가 완료되어 독점 체계를 갖춘 분야도 있었다.

아직 게이트 안의 물건들은 시기상조였기 때문에 우선 지상에 나와 있는 기연부터 싹쓸이하기 시작했다. 자잘한 것은 내버려 두고 굵직굵직한 것만 모았는데, 진우가 직접 움직일 필요는 없었다. 국내 최고의 레인저 길드에게 의뢰를 하면 곱게 포장까지 해서 안전하게 배송해 주었다.

프랑스 르브르 박물관에 있든, 거부가 개인 소장을 하고 있든 별 상관없었다. 걸맞은 보상을 해주면 다들 환하게 웃으면서 넘겨주었다.

'보통 만화나 영화를 보면 주인공이나 조연들이 강탈해 가지만……'

하지만 그건 영화의 이야기일 뿐이었다.

어느 미친놈이 이진우가 의뢰한 물품에 손을 대겠는가?

이진우만 하더라도 만만치 않은데, 이진우의 뒤에는 일선 그룹, 그리고 이희진 회장이 버티고 있었다. 그리고 이희진 회장은 능력자협회의 압도적인 지지까지 받고 있었다. 이런 상황에서 그런 간 큰 짓을 할 놈들은 지구상에 존재하지 않았다.

'아무튼 나쁜 놈들이 자랄 싹을 잘라놓으면 꽤 편해지겠지.'

진우는 흐뭇한 미소를 지으며 콜렉션들을 바라보았다. 이 맛에 악당들이 여러 가지를 수집하는 것 같았다. 지금은 그 가치를 제대로 알고 있는 사람이 거의 없지만 진실은 그렇지 않았다. 정보의 마안이 각성을 한다면 그 진가는 곧 드러날 것이었다.

'거 참, 설정이 복잡한 것 같으면서도 상당히 허술하네.'

다시 생각해 봐도 참으로 어설픈 설정이었다. 괜히 뭔가 있어 보이게 하려 했지만 복잡해지기만 할 뿐 머리에 잘 들어오지 않았다. 그냥 그러려니 하는 편이 속 편할 것이다.

진우는 각종 고서와 고대 유물들을 바라보다가 의자에 앉아 곧장 마안 훈련에 돌입했다. 훈련이라고 해봤자 거창한 것이 전혀 아니었다. 마력을 끊임없이 눈에 흘려보내면 되는 것이었다. 늘 그렇듯 고가의 마력농축액을 벌컥벌컥 들이마셨다. 이제는 완벽하게 마력을 받아들일 수 있는 몸이 되었기에 몸속에서 마력이 자유자재로 움직였다. 손해를 보거나 이탈되는 곳은 전혀 없었기 때문에 몸을 타고 그대로 눈에 집중되었다.

"이야, 좋구만."

안구건조증이나 모니터를 오랫동안 봐야 하는 회사원들은 알 것이다. 눈을 뽑아 세척한 후에 다시 넣고 싶은 기분을 말이다. 지금 진우는 청량한 물로 눈을 씻고 있는 것 같았다. 점차적으로 눈에 있던 안 좋은 것들이 모두 제거되었고, 방금 먹었던 모든 마력이 온전히 집중되기 시작했다. 무언가 펑 하거나 이펙트가 생기는 것 같은 극적인 느낌은 없었지만 효과는 바로 나타났다.

"오! 진짜 잘 보이네."

안경을 새로 맞춘 것처럼 세상이 환해 보였다. 한계를 돌파한 잠재력이 마안을 새롭게 각성시킨 것인데, 미세한 먼지 입자가 날아다니는 것까지 하나하나 다 보였다. 시각적인 인지를 넘어선 무언가가 느껴지기도 했다.

진우는 만족하며 고개를 끄덕이다가 거울에 비친 눈을 보고 깜짝 놀랐다.

"미친."

검고 평범했던 눈이 금색으로 빛나고 있었다. 보고 있자니 너무나 중2병스러웠다. 그러고 보니 책 표지의 주인공도 금안이기는 했었다.

'진짜 이게 언제 적 설정이야.'

아무튼 마력을 빼니 원래 모습으로 돌아오기는 하지만 아마 사용할 때마다 다른 색으로 바뀔 것이다.

"그럼……."

원작의 주인공은 마안을 통해 굉장한 시력을 손에 넣었다. 시력은 단지 보이는 것에만 국한된 것이 아니었다. 상대의 마력과 기술의 흐름을 읽어 능력을 베끼는 기술, 그리고 결정적인 능력이 하나 더 있었다.

"어떤 식으로 작용할지 궁금하네."

진우는 모아놓은 고서를 한 차례 둘러보았다. 그리고 그중하나를 꺼냈다. 글자가 많이 훼손되어 고고학자들도 해독할 수 없었는데, 진우에게는 상관이 없었다. 곧바로 마안으로 책을 바라보았다.

[D]극락의 카마수트라

4세기 경 바츠야야나가 썼다고 전해져 내려오는 성애의 경전. 그 이면에 숨겨져 있던 또 다른 서적이다. 구두로 전해져 오는 전설, 목격담 등, 깊은 역사를 인정받아 기술로서 승화되었다.

*인간 형태를 지닌 이성이라면 누구든지 천국으로 인도할 수 있다.
*매력 지수가 크게 상승한다.
*대상이 목석일수록 모든 효과가 크게 증가한다.

역시 이진우가 정상적인 것을 모았을 리 없었다.

일단 이걸로 실험을 해보기로 했다. 책에 손을 얹으며 마안을 사용하자 책에서 황금 가루 같은 것들이 뿜어져 나왔고 그것이 회오리치다가 진우에게로 빨려 들어갔다. 진우는 심호흡을 하며 이를 악물었다. 강한 고통이 닥칠 것이 예상되었기 때문이다.

원작에서도 주인공이 머리를 잡으며 고통스러워했었다.

"……."

진우는 눈을 껌뻑였다. 고통은커녕 오히려 뇌가 세척되는 것 같은 상쾌함이 밀려왔다. 머릿속에 마구잡이로 떠오른 정보들이 정리되어 머릿속에 차곡차곡 저장되었는데, 마치 어지러운 방이 저절로 정리되는 걸 바라보는 기분이었다. 퍼즐이 딱딱 떨어지는 것에서 오는 쾌감, 마치 테트리스의 마지막 조각이 모든 벽돌을 지워 버리는 그런 통쾌함이 있었다.

"이게 그냥 되네."

서적에 있던 모든 내용이 하나도 빠짐없이 머릿속에 들어왔고 숨겨져 있던 뜻도 모두 정확히 알 수 있었다. 이것이 정보의 마안이 가지는 사기성이었다. 주인공은 머릿속에 넣은 것들을 익히기 위해서 꽤나 노력을 해야 했다. 하지만 진우는 남들이 고생해서 해독하고 번역해서 겨우 익히는 것을 그냥 보는 것만으로도 머릿속에 집어넣을 수 있으니 사기라 하지 않을 수 없었다.

"음?"

잠재력의 한계를 돌파해서 마력과 일체화가 되어서일까?

머리뿐만 아니라 몸이 기술들을 기억하고 있었다.

진우는 기술을 펼쳐보았다.

"……"

샥샥! 스륵! 스르르륵! 껄떡껄떡!

보는 것만으로도 엄청나게 화려한 손가락 기술이 눈앞에서 펼쳐졌다.

"음……"

잠시 굳어 있던 진우는 침음성을 흘리며 바로 손을 내렸다.

◆ **Chapter3** ◆
검문최가

　이제는 잠재력이 극의에 달해서인지 신기하게도 바로바로 능숙하게 펼쳐지고 있었다. 머리가 아프거나 익히기 위해서 고된 훈련을 할 필요가 없는 것 같았는데, 과연 이래도 되나 싶었다.

　진우는 무심결에 고서의 페이지를 넘기다가 잠시 흠칫했다. 기본 손짓과는 다르게 무언가 섹시함이 가득 담겨 있는 손짓이었다. 게다가 무의식적으로 잡은 자세 역시 남성미가 뿜어져 나오고 있어 거울에 비친 모습을 보며 깜짝 놀랐다. 아주 자연스러운 자세인데, 무언가 화보를 보는 것 같은 그런 느낌이 들었다.

　진우는 셀카를 이상한 표정으로 찍어보고 놀라지 않을 수 없었다. 표정이 이상하기는 하지만, 추하거나 그러지 않았다. 오히려 인간미가 느껴져서 보기 좋았다. 자동 보정이라도 된 것 같았다.

억지로 갖은 폼을 잡고 찍어보니 오글거리지 않고 오히려 굉장히 자연스러웠다. 뭔가 자신이 아닌 것 같은 매력이 뿜어져 나오고 있었다. 이진우 인생, 이제 굴욕샷은 없는 단어였다.

"부작용이라면 부작용인데…… 아! 아! 음음! 이거…….'

억양마저 미묘하게 달라져 상당히 기묘한 기분이었다. 머릿속으로 오만 가지 기술들이 떠올랐지만 고개를 저으며 생각을 털어냈다.

'일반 서적도 가능하겠지?'

원작에서 주인공은 두통 때문에 많은 시도는 하지 못했는데. 그런 고통이 없음을 확인했으니 도전해 봐도 괜찮을 것 같았다. 그리고 서적뿐만 아니라 정보 전달 매체라면 모두 가능할 듯했는데, 물론 일반 서적 같은 경우에 상당히 많은 마력이 들기는 할 것이었다.

책 한 권 흡수하는 데 몇억은 우습게 들지 않을까?

'익숙해지기까지는 좀 걸릴 것 같으니 한 번에 많은 걸 하기에는 무리가 있어 보이네.'

하지만 이건 제약도 아니었다. 점점 원작의 설정과 현실의 정보들이 부딪히고 있는 것이 느껴졌지만 어쨌든 좀 더 익숙해지고 발전한다면 TV나 미튜브 동영상을 보고 기술을 습득하는 것도 가능하리라 생각됐다. 치트 키라 불러도 할 말이 없었다.

쉽다, 너무 쉬워.

"후…… 이제 시작이네."

지금까지의 일을 평가하자면 첫 발자국을 성공적으로 내디뎠다고 할 수 있었다. 기술 선점을 위한 회사도 설립했고 밑 작업도 해놓았다.

진우는 수많은 유물들을 흐뭇한 표정으로 바라보았다. 지금도 모으고 있었고 앞으로도 꾸준하게 모을 예정이니, 장차 든든한 힘이 되어줄 것이었다. 지금 당장 사용할 수는 없는 것일지라도 남들 손에 들어가는 것보다는 훨씬 나았다.

악역이 등장할 때마다 무고한 사람들이 수십만에서 수천만까지 사망한 걸 생각해 보면 골치 아픈 악역들이 자라나는 것을 막는 것만으로도 큰 이득이었다.

'몸을 지킬 정도만 되고 나면……'

본격적으로 파밍을 시작해야 했다.

채굴 기술이 발달하면서 요 몇 년 사이에 게이트 유물이 폭발적으로 쏟아져 나왔는데, 원작의 전개를 생각해 보면 본격적인 것들은 아직 나오지도 않았다.

일선 그룹의 게이트 채굴 기술 수준은 독보적인 1위였다. 괜히 세계를 지배하는 흑막이라 불리는 것이 아니었다. 미국이나 일본 정부에서 일선 그룹에 채굴 의뢰를 할 정도였으니 말이다.

'일단 중국 쪽에 연락을 넣어봐야겠군.'

중국의 리쓰총 주석과 연결하는 것은 그리 어려운 일이 아니었다. 미국도 헤매는 게이트 채굴 기술인데, 대놓고 표현하지는 않았지만 중국 역시 간절히 원하고 있었다.

원작에 나와 있지 않아 최근에 안 사실이지만, 몇 년 전 중국은 일선 그룹에게 호되게 당한 적이 있었다. 중국 공장에서 기술을 빼돌리려는 수작을 부렸었는데, 일선 그룹은 바로 보복에 들어갔다. 국가 대 기업 싸움은 승패가 뻔했지만 일선 그룹은 일반적인 기업이 아니었다.

'쇼국이 일선에 대항해서 되겠느냐.'

외교부 관계자의 말이었다. 그러나 누구도 그 말을 망언이라 비웃지 못했다. 사실이었기 때문이다.

경제가 휘청거리고 나서야 중국이 일선 그룹을 다시는 건드리지 않기로 했다고 하니 정말 말도 안 되는 기업이었다.

광활한 중국 대륙에 게이트는 하나밖에 없었는데, 그 깊숙한 곳에 많은 고수들을 배출한 유물이 잠들어 있었다. 그것들은 세계를 멸망으로 이끄는 원동력이 되기도 했다.

아무튼 이진우가 퇴장하고 난 이후의 이야기이니 아직은 보물에 대한 낌새조차 눈치채지 못했을 것이다. 그러니 이진우를 이용해서 검선의 집안에 그런 수작을 부렸겠지. 아마도 그들은 다음에 있을 국제 대회를 석권하겠다는 야망을 가지고 있을 것이었다.

진우는 생각을 정리하고 서재에서 나왔다. 어느덧 해가 저물고 있었다. 잠재력을 극한으로 끌어올렸으니 훈련량을 줄여도 상관없을 것 같았다.

'늦잠을 자도 되겠네.'

그러고 보니 이진우가 된 이후부터 늦잠을 잔 적이 없었다. 오랜만에 푹 쉬는 것도 좋을 것 같아 푹신한 소파에 앉아 TV를 켰다. 차가운 맥주는 이미 준비되어 있었다.

편한 자세로 소파에 누워서 고급 안주를 씹었다. 너무너무 편해서 그냥 이대로 잠들어 버릴 것만 같았다. 사운드 또한 예술이었다. 극장에서도 느끼지 못했던 최강의 음질이 진우의 귀를 간지럽혔다. 마치 바로 옆에 있는 것만 같았다.

"크으! 이게 천국이지."

천국이 있다면 바로 이곳일 것이다. 신체가 극한으로 활성화되니 미각이 훨씬 올라와 있었다. 진우만을 위해 특별히 제작된 최고급 맥주의 환상적인 맛이 그를 행복하게 만들었다.

그간 쌓였던 스트레스가 모두 사라지는 느낌이었다.

"토요일인데, 예능 뭐 안 하나?"

채널을 돌리다 보니 '스타TV 통신'이 방송 중이었는데 한 주간의 연예계 소식을 전하는 프로그램이었다. 챙겨 본 기억은 없었지만 나름 시간 때우기로는 괜찮았다.

'조금 바뀌기는 했지만……'

자신이 알던 현실과 크게 다르진 않았다. 코가 큰 영화배우 출신의 MC가 능숙하게 진행했고, 활기찬 리포터들이 나와서 스타들을 취재했다.

아는 얼굴들을 보니 상당히 반가웠다. 고향 친구를 만난 것 같은 느낌이 들 정도였다.

[미나 씨, 기사 하면 무엇이 떠오르시나요?]

[명예와 희생, 그리고 책임이 아닐까요?]

[하하! 기사의 마음가짐을 잘 아시는군요. 요즘 기사 하면 떠오르는 분이 계신데요. 바로 최근에 최연소 기사로 임명된 최희연 씨입니다.]

"풉!"

MC의 말에 깜짝 놀라 맥주를 흘렸다. 갑자기 등장한 익숙한 이름 때문이었는데, 바로 검선의 손녀 최희연이었다. 편한 마음으로 보다가 갑자기 나오는 이름에 분위기가 확 깨어버렸다. 고향 친구를 만나러 왔는데 직장 상사를 맞닥뜨린 느낌이었다.

"음……."

진우는 채널을 돌릴까 하다가 리모콘을 내려놓았다.

무슨 일인지 궁금했기 때문이다.

[저희 스타TV 통신에서 최초로 인터뷰를 할 수 있었습니다!]

[와! 정말 기대되는데요?]

[네! 저도 너무 떨립니다! 지금 바로 만나보시지요!]

진우는 원작의 설정을 떠올려 보았다.

기사 자격은 능력자로서 굉장히 명예로운 일이었다. 국가대표 후보의 자격을 얻을 수 있었고, 목숨을 걸어야 하긴 했지만 국제 대회에도 참가할 수 있었다. 시민들은 기사를 선망하고 존경했는데, 실질적으로 삶에 아주 큰 도움이 되었기 때문이다.

국제 대회를 통해 게이트라는 거대한 자원의 보고를 선점할 수 있다는 것은 국가 차원으로나, 개인 차원으로나 아주 큰 이익이었다. 국민의 부를 위해 목숨을 걸고 참여하는데 존경하지 않을 수가 없는 것이다.

때문에 기사 자격시험은 굉장히 어려웠다. 극악한 난이도의 필기시험, 베테랑 기사들의 입관 하에 치러지는 실기 시험, 그리고 게이트 안의 최종 시험이 있었다. 시험 자격을 획득하는 것도 굉장히 힘들었는데, 통과는 더욱 그러했다.

특히 최종 시험의 생존율은 30% 이하에 불과했다. 예전에는 능력자라면 누구나 볼 수 있었지만 워낙 그 난이도가 극악무도해서 많은 사람들이 목숨을 잃었기에 이제는 B랭크 이상의 능력자만 지원할 수 있게 바뀌었다.

기사는 능력자 등급과는 별개로 새로운 계급을 부여받게 되는데 브론즈, 실버, 골드, 플래티넘, 그리고 마스터였다. 그리고 소수의 정예만 들어갈 수 있는 레전드 등급이 있었다. 이들은 국제능력자협회의 기준에 따라 언제든지 승급 심사를 볼 수 있었지만 목숨을 장담할 수 없는 것은 마찬가지였다.

'흔한 설정이지만 나름 재미있기는 했지.'

브론즈니 실버니 하는 것도 게임에서 따온 것이 분명했다. 진우도 예전에 즐겨 했던 게임이었는데, 최대 티어는 실버3이었다. 게임에도 재능이 없던 진우였다.

'기사도 연예인인가?'

원작 소설의 세계관에서는 스타들의 스타라고 표현하는 것이 옳을 것이다. 기사를 만나보는 것조차 굉장히 힘이 드니 말이다. 아마도 신화 속 존재를 실제로 만나는 느낌일지도 몰랐다. 말하자면 기사는 국민적 차원의 영웅이었다.

'음……'

원작과는 달라진 점이 있었다. 최희연이 기사 자격을 따기는 했지만 그건 원작 초반에 언급되는 내용이었다. 지금이라면 기사 시험에 도전하지 않았어야 했다.

자신이 무슨 영향이라도 미친 건가?

진우는 고개를 갸웃했다.

화면이 바뀌고 대선대학교가 나왔다. 학교를 보니 왜인지 뿌듯했다. 어쨌든 모교였고 광활한 개인 활주로와 차고까지 딸려 있는 진우의 것이라고 부를 수도 있었으니 말이다.

[안녕하세요! 스타TV 통신의 귀염둥이 리포터 김소희입니다! 김명수 총장님의 특별 허가를 받아 촬영이 금지된 능력자 교육관 안으로 들어갈 수 있게 되었습니다! 자! 미지의 구역을 향해 출발~!]

김명수 총장이 나름 신경을 써준 모양이었다. 저번에 있었던 불미스러운 일이 언론에 알려졌지만 대선대학교의 이미지 하락은 미미했다. 오히려 비리나 부정부패를 용납하지 않는다는 결단으로 조금이라도 얽혀 있는 교직원, 학생들을 모조리 잘라 버리니 오히려 투명하고 깨끗한 이미지를 얻게 되었다.

여론이나 네티즌들의 반응도 좋아 전화위복인 셈이었다.

김명수 총장으로서도 살기 위해 필사적으로 매달린 일이었다. 만약 그렇게 하지 않았다면 사는 게 더 지옥 같다는 말을 몸소 체험했을 것이었다.

대학교 전경을 잠시 보여주다가 능력자 교육관으로 화면이 전환되었다.

교육관 응접실에 미리 앉아 있는 리포터의 모습이 나왔다.

리포터는 과장스럽게 안절부절못하는 모습을 연출했는데, 꽤나 귀여운 모습이었고 덕분에 지루하진 않았다.

'그러고 보니……'

진우는 그러고 보니 최희연의 모습을 본 적이 없다는 걸 깨달았다. 대저택을 나온 이후 완전히 기억 속에서 지웠기 때문이었다. 사실 이제는 딱히 만날 이유도 없었다. 오히려 서로 얼굴을 안 보는 게 서로를 위한 일일 것이었다.

[와! 꺄아악! 최희연 씨! 안녕하세요? 드디어 만나 뵙게 되었네요!]

[네, 안녕하세요?]

리포터가 호들갑스럽게 최희연을 맞이했다.

"오……."

역시 히로인 중 한 명답게 최희연은 아름다웠다. 김세연이 순박하고 청순가련한 이미지였다면 최희연은 조금은 사납고 고집이 있어 보이는 듯한 인상이었다.

고양이상이라고 말하는 편이 이해하기 쉬울 것이다. 그리고 마치 잘 벼려진 칼날을 보는 것 같기도 했다. 기사 정복이 너무나 잘 어울려 하나의 예술 작품처럼 느껴졌다. 이런 걸 보면 원작 작가는 정말로 다양한 타입의 히로인을 창조해 냈다. 이 부분만큼은 조금 존경스럽기까지 했다.

'뭐, 이제 나와는 상관없는 사람이니…….'

연예인을 보는 시청자 입장으로 느긋하게 감상하도록 하자.

최희연을 보고 있는 진우는 그런 심정이었다. 약혼 이야기가 오가기는 했지만 이미 없던 일이 되었을 것이다. 그녀를 위해서도 정말 잘된 일이 아닐 수 없었다. 이진우와 엮일 일이 없어 앞으로 행복한 삶을 살게 될 테니 말이다.

진우는 긍정적인 마음으로 다시 편한 자세를 잡고 지켜보기 시작했다. 그리고 아름다운 마음으로 그녀를 응원해 주기로 했다. 어쨌든 인연이 있었기도 했고, 그 어렵다는 기사가 되었으니 축하해 줄 만한 일이었다. 고난의 길을 자처한 그녀의 의지는 칭찬받아 마땅했다.

'정말 예쁘긴 하네.'

눈이 즐거웠다. 예전에 흔히 회자되던 대한민국 4대 미인보다 몇 단계나 위에 있는 느낌이었다. 아예 다른 차원의 미인.

이제 명예마저 갖춘 그녀는 진정한 스타였다.

[와! 정말 아름다우세요! 우선 축하드립니다! 최연소로 기사 자격을 획득하시게 되었는데요. 소감 한 말씀 부탁드립니다.]

[너무나 큰 영광입니다. 이런 명예로운 자리에 오를 수 있어 기쁩니다.]

[무엇보다 가족분들이 굉장히 기뻐하셨을 것 같네요. 혹시 검선님께서 어떤 말씀을 하셨는지 알 수 있을까요?]

[더욱더 정진하라 하셨습니다.]

[과연 검선다우신 말씀입니다.]

검선 이야기가 나오니 진우는 조금 오싹함을 느꼈다. 속세를 등지고 수련에만 몰두하는 사람이니 앞으로 만날 일은 없겠지만 이진우, 이 망할 자식이 깽판을 쳐놓은 전적이 있어 마음 한쪽이 뜨끔했다.

리포터의 질문에 최희연은 짧게 대답했지만 성의 없게 느껴지지는 않았다. 한마디 한마디에 진심이 담겨 있었기 때문이다. 굉장히 올곧은 인물이라는 것을 느낄 수 있었다.

핸드폰으로 포털사이트 다이버에 접속해 보니 실시간 검색어 1위였다. 실시간으로 기사가 쏟아져 나오는 것을 보면 역시 대단한 영향력이었다. 확실히 인기가 있을 만했다.

[예전에 밝히신 바에 따르면 학교에서 공부를 조금 더 한 후에 자격에 도전하실 거라 하셨는데, 일찍 도전하신 계기가 있나요? 갑작스러운 결정에 한동안 대한민국이 술렁였는데요~]

[······.]

문득 최희연의 표정이 진지해졌다.

질문의 질이 상당히 좋았다. 진우도 궁금했던 점이었다. 2년 후에도 여자로서는 최연소 기사 자격이었다. 20대에 기사 자격을 딴 이들 자체가 드물었기 때문이다.

보통 능력자의 각성은 20대 초반인 경우가 많았다. 아주 빠른 경우가 10대 후반이었는데, 이들은 흔히 말하는 천재였다. 그리고 그녀 역시 천재였다.

주인공은 고등학교 졸업 후 바로 기사 자격을 획득하게 될 텐데, 그렇게 된다면 최연소 기사의 이름은 또 한 번 바뀔 것이다. 정보의 마안이 가지는 사기성은 그처럼 큰 것이었다.

진우는 안주를 씹으며 최희연의 대답을 기다렸다.

상당히 궁금했다.

[······쓸모없고 자격이 없다는 말을 들었기 때문인지도 모르겠네요.]

[네? 감히 누가 우리 최희연 씨에게 그런 폭언을 했을까요? 혹시 악플 같은 건가요?]

[아마도······ 그런 개인적인 이유도 있고 가문의 명예를 드높이고 싶기도 했습니다. 언제까지 가주의 자리를 비워놓을 수 없으니까요. 차기 후계자로서······.]

진우는 입에 물고 있던 안주를 내려놓고 눈을 껌뻑였다. 잠시 날카롭게 빛난 눈빛이 상당히 매력적이지만 송곳처럼 느껴졌다.

"혹시 내 이야기는 아니겠지?"

진우는 설마 하며 피식 웃고는 고개를 저었다. 겨우 약혼 이야기가 오간 약속 자리를 펑크 냈다고 저렇게까지 각성을 할까? 악플 때문에 그렇게 되었겠지.

하지만 원작 설정에서 보면 그녀는 기계 자체를 잘 다루지 못했었다. 작가가 나름 매력 포인트라고 집어넣은 듯했지만.

"음……."

갖은 변명을 하며 애써 부정하고 싶었지만 역시 자신의 탓이 맞는 것 같았다. 잠시 그대로 굳어 있던 진우는 슬쩍 리모컨 전원 버튼을 눌렀다.

"밥이나 먹자."

생각을 멈추고 그렇게 하는 편이 나을 것 같았다. 갑자기 드는 불행한 생각은 분명 기분 탓일 것이다.

진우는 피식 웃어넘겼다. 어쨌든 오늘은 좋은 날이었다.

역시 그날 웃어넘기는 것이 아니었다. 그 불길함을 무시해서는 안 되었다. 안일하게 생각했던 얼마 전의 자신이 정말 한심하게 느껴졌다.

아니겠지 하면 맞고, 맞겠지 하면 아닌 것이 인생이라던가?

젠장.

'내가 전생에 무슨 죄를 지었다고……'

전생이 이진우가 되기 전이라면, 열심히 산 죄밖에 없다고 말할 수 있었다. 무단 횡단도 웬만해서는 하지 않은 자신이었기 때문이다.

전생보다는 현생이 죄겠지. 이진우니까 말이다.

이진우가 싼 똥은 이미 다 떠내려가서 없다고 생각했는데, 설마 예상치 못한 곳에서 이렇게 역류할 줄은 몰랐다. 그동안 너무 술술 풀려 이진우의 삶을 너무 만만히 본 것 같았다.

"좋은 아침입니다."

"……새벽이겠지. 해도 안 떴잖아."

"좋은 새벽이라고 하면 어색하지 않습니까?"

그건 그랬다. 진우가 이른 새벽부터 일어난 이유는 바로 검선의 초대 때문이었다.

새벽부터 준비를 해야 했다. 다른 사람이라면 무시할 수 있었겠지만 만인의 존경을 받는 검선이었다.

검을 쓰는 모든 이가 존경하고 따르는 그야말로 검의 신!

살아 있는 전설로 교과서에 나올 정도였고 은퇴를 했지만 속세를 등지고 수련만 해서 더욱 엄청난 괴물이 되어버렸다.

가문마저 등지고 수련에만 몰두하던 작자가 어째서 자신을 초대한 걸까?

'아무래도……'

저번 일 때문인 것 같았다.

이희진 회장이 직접 자신에게 전화해서 마음껏 날뛰고 오라는 이상한 소리를 해서 거절할 수도 없었다.

검선으로부터의 정식 초대, 그리고 이희진 회장에게 전화까지 온 이 마당에 어떤 꼼수도 통하지 않을 것 같았다.

이희진 회장의 목소리가 기이하게 밝았던 것도 불길했다.

'이제 본격적으로 기술을 선별해서 익히려 했건만……'

어제 갑작스럽게 결정되어서 마음의 준비를 할 틈도 없었다. 그 덕에 잠도 제대로 못 잔 진우였다. 한숨이 절로 나왔다.

그런 진우와는 다르게 유나는 기분이 좋아 보였다. 그녀 역시 검선을 대단히 존경하는 것 같았다.

"스케줄은?"

"의상 코디, 헤어 스타일링을 받을 예정입니다. 그리고 검선께 드릴 선물을 직접 고르셔야 합니다."

"……바쁘겠군."

꼭 혼나러 가는 느낌이 들어서 지금이라도 도망치고 싶었다. 하지만 도망친다고 해도 유나에게 금방 잡힐 것이다. 그리고 이희진 회장의 반응도 두려워 진우는 고개를 설레 저으면서 자리에서 일어났다.

'아, 가기 싫다.'

그렇게 꿈지럭대다가 유나에게 한 소리 듣고 나서야 제대로 움직였다.

가볍게 아침을 먹고 밖으로 나와 스타일링을 받기 시작했는데, 거대한 명품관 하나가 진우를 위해 새벽부터 열려 있었다.

물론 진우 이외에 이용하는 이는 없었다. 통째로 전세를 냈기 때문이다. 그냥 옷만 받으면 될 줄 알았지만 아니었다. 다양한 국적의 디자이너가 기다리고 있었다.

"와우!"

"오우!"

"훌륭합니다!"

그들은 진우를 보며 엄청나게 감탄하더니 자기들끼리 회의에 들어갔다. 굉장히 유명한 디자이너였는데, 그들을 만나려면 몇 달 전부터 줄을 서야 할 정도였다. 그런 그들을 전날에 초음속 전세기에 태워서 이곳으로 오게 했다니, 그 과정은 특수부대 작전을 방불케 하고도 남음이 있었다.

과연 이진우 스케일이었다.

피곤할 법도 했지만 디자이너들은 불타오르고 있었다. 눈빛이 반짝였고 주변에 불타는 오오라가 보이는 것 같았다.

진우는 최고의 모델이었다. 조각의 신이 내려와 조각을 한다고 해도 이보다 더 이상적인 신체를 만들어낼 수 없을 것이다.

그들은 완벽한 비율과 이상적인 외모를 지닌 진우에게 진정으로 어울리는 복장이 무엇인지 깊은 토론을 했다. 급기야 말싸움까지 나오고 있었고, 결국 진우는 모두 입어봐야 했다.

"으, 지치는군."

"음, 역시 좋군요. 과하지도, 부족하지도 않은 느낌입니다. 화려하지 않아 오히려 외모를 더 빛나게 만드는군요."

최종 낙찰된 복장을 보고 유나가 그렇게 평가했다. 디자이너들은 즉석에서 리폼도 해가며 진우의 몸에 빠르게 맞춰갔다.

진우는 벌써부터 지치는 느낌이었다.

디자이너들은 이대로 보내기 아까운지 사진 촬영을 부탁했다. 그러는 편이 이미지 형성에 도움이 될 것 같아서 뜻하지 않은 사진 촬영까지 한 진우였다.

여담이지만 이 사진은 미래전략실의 승인을 받아 다음 달메이저 패션 잡지에 실리게 된다.

"자! 할 일이 많습니다. 이동하시지요."

유나가 진우를 끌고 갔다.

오랜 시간 들여서 헤어 스타일링까지 받았다. 마치 머리카락 한 올 한 올 예술 작품을 만들듯 스타일링을 했는데, 무슨소재를 썼는지는 몰라도 아주 자연스럽게 고정이 되었다.

바람이 불어 머리카락이 흔들려도 마치 형상기억 합금처럼돌아왔다. 신기한 일이 아닐 수 없었지만 판타지 세계이니 그러려니 했다.

이제 들고 갈 선물을 고르러 갈 차례가 되었다.

'음······.'

자신의 잘못은 아니지만 이진우가 지은 잘못이 있으니 최대한 취향에 맞는 것들을 고르는 것이 좋을 것 같았다. 진우는예로부터 남 비위 맞추는 데는 선수였다.

그래, 깔끔하게 딱 사과하고 인연을 완전히 끊는 것이다!

진우는 다년간의 영업력으로 다져진 자신을 믿어보기로 했다. 차 안에서 잠시 눈을 감고 원작을 떠올려 보았다.

검선에 대한 비중은 애초에 그리 크지 않았다. 중반부에 잠깐 나왔다가 끔찍한 죽음을 맞이할 뿐이었다. 가문의 비급이 첩자들에게 털리고, 차기 가주인 최희연은 이진우에게 유린당하고, 검선마저 사라지니 가문이 풍비박산 나는 것은 당연한 수순이었다.

뭐, 이제는 원작대로 가지 않겠지만.

진우는 잡생각을 멈추고 진지하게 머리를 굴렸다.

'그러고 보니……'

작가가 2주일 정도 무단 연중을 하고 오더니 무료로 푼 연재분이 생각났다. 상당한 양아치라서 무료로 푼 것도 외전이었는데, 교정이 제대로 되어 있지 않고, 억지 감동을 주려 한 점이 오글거리긴 했지만 내용 자체는 못 볼 수준이 아니었다. 단지 댓글에 욕이 많았을 뿐이었다.

내용은 검선과 검선의 아내, 그리고 최희연의 이야기였다.

'검선의 약점은 마음이라 했던가?'

그런 묘사가 있었던 기억이 났다.

검선은 모든 감정과 욕심을 끊어버리고 검과 하나가 되기를 바랐고, 그것을 위해 속세와 연을 끊었던 인물이었다. 다행히 기억력이 좋아진 탓인지 원작의 내용이 또렷하게 떠올랐다.

진우는 고개를 끄덕이고는 입을 뗐다.

"부천 쪽에 혜인달이라는 빵집이 아직 있나?"

"알아보겠습니다."

그렇게 유명한 빵집은 아니고 그저 동네에 있는 작은 빵집이었다. 한데 그곳에서만 파는 빵이 있고, 검선이 그녀의 아내와 자주 갔었다. 자식을 낳으면 꼭 같이 오자고 약속을 했지만 결국 지킬 수 없었다. 아내는 아들을 낳다가 죽었고, 그 아들 역시 국제 대회에서 세상을 떠났다.

지금은 손녀만 남아 있을 뿐이었다.

'마음의 상처가 생길 법하기는 한데⋯⋯.'

외전은 최희연이 그 이야기를 알고 그 빵을 사기 위해 온종일 고생한 이야기부터 시작했다. 검선의 생일 선물을 위한 것이었는데, 이후 검선과 나눠 먹으면서 어색했던 사이가 조금 좋아졌다는 내용이었다.

'미리 선수 치는 건 좀 그렇지만 뭐, 어때?'

미리미리 화목해지면 좋은 것 아니겠는가? 이걸로 사이가 좋아지리라는 보장은 없지만 시도해 볼 가치는 있었다.

결정을 내리고 빠르게 사람을 보내 빵을 공수했다.

"검선님께서는 선식만 하신다고 하는데⋯⋯ 괜찮으시겠습니까?"

"다른 선물도 사가면 되겠지. 뭐, 욕심도 없는 신선이라며?"

"그렇긴 합니다."

유나는 크게 신뢰가 가지 않는다는 표정이었지만 진우는 계속해서 강행했다. 진우는 필사적으로 외전과 원작을 떠올려 시간 내에 추억의 선물 세트를 완성했다.

서두른 보람이 있어서 외전에 나왔던 이름도 특이한 찻잎도 간신히 구입할 수 있었다.

이 정도 공을 들였는데 설마 화를 내기야 하겠어?

진우는 긍정적으로 생각하기로 했다.

"최희연 양에게 드릴 선물은 어떻게 하실 생각이십니까?"

"음, 그걸 주면 되겠네."

최희연에게도 상처가 되었을 것이다. 기사 시험을 볼 정도였으니 말이다.

'여자는 잘 모르는데…….'

이진우가 되기 전 진우는 여자 경험이 많이 없었다. 짧게 두어 번 사귀어 본 것이 전부였다. 변명이기는 하지만 그럴 여유가 없었다. 돈도 없었고 시간도 없었기 때문이다.

보석 같은 게 좋지 않을까?

단순히 진우는 그렇게 생각했다.

"아!"

마침 이진우의 컬렉션 중에 나름 괜찮은 것이 있었다. 여성만 쓸 수 있는 목걸이였는데, 몸을 따듯하게 보호해 주고 육체의 자연 회복력을 크게 도와주는 아티팩트였다. 게이트에서 채굴된 희귀 보석으로 특별 제작됐다고 하는데, 이진우의 성격으로 봤을 때 분명 여자에게 수작을 부리기 위한 용도로 가지고 있었을 것이다. 그리고 그 대상은 최희연일 확률이 높았다.

어쨌든 진우에게는 필요 없는 것이었다. 가격대가 대단했지만 썩어나는 것이 돈 아니겠는가. 이 정도면 사죄하는 사람의 성의로는 충분할 것이다.

"'금빛 휘광' 말씀이십니까? 역시 오래전부터 준비하셨군요."

"그냥 남는 거 주는 거야."

"후후, 그렇게 알겠습니다."

유나가 피식 웃었다. 자신의 말을 믿지 않는 것 같았다.

어차피 깔끔하게 사과를 하고 다시는 보지 않을 생각인데, 따로 설명할 필요는 없을 것이다.

다시 집으로 가서 선물을 챙긴 후 최씨 가문의 본가로 향했다. 본가는 경기도 이천에 있었는데, 최희연도 내려와 있다고 한다.

잠이 솔솔 와서 잠시 졸았다. 차가 워낙 조용했고, 승차감이 대단해서 그냥 방처럼 느껴졌다. 정신을 차리고 보니 어느새 최씨 가문 본가에 거의 다 도착해 있었다. 본가가 있는 마을로 들어가는 도로에는 거대한 비석이 세워져 있었다.

천하제일검가(天下第一劍家)
검선(劍仙) **최가**(崔家)

힘이 담긴 글씨였다. 굉장한 기백이 느껴졌다.

누구도 저 문구를 오만하게 생각하지 않을 것이다.

검선이 버티고 있는 한 명실상부한 천하제일검가였다. 천하제일검가에 도전하는 많은 검가들이 있었지만 모두 검선의 검 앞에 무릎을 꿇었다. 중국에서는 검선을 신으로 모시는 사당까지 세워졌다고 할 정도였다.

'하지만 이진우는 이런 가문을 개무시했었지.'

쓸 만한 것은 최희연의 몸밖에 없다고 생각한 놈이었다. 정말 또라이 같은 놈이 아닐 수 없었다. 최희연을 유린하고 폭행까지 마다하지 않았는데, 오로지 가문을 위해 인내한 최희연이 불쌍하게 느껴졌다.

진우가 탄 차량이 비석을 지나 최씨 가문의 본가 쪽으로 다가갔다. 본가는 무협지에 나오는 문파라고 보면 되었다. 검을 배우기 위해 온 많은 문하생들이 있었고, 최씨 가문의 일족들은 그들을 받아들인 순간부터 가족처럼 대했다.

검선이 자리를 비우고, 이진우의 음모로 첩자들이 활약한 탓에 기술 유출, 내부 분열로 자멸하기는 했지만 그건 원작의 미래일 뿐이었다.

최씨 가문의 본가로 가는 길목에는 작은 마을들이 들어서 있었고 논밭이 가득했다. 마을 사람들은 검선을 신선으로 대하면서 존경하고 따른다. 최씨 가문 덕분에 관광객들도 많아 지역 경제 발전에 큰 영향을 끼치고 있었으니 당연한 일일지도 몰랐다.

'좋군.'

시골의 풍경을 보니 마음이 따뜻해졌다. 부모님이 살아계셨을 때, 자주 할아버지를 만나러 가곤 했었다. 초등학교 입학 전이었지만 아직도 그의 기억에 선명하게 남아 있었다.

유일하게 기억하는 따뜻한 추억이었다.

이런저런 생각을 하다 보니 어느새 차가 멈췄다.

"여기서부터는 걸어 올라가셔야 합니다."

"꽤 높네. 음, 업어줄래?"

"원하신다면."

진우는 피식 웃으며 차 밖으로 내렸다.

경호원들이 진우의 주변에 도열했다. 검은색 정장을 입고 선글라스까지 끼고 있어 위압감이 대단했다.

그들은 진우에 대한 충성심이 꽤 깊었다. 진우가 파격적으로 대우를 해주고 있었기 때문이다. 파격의 첫 번째 조건은 역시 연봉이었다. 두 번째는 복지였고, 세 번째는 인격적인 대우와 선을 넘지 않는 작은 관심이었다. 모두 중소기업을 다니면서 그가 절실하게 원하던 것들이었다.

최씨 가문의 본가는 산 한가운데에 있었다. 산 전체가 최씨 가문의 소유였는데, 백봉검산(白峰劍山)이라 불렸다. 날카롭게 솟아 있는 백 개의 봉우리가 꼭 검 같다고 해서 지어진 이름이라고 한다.

산 입구는 검사들이 지키고 있었다.

그래도 나름대로 맞이할 준비를 했는지, 마중 나온 인원들이 있었다. 그들은 모두 최씨 가문을 나타내는 고풍스러운 복장을 하고 있었는데, 개량 한복과 비슷했지만 꽤 세련된 느낌을 주었다.

'무협이랑 섞었네.'

한국식 무협을 보는 것 같았다.

그때 진우 앞으로 중년의 남성이 다가왔다. 체구가 무척이나 건장했고 전체적인 인상은 좋았으나 눈빛 때문인지 오만한 느낌이 들었다. 그는 이진우를 탐색하듯 바라보았고, 진우도 그를 마주 바라봤다. 기분 좋은 눈빛은 절대 아니었다.

그가 살짝 고개를 숙였다.

"안녕하십니까? 검문최가(劍門崔家)의 지도 사부 청운이라 합니다. 본가까지 안내해 드리겠습니다."

"네."

최씨 가문은 검문최가라고도 불렸는데 검문최가라 부르는 것이 더 높여 존중해 주는 것이었다. 지도 사부는 검문최가에서 실질적인 훈련을 담당하고 있는 사범이었다.

"꽤 차려입고 오셨는데 괜찮으시겠습니까? 가마라도 대령할까요?"

상당히 삐딱했다.

이해는 가지만 어쨌든 손님 자격으로 온 것이었다.

진우의 표정이 굳어지자 유나가 앞으로 나왔다.

"그럼 가마를 대령해 주십시오."

"……네?"

"방금 그렇게 말씀하시지 않으셨습니까? 참고로 도련님은 게이트에서 나오는 목재로 만든 가마가 아니면 쳐다보지도 않으십니다."

유나의 말에 청운은 할 말을 잃었다. 청운 주변에 있던 검문최가의 제자들도 마찬가지였다.

유나가 청운을 똑바로 바라보았다. 눈빛이 굉장히 살벌했다. 청운은 그 기세에 눌리지 않았지만 주변 제자들은 뒤로 주춤 물러났다.

"멀었습니까?"

"크흠…… 단순한 농담이었을 뿐입니다."

"저는 진심입니다. 당신의 눈앞에 계신 분이 누구인지 잊은 듯하군요."

이진우였다. 다른 수식어는 필요 없었다. 청운도 그제야 자신의 실수가 얼마나 큰 것임을 깨달았다. 검문최가가 아무리 최고의 가문이라고 하지만 일선 그룹에 비할 수는 없었다. 일선 그룹이 마음만 먹는다면 검문최가를 말려 죽일 수도 있었다. 어쩌면 무력적인 방법보다 더 잔혹하게 말이다.

진우가 살짝 손짓하자 유나는 아무 일도 없었다는 듯 곧 진우의 뒤로 가서 섰다.

"그만 돌아갈까 합니다."

진우의 말에 청운이 깜짝 놀라며 그를 바라보았다.

"제가 실언을 했습니다. 사과드립니다."

청운은 정중하게 허리를 숙였다. 빳빳하던 허리가 너무나 쉽게 굽혀졌다. 진우가 다시 입을 열 때까지 그는 허리를 펴지 않았다.

"저도 농담이었습니다. 마음에 담아두지 마십시오."

청운은 진우가 그렇게 말해주고 나서야 겨우 허리를 펼 수 있었다. 사과를 하지 않았다면 진우는 정말 돌아갔을 것이다. 변명 삼기 딱 좋지 않은가? 아쉽게도 청운은 그렇게까지 막 나가는 인물은 아니었다.

"크, 크흠, 그럼 안내해 드리겠습니다."

청운이 길을 안내하기 시작했다.

진우가 슬쩍 유나를 바라보며 엄지손가락을 치켜들자 유나도 피식 웃으면서 고개를 끄덕였다. 청운의 오만한 눈빛은 많이 사라졌지만 검문최가의 제자들은 여전히 진우의 경호원들과 기싸움을 하는 분위기였다.

계단은 모두 새하얀색이었지만 먼지 하나 없어 보였다.

"계단이 특이하군요."

"네, 제자들이 주기적으로 하나씩 교체를 하고 있습니다."

"교체 말입니까?"

"백봉에서 깎은 돌은 처음에는 묵빛이지요. 그러나 기운을 담아 천만 번을 문지르면 새하얗게 변한답니다."

청운이 진우의 질문에 그렇게 대답했다. 자부심이 엄청난 듯했다.

'……엄청난 노가다네.'

이집트 노예도 아니고 돌을 깎아 천만 번 문질러 계단을 쌓는다는 말이었다.

진우는 슬쩍 위를 바라보았다.

꽤 가파른 경사로 계단이 쭈욱 늘어서 있었는데 그 끝이 보이지 않을 정도였다. 주변의 꽃나무들과 어울려 환상적인 광경을 연출해 냈지만 진우에게는 마냥 아름답게 보이지 않았다.

1초마다 한 번씩 문지른다고 가정해도 약 115일 하고도 18시간이 걸렸다. 검에 미치지 않은 이상 견디지 못하리라.

진우는 이 길을 고통의 길이라 부르고 싶었다.

"돌을 하나 쌓는 것을 1봉이라 합니다. 5봉부터 진검을 쥘 수 있지요."

"그렇군요."

마중 나온 이들은 나름 유망주였다. 진우의 경호원들이 기세에서 밀리는 이유가 있었다. 하지만 맞붙는다면 쉽게 지지는 않을 것이다.

기세가 높다고 반드시 실전에서 강한 것은 아니다.

"이런 힘든 수련조차 엄청난 영광이지요. 일반 능력자들은 검문최가의 문턱조차 밟지 못할 테니까요."

청운은 자신들이 특별하다는 그런 생각에 갇혀 있었다.

지도 사범마저 저런데, 그 밑의 제자들은 어떨까?

'자부심이 나쁜 건 아니지만⋯⋯.'

솔직히 조금 실망하지 않을 수 없었다. 원작에서 나온 분열은 물론 이진우의 탓도 있지만 저런 생각도 한몫했을 것이다.

진우는 슬쩍 핸드폰을 바라보았다. 신호조차 터지지 않았다. 완전히 현대와 동떨어져 사는 곳이었다. 최희연이 기계를 잘 못 다룬다는 설정은 그냥 허당 같은 매력을 넣기 위해서 넣은 설정인 줄 알았는데, 이제는 납득이 되었다.

올라가는 길은 그리 힘들지 않았다. 정보의 마안으로 개조한 몸은 쉽게 지치지도 않았다. 잠재력이 극한에 닿았기에 금방 산에 익숙해졌고 청운과 같이 깃털처럼 가볍게 계단을 올랐다. 요령이 바로바로 몸으로 흡수되었다.

진우는 정보의 마안으로 청운을 바라보았다. 몸 안에 있는 거대한 기운이 보였다. 기운이 몸 안에 흐르면서 근육과 뼈의 움직임에 따라 다채롭게 변하고 있었다.

매일매일 마력을 움직이고 있는 진우로서는 쉽게 따라 할 수 있을 것 같았다. 그냥 보고 따라 하면 되었다. 세상이 너무나 쉬워 보였다. 이게 바로 재능이라는 괴물이었다.

'역시 사기적이야.'

아직까지 자체적으로 마력을 생성해 내지는 못했지만 그래도 움직임을 모방할 정도는 되었다. 오히려 청운보다 더 깔끔한 발걸음을 보여주니 그는 상당히 놀란 눈이었다.

하지만 진우는 그저 슬쩍 웃을 뿐이었다.

계단의 끝에 거대한 문이 있었다. 나무로 만들어진 문은 경복궁의 입구를 보는 것처럼 거대했다. 안으로 들어가니 바로 연무장이 있었고 한옥들이 자리 잡고 있었다.

천하제일검가답게 규모가 상당했지만 분위기 때문인지 전체적으로 단아해 보였다. 물론 진우의 집과는 규모 면에서 비할 바가 아니지만.

문명의 흔적은 전혀 찾아볼 수 없었다.

마치 과거로 시간 여행을 온 것 같은 느낌이었다.

"안으로 드시지요. 검선께서 기다리고 계십니다."

'본래 이진우였다면 검선 보고 나오라고 그래!' 하면서 호통을 쳤겠지만 진우는 그럴 배짱이 전혀 없었다.

검선이 머무는 곳은 가장 중앙이 아니었다. 신기하게도 가장 외진 곳이었다. 건물 자체도 화려하지 않고, 일반 한옥집을 보는 것 같았다. 너무 화려한 것들만 봐온 진우였기에 검소하다는 인상이 강했다.

"나머지 분들은 다른 곳에서 대기하시지요."

청운이 그렇게 말했다.

유나가 진우를 바라보았다.

그녀가 곁에 있으면 든든하겠지만 어쩔 수 없는 상황이었다. 진우가 고개를 끄덕이자 유나는 경호원들과 함께 물러났다.

'이거 엄청 긴장되는데······.'

다른 누구도 아닌 검선이었기 때문이다.

청운을 비롯해 모두가 물러났고, 곧 진우는 문 앞으로 다가갔다. 그는 살짝 숨을 내쉬고는 문을 열고 안으로 들어갔다.

검선이 정좌를 하고 있었다. 기골이 장대했고, 그렇게 늙어 보이지는 않았다. 이희진 회장보다 훨씬 젊어 보였다.

그리고 대단한 위압감이었다. 존재만으로 공간을 지배하고 있었다. 일신의 무력이 신에 근접했음이 믿겨졌고 어째서 그가 그토록 추앙받는지 알 것 같았다.

검선의 눈이 뜨였다. 안광이 번쩍였는데, 굉장히 신기했다. 무협이나 판타지에서 흔히 말하는 안광 폭사 신이었다.

분명 이다음은······.

'이럴 줄 알았어. 예측된 전개야.'

전신을 짓누르는 압박감이 전해져 왔다.

왜 그렇지 않겠는가? 무협지나 판타지 소설에서 보면 고수들이 상대를 가늠할 때 기운으로 내리 누르곤 하는 아주 고전적인 전개였다. 그 광경이 눈앞에 딱 펼쳐졌다.

예측된 수순이라 그리 놀랍지는 않았다. 그리고 그렇게 견디기 힘들지도 않았다. 그냥 깊은 물에 있는 것처럼 조금 답답할 뿐이었다. 역시 사람은 마음먹기에 달려 있는 것 같았다.

'겸손하되 비굴하지 않게 당당한 태도로 가는 거야.'

이런 무인의 앞에서는 비굴한 모습을 보이면 안 된다. 당당하게 행동하는 것이 좋은 방법일 것이다. 상당히 무서웠지만 진우는 허리를 꼿꼿하게 펴고 당당한 척했다.

곧 기운이 잦아들었다. 어쨌든 시험 같은 건 통과한 것 같았다.

진우와 검선이 눈을 마주쳤다.

"……."

"……."

어쨌든 기세를 이겨냈으니 이제 무게를 잡겠지. 아마 눈빛을 빛내면서 칭찬을 조금 해주지 않을까?

충분히 예상 가능한 전개였다. 진우는 그렇게 생각했다.

이제 본격적인 대화가 시작되리라.

진우는 침을 꿀꺽 삼키며 검선의 말을 기다렸다.

검선이 진우를 뚫어져라 바라보다가 굉장히 놀랐다는 듯한 표정을 지었다. 그 놀라운 표정은 곧 경악으로 바뀌었고, 마치 눈이 튀어나올 것처럼 커졌다.

그가 벌떡 일어나 진우에게 다가왔다.

진우는 갑작스러운 검선의 행동에 뒤로 주춤 물러났다. 검선의 벌어진 입에서는 침마저 흐를 것 같았다. 다른 의미로 굉장히 무서웠다.

"만져보자."

"네?"

"마, 만져보자, 좀."

검선의 손이 뱀처럼 진우의 몸을 더듬었다. 떨리는 손으로 진우의 몸을 만지더니 눈이 점점 크게 뜨였다. 동공이 흔들렸다. 표정은 어느새 경악으로 물들었다.

"무, 무극지체!!"

"네?"

"게다가 천무지체!"

"저기……."

"어억? 음양지체까지, 어허!"

오랜 세월동안 잔잔한 호수처럼 흔들림 없었던 검선의 평정심이 깨져 버렸다. 오욕칠정을 버리려던 수십 년간의 수련이 이상한 곳에서 허사가 되어버린 것이다.

주화입마가 오지 않은 것이 용할 정도였다. 입을 떡하니 벌리고 있는 저 사람을 누가 검선으로 볼 수 있을까?

하지만 그런 사정을 전혀 생각할 수 없을 만큼 진우는 위기감을 느끼고 있었다.

"잠시, 잠시 옷 좀 벗어보거라!"

"네?"

"몸 좀…… 몸 좀 보자꾸나! 구석구석 살펴봐야 되겠다!"

"자, 잠깐…… 어억?"

검선이 진우의 옷을 벗기려고 몸을 더듬었다.

진우는 갑작스러운 상황에 뒤로 물러나며 반항했다.

상의가 반쯤 벗겨지려는 순간이었다.

똑똑!

"할아버님, 희연입니다. 들어가겠습니다."

문이 열리며 최희연이 안으로 들어왔다.

"……?"

"……!"

"……!!"

셋은 모두 그 자리에 굳어 잠시 아무 말도 하지 못했다.

이것 또한 흔한 전개였다.

삼자대면이 시작되었다.

검선은 이성을 되찾고 근엄한 표정으로 돌아왔다. 방금 전
일은 마치 기억에서 삭제했다는 듯 모두 아무런 언급을 하지
않았다. 여러모로 말이 잘 나오지 않는 상황이었다.

진우는 최희연을 바라보았다. 기사 정복이 아니라 개량 한
복 느낌이 나는 옷을 입고 있었는데, 굉장히 잘 어울렸다. 한
폭의 동양화 같은 느낌이었다. 그녀에겐 가슴을 찌릿하게 만드
는 매력이 존재했다.

'이진우가 왜 그렇게까지 하면서 집착했는지 알 것 같군.'

그야말로 모든 것을 다 갖춘 여인이었다. 생각해 보면 주인공의 하렘 중 하나라는 것이 참 기이한 일이었다.

그래도 그걸로 행복하다면 좋은 게 아닐까?

어쨌든 행복은 본인의 만족이고, 본인이 그 기준을 정하는 것이니까.

'주인공은 고자라서 딱히 손을 댄 것도 아니고……'

원작은 전 연령판이었다. 여자들이 달려들어도 늘 아슬아슬하게 벗어났다. 고백이라는 것도 존재하지 않아 그냥 얼버무릴 뿐이었다. 흔한 키스조차 나오지 않았다.

가끔 오글거리는 멘트가 나오기는 했는데, 너무 어색해서 악플이 엄청나게 달려 버리니 이후에는 그조차도 실종되었다. 그런 주제에 주인공은 자기 여자라고 생각했는지 누군가 무시받기라도 하면 굉장히 열을 냈었다.

원작 완결 이후 먼 훗날에 누구랑 이어지기야 하겠지.

어쨌거나 주인공의 곁에 있으면 몸은 안전할 것이다.

'뭐…… 그래도 이진우보다는 낫지.'

어차피 최희연은 자신을 굉장히 싫어할 것이고 다시는 만나지 않을 생각이니 잘 보일 필요는 없었다. 약혼이 성사될지도 모르는 자리를 아무 말 없이 펑크 내고, 오합지졸에 볼품없다는 식으로 가문을 비하한 진우였다. 초대를 받았다고는 하지만 공식적으로 사죄를 요구하는 자리라고 생각하는 것이 맞을 터였다.

진우는 사죄의 말을 건넬 타이밍을 재고 있었다.

"기사가 되셨다고 들었습니다. 축하드립니다."

"……네, 알고 계셨군요."

"네? 아…… 유명하시니까요."

"……."

뭔가 예상했던 것과는 다른 미묘한 분위기였다. 차가운 것 같기도 하고 그렇지 않은 것 같기도 했다.

검선은 진우에게서 시선을 떼지 못했다. 희연도 진우를 힐 끔힐끔 쳐다보았다.

차라리 대놓고 냉대한다면 마음이 편할 것 같은데, 굉장히 이상한 태도였다.

다시 침묵이 깔렸다. 그러던 와중에 식사가 나왔다.

"크흠, 들도록 하지."

소박한 식사였지만 진우는 마음에 들었다. 배고팠던 시절 가끔씩 절에서 먹었던 음식이 생각나기도 했기 때문이다.

'가끔씩 이런 것도 좋겠네.'

얼마 만에 먹어보는 된장찌개인지 모를 지경이었다. 집에서도 가끔 나오기는 했지만 투박한 맛이 전혀 없는, 너무나 고급스러운 느낌이라 오히려 입맛에 맞지 않았다. 이곳 음식은 간이 밍밍한 것이 오히려 제법 괜찮았다.

"입에 맞나?"

"네, 근래 먹어본 음식 중에 최고입니다."

"어허! 청렴하고 겸손하군. 그토록 많은 산해진미를 경험해

보았을 진데……. 음, 진정한 의미를 찾을 줄 아는구만."

검선은 이상한 말을 하며 흐뭇한 미소와 함께 고개를 끄덕였다. 진우는 감히 무슨 뜻이냐고 반문할 용기가 나지 않았다. 검선이 처음과는 다른 의미로 엄청나게 부담스러웠기 때문이다. 눈빛은 강렬했고, 거기엔 어떤 열망마저 느껴졌다. 점점 이글이글거리는 눈빛이 부담스러워 시선을 돌렸다.

"취미가 무엇인가?"

"아…… 독서를 조금……."

"학구적이군. 좋아하는 음식은?"

"……가리는 건 딱히 없습니다만 한식이 좋은 것 같네요."

"허어, 글로벌하지만 애국을 하고 있군. 참으로 보기 드문 청년이야."

검선이 진우의 대답에 고개를 끄덕이며 말했다.

최희연은 검선을 황당하다는 표정으로 바라보고 있었다.

"종교가 있나?"

"없습니다."

"무인이라면 응당 그래야지. 스스로가 중심이 되어야 하는 것이지. 좋은 태도일세."

"네?"

"그놈의 손자답지 않게 인성도 제대로야. 혼자서 아주 잘 컸어. 천하의 자질과 좋은 인성, 용기, 그리고 세상을 능히 상대할 수 있는 패기를 두르고 있군."

진우는 대화의 흐름을 따라갈 수 없었다.

그냥 밥이나 먹도록 하자.

진우는 검선의 시선을 피하며 밥을 먹었다.

검선은 진우가 숟가락을 옮길 때마다 감탄했고 젓가락으로 반찬을 집으니 고개를 연신 끄덕였다.

'아…… 제발…….'

불편해서 체할 지경이었다.

"대단해."

"네?"

"그야말로 지옥 같은 훈련을 했겠군. 인간이 견딜 수 없는 고통이었겠어. 나는…… 감히 상상조차 할 수 없을 것 같네."

"아…… 뭐…….'

검선의 열정적이고 뜨거운 눈빛에 진우는 대답을 얼버무렸다. 진우의 육체는 그만큼 완벽했다. 잠재력이 극에 달해 있는 육체는 감히 이상향이라 불러도 어색함이 없을 정도였다.

'꽤 힘들기는 했지만…….'

그냥저냥 버틸 수 있는 수준이었다.

검선의 시선을 보고 있자니 그냥 '몇 개월 동안 좀 힘든 훈련을 했어요!'라고 말할 수는 없었다. 이곳에서 훈련을 받고 있는 수련생에 비하면 아무것도 아닐 것이다.

진우가 어색한 웃음을 흘리자 검선은 다 알았다는 듯 고개를 끄덕였다.

"지옥을 아는 자는 입 밖으로 지옥을 내뱉지 않는 법이지. 허허허."

최희연은 검선의 바뀐 모습에 적응이 되지 않아 멍한 표정이었다. 검선은 칭찬에 인색하기로 유명했다. 그것은 본인의 기준이 워낙 높기 때문이기도 했다.

진우는 사과할 타이밍이라 생각했다. 빨리 끝내고 집에 가고 싶었다. 완전 가시방석이었다.

"저…… 지난번의 일은……."

"음? 아아, 그런 일들이 있었지. 음, 이제 그런 사소한 것들은 넘어가세. 그것보다, 자네……."

검선이 진우를 진지한 눈빛으로 바라보았다. 눈에서 불이 나는 것 같았다. 말뿐인 게 아니라 진짜 안광이 폭사되었고, 검선의 앞에 있는 물잔에서 물이 끓어올랐다.

"내 제자가 되는 것이 어떤가?"

"풉?"

최희연이 물을 마시다가 반쯤 뿜었다.

진우도 황당하기는 마찬가지였다.

갑자기 제자라니? 전혀 생각지도 않은 제안이었다.

"할아버님! 진심이십니까?"

"내 결정에 문제라도 있느냐?"

"많지요. 아주 많습니다!"

얌전했던 최희연의 분위기가 바뀌었다.

최희연과 검선이 눈을 마주쳤다. 무언가 강렬한 기운이 충돌하는 것 같은 기분이 들었다. 실제로 테이블도 요동쳤다.

진우는 슬쩍 뒤로 물러났다.

"저는…… 저는 인정할 수 없습니다."

"그만하거라. 내가 결정한 것이다."

최희연의 말에는 원망이 섞여 있었다. 진우는 둘 사이에 뻘쭘하게 껴서 눈알을 굴렸다.

남의 심각한 가정사를 현장에서 목도하고 있으니 뭐라 할 말이 없었다.

최희연의 마음도 이해가 되었다. 원작에 보면 최희연이 검선에게서 검을 사사 받지 못했다고 나와 있었다. 나중에 검선의 무공 비급은 모조리 중국의 고수에게 빼앗기게 되는데, 주인공이 찾아주면서 사랑이 싹트게 된다는 전개였었다.

'개답답했지.'

주인공이 나름대로 비급을 지키려 노력했지만 그걸 또 아슬아슬하게 빼앗기게 된다. 최희연을 지키려고 하다가 빼앗긴 것이다. 정말 뻔한 전개였다.

아무튼 검선이 남긴 최후의 비급은 죽기 전에 남긴 것으로, 거기엔 최희연에 대한 마음도 담겨 있었다.

'그 부분이 외전 이야기이기는 한데…….'

작가가 어디서 막장 고구마를 먹고 왔는지 억지스러운 감동과 신파가 가득한 파트였었다.

어쨌든 검선의 검술은 일인전승이었다. 한데 검선의 기준이 워낙 높아 그 누구도 적전제자가 될 수 없었다. 천하제일검가 최고의 천재라 일컬어지는 최희연조차 검선의 눈에 차지 않았다. 비급을 남긴 것은 순전히 최희연에 대한 걱정 때문이었기에 주인공이 익혀서 가르쳐 주는 형식이 되었던 것이다.

"20년입니다. 걸음마와 함께 검을 잡았습니다. 그런데 어찌하여 검을 잡아본 적 없는 남자에게 그런 제의를 하십니까?"

"검을 잡은 기간은 중요치 않다."

"그렇다면 무엇이 중요합니까!"

"재능이다."

검선이 말하자 최희연의 눈이 크게 뜨였다. 그리고 진우를 바라보았다.

"그 조건엔 저도 뒤떨어지지 않습니다. 절대 납득할 수 없습니다. 저에게 증명해야 할 것입니다."

"흐음, 정녕 받아들일 수 없는 게냐?"

"네, 검문최가의 차기 가주로서…… 할아버님도 검문최가의 일원임을 잊지 마십시오. 가문의 율법이라는 것이 있습니다."

싸늘한 침묵이 내려앉았다. 다시 검선과 최희연이 기싸움을 시작했다. 중간에 있던 물병에 담긴 물이 끓기 시작하더니 물병이 공중에 떠올랐다. 굉장히 신기한 광경이기는 했다.

다툼은 영원히 끝날 것 같지 않았지만 둘이 파악하지 못한 중요한 사실이 있었다.

"저기……."

검선과 최희연의 고개가 돌아가며 진우에게 시선이 꽂혔다. 바늘로 피부를 찌르는 느낌이었다.

진우는 애써 웃으면서 입을 뗐다.

"죄송하지만 그 제안은 거절하겠습니다."

"뭐랏?"

"네?"

진우의 말에 물병이 아래로 떨어졌다.

진우는 검선의 제자가 될 생각이 전혀 없었다. 죽기 직전에야 비급을 썼기 때문에 그의 제자가 된다면 오랜 기간 이곳에서 수행을 해야 했다. 아까 보았던 것처럼 돌을 닦는 미친 짓을 해야 할지도 몰랐다.

물론 이진우의 신분이 있으니 그렇게까지 구속은 하지 않겠지만 자유가 제약되는 건 사실이었다. 그리고 굳이 그렇게까지 하면서 배울 메리트는 없었다. 정보의 마안을 이용해서 다른 상위 랭크의 기술을 익히는 것이 훨씬 이득이었다.

게이트 안에 널린 것이 검선의 것을 뛰어넘는 기술이었고, 무공이었다. 그리고 원래 검선의 제자가 되는 것은 주인공이었다. 그의 자리를 빼앗고 싶지 않았다. 주인공이 강해져야 그나마 지구가 멀쩡할 수 있으니 말이다.

진우가 일반인이었다면 꼼짝없이 검선에게 잡혔겠지만 다행히도 일선 그룹의 하나뿐인 직계 혈통이었다. 하지 않겠다면 그 누구도 강제할 수 없었다. 설령 검선일지라도.

경악하는 검선과 입을 살짝 벌리며 멍한 표정으로 자신을 바라보는 최희연이 보였다.

불길한 예감이 강하게 들었다. 진우는 긴급히 탈출할 필요성을 느꼈다.

"아무튼 저번 일은 죄송하게 되었고, 그럼 저는 이만 가봐야 할 것 같네요."

"멈추거라."

"잠시만요."

일어나려는데 검선과 최희연이 동시에 건우를 잡았다.

"어, 음. 그래, 후식은 들어야 하지 않겠나."

"그래요."

"아뇨. 배가 불러서……."

최희연이 진우의 옷소매를 잡았다.

"부탁드립니다."

그녀의 목소리에서 간절함이 묻어나왔다. 물기마저 느껴지니 진우는 차마 손을 내칠 수 없었다.

"자네, 안색이 안 좋아 보이는군. 음, 오늘 자고 가게."

"그건 좀 힘들 것 같습니다. 내일 스케줄이 조금 있어서……."

"허어, 성실하기도 하지. 잠시 산책이라도 하는 건 어떤가?"

"그건 경호 문제 때문에 곤란하네요."

"허허! 누가 내 제…… 음, 아니, 자네를 건드릴 수 있겠는가? 내가 자네의 안전을 보장하겠네! 영원토록."

검선의 구애는 엄청났다. 최희연도 마찬가지였다.

"드릴 말씀이 있습니다. 잠시 시간을 내어주실 수 있습니까?"

"희연아, 우리 진우와 단둘이 있고 싶구나."

"선조께서 말씀하셨듯이 가문의 일이 우선이지 않습니까?"

"어허, 가문이 곧 나이거늘……."

"그럼 할아버님 본인을 헌신짝처럼 내다 버리셨군요."

두 사람은 곧 진우를 가운데에 두고 다시 싸우기 시작했다.

이 사태를 뭐라고 표현해야 할까? 진우는 난감할 뿐이었다.

신선 같던 검선의 이미지는 이미 깨지고 없었다. 그리고 그의 발언은 엄청난 파장을 낳았다. 검문최가의 미래가 걸린 일이었기 때문이다.

진우는 정중히 거절하고 그냥 집에 가려 했지만 검선이 끈질기게 따라붙으니 그럴 수도 없었다. 그는 아예 같이 산을 내려갈 기세였다.

결국 최희연이 차기 가주의 권한으로 가문 회의를 소집했다. 가주의 자리는 공석이어서 차기 가주의 권한이 가장 강력했다. 그녀는 대학교를 졸업하고 정식으로 가주가 될 예정이라고 했다. 주요 직책에 있는 모든 이들이 중앙에 있는 천검전(天劍殿)에 모여 회의에 들어갔다. 수련생들은 회의가 시작될 동안 삼엄한 경계를 펼쳤다.

진우는 손님방에 머물게 되었는데, 그냥 집에 가기에는 상황이 심각해 보였다. 게다가 최희연의 간절한 눈빛과 검선의 뜨거운 눈빛을 보니 조금 기다려 주는 것도 나쁘지 않을 것 같았다.

어쨌든 용건은 끝냈으니 마음은 홀가분했다.

진우는 눈앞에 놓인 한과를 먹으며 고개를 끄덕였다. 제자들이 직접 만든다던데 과연 굉장히 맛있었다. 꿀도 역시 제자들이 직접 딴 석청이었다.

이 상황이 이해되지 않은 유나가 진우에게 다가왔다.

"왔어? 밖은 어때?"

"초상집 분위기입니다. 여제자들은 광장히 억울해하면서 눈물까지 보이더군요."

"가정사가 참으로 복잡하네. 뭐…… 우리 집만 하겠느냐만은……."

이진우의 가정사도 진짜 판타스틱했다. 그의 부모가 이 세상 사람이 아닌 게 다행이란 생각이 들 정도로 말이다. 막장도 그런 막장이 없었다. 결국 서로 사이좋게 독살당했는데 둘 다가 범인이었다. 웃기는 촌극이 아닐 수 없었다.

"도대체 무슨 일입니까? 무슨 사고라도 치신 겁니까?"

"나는 잘못한 거 없어."

"그렇다기에는 많이 미움받고 있더군요."

"내가 미움받는 게 하루이틀인가?"

오히려 호의적이면 의심이 갈 것이다.

유나가 광장히 궁금하다는 듯 진우를 바라보았다. 그녀의 눈에는 이 상황이 뭔가 무척이나 심각해 보였는지 일단 경호 인원을 더 요청했다.

"도련님, 정말 궁금합니다만."

유나가 말을 또박또박 끊어서 말했다. 진우는 진심으로 자신을 걱정하는 그녀를 느낄 수 있었다.

"그냥 용건만 간단히 하고 나오려고 했는데……."

"네."

"검선이 갑자기 자기 제자가 되라 하더라고."

"네?"

"억?"

"어억!"

그 말을 들은 유나뿐 아니라 주변에 있던 경호원들까지 크게 놀라며 비명을 토해냈다. 모두가 경악하는 표정으로 진우를 바라보았다.

정적이 깔렸다. 유나와 경호원들이 제정신을 차리기까지는 시간이 꽤 걸렸다.

유나가 심호흡을 하고는 진우를 바라보았다. 그녀의 동공은 마구 흔들리고 있었다.

"그, 그래서 뭐라고 하셨습니까?"

"거절했지. 앞으로 할 일이 많잖아?"

너무나 간단히 거절했다고 하니 더 경악하는 분위기였다. 숨쉬기가 곤란해 헐떡이는 경호원들도 있었다. 그만큼 검선의 제자가 된다는 것은 엄청난 명예였다. 원작 내용을 알고 있는 진우에게는 그렇게까지 큰 명예로 느껴지지 않았지만.

"도, 도련님! 어째서 거절을……!"

"내가 여기에 처박혀 있으면 니들 연봉은 누가 주냐?"

"하아, 그걸 말씀이라고 하십니까?"

유나가 한숨을 쉬며 얼굴을 부여잡았다.

진우는 그냥 피식 웃어넘기고는 한과를 씹을 뿐이었다.

기다림은 조금 길어졌다. 생각해 보면 상당한 무례였지만 딱히 기분이 나쁘지는 않았다. 오랜만에 도심을 벗어나 힐링을 하는 느낌이었다. 손님방 창문으로 보이는 산의 풍경과 새 울음소리가 환상적으로 어울렸다.

유나는 진우의 곁에서 손을 공중으로 휘저었다. 그럴 때마다 공기가 터져 나가며 무언가 떨어졌다. 모기였다.

덕분에 진우는 상당히 쾌적했다.

밖을 바라보니 경호원들이 부동자세로 서 있었다. 능력자라서 체력적인 부담은 없어 보였지만 더운 건 더운 거였다. 에어컨은커녕 선풍기도 없어 시원하지는 않았지만 그래도 바깥보다는 안이 훨씬 나았다.

"들어와 쉬지 그래?"

"아닙니다. 혹시 모를 사태가…….'

"임진원 씨, 혹시 포커 카드 가지고 있나?"

"네? 막내가 가지고 있을 겁니다."

"모두 들어와. 심심한데 게임이나 하자."

진우가 고개를 끄덕이고는 판을 깔았다.

경호원들이 서로 눈치를 보다가 안으로 들어왔다.

돈 내기라는 말에 경호원들이 바짝 긴장했지만 결과는 진우의 패배였다. 진우는 초보였고, 쉬는 시간마다 카드 게임을 한 경호원들의 상대가 될 수는 없었다. 결국 보너스와 휴가비까지 두둑하게 챙겨주게 된 진우였다.

주먹을 불끈 쥐면서 좋아하는 경호원들을 보니 그래도 나름 흐뭇했다.

"회의가 끝났나 봅니다."

경호원들의 표정이 불편해 보였다. 사정이야 어찌되었든 이 진우를 기다리게 했다는 것이 마음에 들지 않는 모양이었다. 워낙 검선의 제자라는 이야기가 충격적이어서 그렇지 그건 유나도 마찬가지였다.

안내를 받아 천검전으로 가니 검선과 최희연이 진우를 기다리고 있었다.

주요 직책의 일원들도 포진해 있었는데, 그들 모두가 진우를 노려보고 있었다. 유나와 경호원들을 은근히 멸시하는 표정도 보였다.

힐링되고 있던 기분이 급격히 나빠졌다. 일단 사과는 했고, 사소한 일이라고 하며 저쪽도 받아들였다. 더 이상 눈치를 볼 필요는 없었다.

그때 검선이 진우를 바라보며 입을 뗐다.

"허허, 기다리게 해서 미안하네."

"그 제안은 거절하겠습니다."

"그런!"

"건방지군."

검선의 말이 끝나기도 전에 진우가 끊자 검문최가의 일원들이 모두 경악했다.

"허어, 그리 성급하게 결정할 건 뭔가? 자자, 마음 푸시게. 일단 들어는 보는 것이 어떤가?"

검선의 체면을 생각해서 들어보는 것 정도는 나쁘지 않을 것 같았다.

진우가 고개를 끄덕였다.

"나는 모두의 자질에 맞는 검을 가르쳤네. 그 이상은 오만이고 독이 되는 것이네. 사람은 벽이라는 걸 직접 느끼기까지는 깨닫지 못하지. 그 벽이 자신을 짓눌러 모든 것을 앗아갈 수 있음을 말이야. 결국 제대로 된 결과는 나오지 않겠지."

"이진우 님께서 검문최가의 기본검형을 일 년 안에 보여주신다면 검문최가는 무슨 일이 있어도 이진우 님을 지지할 것입니다."

검선과 최희연이 그렇게 말했다.

최희연과 검문최가의 일원들은 검선의 눈이 틀렸고, 최희연이 검술을 사사받을 자격이 있음을 증명하고 싶어 했다. 검선은 그들의 그런 오만함을 꺾어주고 싶어 진심으로 진우를 제자로 들이고 싶었다. 검선이 가문을 등진 것에는 나름 이유가 있었는지도 몰랐다.

"참나!"

"말도 안 되는 소리!"

주변 반응을 보니 모두 코웃음을 치고 있었다.

최희연은 최고의 자질을 타고난 천재라고 알려져 있었다. 그런 그녀도 기본검형을 익히는 데 5년이 걸렸다. 절대 실현 불가능한 제안이었다. 이는 명백하게 이진우를 무시하는 처사였다. 대놓고 그를 망신 주겠다는 의도가 깔려 있는 것으로도 볼 수 있었다.

유나가 인상을 찌푸리며 살기를 간신히 숨겼다. 다른 경호원들도 마찬가지였다.

진우는 최희연을 바라보았다.

"혹시 그 기본검형라는 것이 적힌 서적이 있습니까?"

"네, 있습니다."

최희연의 대답에 진우가 살짝 웃었다.

"솔직히 기분이 나쁘군요. 좋습니다. 하지만 저도 조건이 있습니다."

"말씀하십시오."

"말씀하신 시간을 더 줄이는 대신 저에게 천검동을 개방해 주시지 않겠습니까?"

최희연과 검문최가 일원들의 표정이 굳었다.

천검동은 검문최가의 정수가 모여 있는 곳이었다. 신라대 때부터 이어진 비급과 보물들이 잠들어 있었는데, 허락받은 주요 인원만이 들어갈 수 있는 곳이었다.

최희연과 일원들은 잠시 서로 이야기를 나눴다. 검선도 고개를 끄덕였다.

"좋습니다. 다만 가지고 나오는 것은 안 됩니다. 여섯 시간만 드리겠습니다. 물론 성공하셨을 때의 일입니다."

시간은 상관없었다. 진우는 만족했다.

천검동은 원작에서는 이진우의 계략으로 대부분의 보물들이 소실되었었다. 모두 중국 쪽으로 넘어갔었는데, 많은 악당의 탄생 계기가 되었다. 지금은 아직 천검동에 있으니 얼마나 대단한 것이 있는지 구경할 기회였다.

'꽤 좋은 것들이 많았지.'

작가가 이진우 이후로 강력한 임팩트를 주고 싶어 약간 무리수를 던지기도 했었는데, 그 설정이 맞다면 그러한 기술들이 있을 것이다. 원작의 전개를 막았으니 그 기술들을 볼 일이 없다고 생각하고 있었는데, 이건 아주 좋은 기회였다.

최희연의 시선이 진우를 향했다. 질투인지 무엇인지 모를 감정이 느껴졌지만 진우는 신경 쓰지 않았다.

"기간은 어느 정도로 줄이시겠습니까?"

진우는 조금 쫄리는 느낌이 있었지만 담대하게 나가기로 결심했다.

손가락 하나를 펼쳤다. 모두의 시선이 진우에게 향했다.

그리고 곧 최희연의 표정이 굳었다. 진우가 표시한 것이 기간임을 깨달았기 때문이다.

"설마 한 달입니까?"

"아니요."

"……일주일?"

"그것도 너무 길군요."

"그럼 하루? 장난하십니까?"

최희연은 물론이고 주변인들의 표정에도 황당함이 서렸다.

일 년도 절대 불가능한데, 하루에 가능할까? 그건 검선의 할아버지가 와도 불가능할 일이었다.

그때 진우가 웃으면서 고개를 저었다.

"한 시간이면 충분합니다."

"너무나 오만하시군요. 역시 소문은 소문일 뿐이라 생각했습니다."

"내일 스케줄이 있어서요. 잠은 집에 가서 자야지요."

진우가 너무나 가볍게 대답하자 최희연은 긴 한숨을 내쉬며 화를 참아냈다.

검선도 진우의 발언에 놀란 건 마찬가지였다. 이런 식으로 거절 의사를 표현한다고 보기엔 진우의 의지가 확고해 보였다.

검선은 잠자코 지켜보기로 했다. 이진우가 조금이라도 무언가를 보여준다면 그걸로 충분하다고 생각했다.

"잠시 손을 보여주시겠습니까?"

진우가 손을 최희연에게 보여주었다.

최희연이 진우의 손을 두 손으로 만지며 신중히 살펴보았다. 대단한 미인이 손을 잡고 있으니 기분이 묘했다.

그녀는 손뿐만 아니라 팔의 형태도 확인했다.

"검을 익힌 흔적은 없군요."

"아시다시피 워낙 귀하게 자라서 말입니다."

"……알겠습니다. 그럼 한 시간 뒤에 뵙지요. 서적만으로 충분하겠습니까?"

진우는 다시 손님방으로 돌아왔다.

유나의 안색은 엄청났다.

"도련님!"

"응?"

"도대체 무슨 생각으로 그러신 겁니까?"

"뭐, 손해 볼 건 없잖아? 저쪽에서 부탁하는 건데."

"그렇긴 합니다만 자칫하면 아예 검문최가와 척을 질 수도 있습니다."

유나의 걱정에 진우는 작게 웃을 뿐이었다.

경호원들의 표정도 장난이 아니었다.

"척을 지면 또 어때? 문제될 거 있어?"

"……없습니다. 뒷수습을…… 하아, 생각해 보겠습니다."

유나가 머리를 부여잡으며 그렇게 말했다.

그렇게 기운 없는 유나의 모습은 상당히 신선했다.

유나는 두 손으로 자신의 뺨을 때리더니 곧 미래전략실로 연락을 했다. 굉장히 다급하고 바빠 보였지만 진우만은 여유로웠다.

최희연이 직접 손님방으로 와서 기본검형이 담긴 서적을 진우에게 건네주었다.

"연무장을 자유롭게 쓰셔도 됩니다."

"괜찮습니다."

"……그럼 한 시간 뒤에 뵙겠습니다."

최희연이 고개를 살짝 숙이고는 등을 돌려 사라졌다.

확실히 미움을 받고 있는 것 같았다. 하기야 이번 일을 포함하여 많은 일이 있었는데 이진우를 좋게 보는 것이 더 이상할 것이다.

유나와 경호원들도 손님방 밖으로 나갔다. 진우에게 시간을 주기 위해서였다.

'사실 한 시간도 필요 없는데.'

1분이면 되었다. 마력은 이미 해결된 상태였다.

진우는 마력이 담긴 물병을 가지고 다녔다. 다른 물은 잘 먹지 않고 이 물만 먹었기 때문이다. 워낙 중독성이 강해 이제는 일반 물을 못 먹는 몸이 되어버리고 말았다.

"그럼 해볼까?"

진우는 서적을 살펴보았다. '검문최가 기본검형 입문'이라고 쓰여 있었다. 고서 느낌은 전혀 아니었고 나름 현대적인 교과서 느낌이었는데, 펼쳐 보니 상세한 자세 묘사와 수련법이 쓰여 있었다.

서적만으로 익힌다는 것은 사실 불가능에 가까웠다. 무협지에서 보면 구결로 익히거나 하지만 그것은 인간의 한계를 벗어난 고수들의 경우. 당연히 사부의 지도 밑에서 정확한 자세를 익히고 연습하는 것이 가장 좋은 방법일 것이다.

하지만 일반적인 상식은 진우에게만은 해당하지 않았다. 정보의 마안으로 서적을 바라보자 눈이 황금색으로 빛났다.

[C]검문최가 기본검형

검문최가의 검술에 기본이 되는 동작.

모든 오의의 출발점이기도 하다. 투박하지만 위력적이며 대단히 실용적인 검술이다. 나쁜 버릇과 불필요한 자세를 없애려 노력한 흔적이 엿보인다. 추후 어떠한 검술을 익히든 상관없이 기본검형이 대단한 도움이 될 것이다.

기존에 익히고 있던 개념과 상호 보완이 될지도 모른다.

*검술 이해도 상승.

C랭크면 상당히 높은 수준이었다. B랭크 이상이 국보로 취급받을 정도이니 검문최가의 위상이 어느 정도인지 알 수 있는 부분이었다.

그래 봤자 진우의 눈에는 차지 않았다. 앞으로 나타날 엄청난 것들을 알고 있기 때문이었다.

'무슨 드래곤볼도 아니고……'

이래도 되나 싶을 정도로 파워 인플레가 극심해지는 미래를 알고 있는 진우였다.

마력농축액을 마시고는 서적 위에 손을 올려놓았다. 이미 한 번 경험했기에 정보의 습득은 어렵지 않았다. 조금 어려우면 좋겠다는 생각이 들 정도로 쉬웠다.

머릿속에 정보가 저장되며 몸속으로 퍼져나갔다. 시원한 탄산음료를 마신 것 같은 청량감이 느껴져 기분이 좋았다.

대단히 방대한 정보였지만 바로바로 몸에 각인이 되었다. 의식하지 않아도 몸이 알아서 기억하는 느낌은 참으로 오묘했다. 통제되지 않는 느낌이 들기는 하지만 차차 괜찮아질 것 같았다.

"음?"

어딘가 정보가 조금 다른 것 같은 느낌이 들었다. 진우는 정보의 마안으로 자신이 익힌 기술을 확인해 보았다.

[B]매혹의 극락검법

극락의 카마수트라를 통한 이해를 바탕으로 검문최가의 기본 검형을 재해석했다. 투박한 검형은 아름다움을, 실용적인 검로는 우아한 매력을 발산할 것이다.

이성에게는 호감을, 동성에게는 동경을!

*매력 상승 15%

*유혹, 현혹 효과 15%

*명예가 높을수록 높은 존경심을 이끌어낼 수 있다.

*이미지가 좋을수록 높은 호감도를 이끌어낼 수 있다.

"……."

정보의 마안이 가진 단점이 있다면 바로 이런 것일지도 몰랐다. 주인의 의도와 상관없이 업그레이드가 된다는 점이었는데, 이제는 머리와 몸이 새로 들어오는 정보를 알아서 재해석, 적용하고 있었다.

하지만 정보의 마안을 이용하지 않으면 몸으로 익혀야 하는데, 너무 많은 시간이 걸리니 효율성 면에서는 이미 승부가 한참이나 난 상태였다.

'이거…… 처음 기술을 잘못 익힌 거 아닌가?'

그런 생각이 강하게 들었지만 진우는 고개를 설레 내젓고 서적을 덮었다. 어쨌든 검문최가의 기본검형은 맞으니 상관은 없을 것 같았다.

별일이야 있겠는가?

'시간이 많이 남았네.'

딴생각에 빠졌지만 이제 막 5분이 지났을 뿐이었다.

피로가 몰려와 진우는 벽에 등을 기댔다. 그리고 보니 오늘 잠을 거의 못 잔 것이 떠올랐다. 조금 덥기는 하지만 잠이 솔솔 왔다. 그래서 조금만 쉴 생각으로 눈을 감았다.

갈수록 원래의 성격과 비슷해지는 것 같았지만 아무럼 어떤가. 진우는 꾸벅꾸벅 졸기 시작했다.

"도련님."

"음?"

유나의 목소리가 들려왔다. 잠시 졸았을 뿐인데 벌써 시간이 꽤나 지나 있었다. 하지만 굉장히 개운했다.

유나의 옆에는 최희연도 서 있었는데, 그녀는 굉장히 어이없다는 눈으로 진우를 바라보고 있었다.

"……연무장으로 가시지요."

오늘 최희연의 화난 모습을 유난히 많이 보는 것 같았다.

유나는 머리가 아픈지 관자놀이를 계속 주물렀고 진우는 기지개를 켜며 자리에서 일어났다.

"가볼까?"

진우는 유나와 경호원과 같이 최희진을 따라 연무장으로 향했다. 검문최가의 거의 모든 사람이 모여 있었다. 모두 진우가 한 일을 알기 때문인지 굉장한 시선이 느껴졌다.

연무장 가운데에 서자 최희연이 진우를 마주 보며 섰다. 검선이 연무장으로 걸어오더니 입을 뗐다.

"준비는 되었는가?"

"네, 그런데 어떤 식으로 검증합니까?"

"희연이가 직접 검증해 줄 것이네. 대련 형태를 취하겠지만 진검도 아니고 손속에 사정을 둘 터이니 큰 걱정은 하지 않아도 된다네."

기본검형을 완전히 이해했는지 테스트하기에는 대련만 한 것이 없었다. 혼자 하는 품세는 어떻게든 흉내낼 수 있지만 대련은 그것이 불가능하기 때문이다.

최희연이 목검을 잡았다. 검문최가의 여제자가 두 손으로 진우에게 목검을 건네주었다. 진우는 처음으로 목검을 잡아보았다. 꽤 묵직했다.

검날을 잡는 모습이 영락없는 초보자로 보였기 때문인지 주변에서 비웃음이 터져 나왔다.

진우는 신경 쓰지 않고 목검을 한 손으로 잡았다.

'익숙하네.'

익숙했다. 분명 처음 잡는 것인데 굉장히 익숙했다. 마치 수십 년을 같이한 동료처럼 느껴졌다. 기술을 익히면서 예상은 하고 있었지만 웃음이 나올 수밖에 없었다.

어느새 진우의 몸이 움직이며 완벽한 자세가 잡혔다. 순간 주변에 정적이 내려앉았다.

자세를 잡고 있던 최희연의 눈빛도 크게 흔들렸다.

최희연의 자세가 조금 비틀어져 보일 만큼 진우의 자세는 완벽, 그 이상이었다. 완벽할 뿐만 아니라 검과 신체가 만들어 내는 선에서 아름다움까지 느껴질 정도였다.

숨 막히는 모습에 그 누구도 숨소리조차 낼 수 없었다.

희연은 진우를 바라보았다.

그녀는 자신이 있었다. 자신의 재능에 자부심을 가지고 있었고, 그것만큼이나 가문을 이끌어야 한다는 압박감을 등에 지고 있었다.

손 쓸 틈도 없이 점점 쇠락해 가는 가문을 안타까운 마음으로 지켜보고 있던 차에, 검선의 뒤를 잇지 못한다면 검문최가의 영광은 그날로 끝이 날 것이다.

'이진우…….'

이진우에게는 감사하는 마음과 원망하는 마음이 공존했다. 무단으로 사람을 심어 가문을 농락한 것에 대한 원망, 분노가 존재했고 이진우 덕분에 중국의 인민능력자회와 천진검방이 주도적으로 심어놓은 첩자를 색출할 수 있어서 감사하는 마음도 공존했다.

설마 가주 대리를 하고 있던 숙부가 그런 짓을 벌일 거라고는 상상조차 하지 못한 그녀였다. 또한 일선 그룹의 정보력이 얼마나 방대한지 새삼 깨닫게 된 계기가 되기도 했다.

'세상의 모든 곳에 눈과 귀가 있고, 그것을 통제하는 곳이 바로 일선 그룹이다.'

미국의 백악관에서 일선 그룹을 두고 한 말이었다. 이번 일을 겪고 보니 그 말은 결코 허언이 아니었다.

일선 그룹의 정보를 토대로 대규모 숙청을 했고, 최희연은 차기 가주의 자리를 확정할 수 있었다. 마치 일선 그룹이 그렇게 하라고 시킨 것처럼.

그리고 최희연은 중국 측에 강력히 항의했고, 적지 않은 보상을 받아낼 수 있었다. 그 과정에서 일선 그룹이 개입해서 도움을 준 것은 검문최가에게 빚을 단단히 지우겠다는 이희진 회장의 계략이었을 것이다. 물론 지금의 일과는 별개였다.

하지만 검선의 발언은 대단한 충격이었다. 그녀는 검선의 말을 인정하지 않았다. 평생 검조차 잡아보지 않은, 곱게 자란 부잣집의 도련님이 검으로 무엇을 할 수가 있을까?

검선의 적전제자는 차기 가주인 자신이 되어야만 했다. 그래야 분열로 인해 아직 아물지 않은 상처를 봉합할 수 있고 미래를 향해 나아갈 수 있었다. 또 그래야만 비로소 검문최가의 영광을 이어나갈 수 있을 것이었다.

'……더 이상 가문을 농락하게 두지 않겠어.'

지금까지 일선 그룹이 노린 곳은 여지없이 무너졌고 거기에 예외는 없었다. 하지만 위기를 기회로 삼아 이번 기회에 빚을 없애면 된다. 아무리 이진우라 할지라도 이번 일은 가문 전체를 모욕한 일이 될 테니 말이다.

최희연은 그렇게 생각했다.

'약혼은……'

약혼 이야기도 그저 접근하기 위한 구실이었는지도 몰랐다. 아니, 분명 그럴 것이다. 저 오만하고 거만한 남자가 진지하게 그런 생각을 할 리가 없었다.

비록 첫인상은 나쁘지 않았지만…….

그녀는 고개를 저었다.

이진우는 1년이 아닌 한 시간 만에 익혀보겠다고 말했다. 자신조차 5년 동안 뼈를 깎는 노력을 해서 완성한 검형이었다. 그건 기를 느끼고 사용할 수 있는 능력자로서의 재능과 무인으로서의 재능, 그리고 피를 토하는 노력이 합쳐진 결과였다. 일반 무인은 십 년이 걸려도 제대로 소화해 내지 못할 것이다.

검선이 말한 노력에 따른 결과. 그 결과로 최연소 기사 타이틀을 획득하지 않았는가? 목검조차 잡아본 적이 없는 도련님이 자신을 능가하리라고는 도저히 생각할 수 없었다. 꾸벅꾸벅 졸고 있는 그의 모습을 보았을 때는 화마저 치밀었다.

이진우가 어설프게 검을 건네받았다. 모두가 비웃었고 이진우의 경호원들만이 무표정일 뿐이었다. 그녀 역시 코웃음이 나왔다. 이진우에게 상해를 입힐 수는 없겠지만 자존심만큼은 철저하게 긁어주리라 생각했다.

그 순간이었다.

휘익!

이진우의 몸이 움직인 순간 최희연의 눈이 크게 뜨였다. 그녀의 표정이 경악으로 바뀌는 데는 오랜 시간이 걸리지 않았다. 많은 수행으로 웬만해서는 감정의 동요를 느끼지 않았지만 입을 반쯤 벌리고 넋을 놓을 수밖에 없었다.

그저 준비 자세일 뿐이었다. 그러나 그녀가 최종적으로 이르고 싶었던 아름다운 형태가 보였다.

전신을 울릴 정도의 큰 충격이었다.

그럴 리가 없었다. 어떻게 한 시간 만에……!

'아니야! 우연일 거야!'

그녀는 애써 부정했다. 그렇지 않으면 심마가 찾아올 것 같았기 때문이다.

시선을 돌려 검선의 표정을 살폈다. 그의 얼굴 역시 경악으로 물들어 있었다.

저런 검선의 표정을 난생처음 본 그녀였다. 애초에 감정을 드러내는 모습 또한 오늘 처음 본 것이었다.

모든 게 이진우 때문이었다. 이를 악물었다. 긴 숨을 내쉬고는 이진우를 노려보았다. 그는 여유로운 미소까지 짓고 있었다.

그녀는 겨우 입을 뗄 수 있었다.

"……오시지요."

"그럼 실례하겠습니다."

방심하지 않을 것이다. 모두 거짓이라는 것을, 모두 우연이라는 것을 증명해 보일 것이다.

그녀가 목검을 꽉 쥔 순간, 이진우의 모습이 흐릿해지는가 싶더니 목검의 검이 그녀의 품 안으로 파고들었다.

휘익! 탁!

빠르게 검을 놀려 튕겨내고는 물 흐르듯이 이어서 검을 휘둘렀다. 공방의 전환이 보이지 않을 정도로 빨랐다. 기본검형을 이해하지 못하고 있다면 이번 공격을 결코 막지 못하리라.

'끝이……!'

최희연이 깜짝 놀라며 뒤로 빠르게 물러났다. 아슬아슬하게 이진우의 목검이 옷깃을 스치고 지나갔다.

방금 전 자신이 보여주었던 기술이었다. 아니, 그것에서 한층 발전해 있었다. 굉장히 깔끔하고 아름다운 초식의 전환이었다.

그녀가 완성하고 싶었던, 늘 도달하고 싶었던 이상향이 보이는 듯했다.

'말도 안 돼!'

최희연은 검끝이 흔들리는 것을 느꼈지만 빠르게 쇄도하며 검을 휘둘렀다. 이 공격에 기본검형의 정수가 모두 담겨 있었다. 걸어 다닐 때부터 검을 잡은 그 경험과 노력은 한순간에 흉내 낼 수 없는 것이었다.

이진우의 검에는 성급함이 없었다. 여유롭고 우아하게 움직이며 최희연의 검과 마주했다.

최희연은 이진우와 검을 나눌수록 경악에 빠졌다. 마치 자신의 검술과 경험을 흡수라도 하는 것처럼 바로 모방해 내더니, 그의 몸에 맞게 재해석하여 바로 사용했다.

어느새 초반의 어설프고 투박했던 모습은 온데간데없고 이진우의 몸에 꼭 맞는 형태로 재탄생되었다. 아름다운 검의 움직임에 마음마저 빼앗길 지경이었다.

정신이 몽롱해지고 평정심이 흔들렸다.

'이게…… 재능?'

넘어설 수 없는 재능. 그것이었다.

'내가…… 나는…….'

최희연에게 이진우가 거대한 벽처럼 다가왔다. 허무함, 절망감, 그리고 한편으로는 저 재능이 너무나 무서워졌다.

오늘 처음 검을 잡았다. 자신이 직접 분명히 확인했다. 피부와 근육, 그리고 혈맥까지 확인한 결과 검을 잡아본 적 없는 일반인이었다.

그가 본격적으로 검을 수련한다면? 저 재능과 노력이 합쳐진다면 어떤 결과가 나올 것인가.

검선의 말이 마음에 확 와닿았다.

덜덜!

손이 떨리는 것을 억지로 억눌렀다.

최희연은 기를 끌어올리며 빠르게 이진우를 몰아붙였다. 그녀의 눈빛이 날카롭게 빛났다. 능력자가 아닌 일반인이 감당해 낼 수 없는 속도였다. 검증은 잊힌 지 오래였다. 정식 대련, 아니, 진짜 검을 겨루는 것처럼 움직였다.

검문최가의 일원들은 최희연의 움직임보다 이진우의 모습에 경악하고 감탄했다. 그리고 곧 최희연만큼이나 큰 절망을 느꼈다.

최희연의 목검이 번쩍이는 순간, 그녀의 모습이 사라지고 순식간에 이진우의 옆으로 파고들며 검을 찔러 넣었다. 검문최가의 정수가 담긴 한 수였다. 분명 기본검형이 가진 한계로는 감당해 내기 어려웠다.

'아!'

최희연은 아차 싶었다. 해내야 한다는 압박과 온몸을 잠식한 절망에 이것이 실전이 아님을 잠시 망각한 것이다. 그러나 이미 검을 회수하기에는 늦었다. 목검이라 목숨에 지장은 없겠지만 상당한 부상을 안겨줄 수도 있었다.

터엉!

그때 이진우의 검이 뱀처럼 휘더니 검을 막아냈다.

착각이었을까? 최희연은 그 순간 황금빛을 본 것 같았다.

이진우의 목검이 퍼엉! 터지며 바닥에 떨어졌다.

검은 멀쩡했지만 오히려 최희연이 충격을 받은 것처럼 비틀거리며 뒤로 물러났다. 육체적 충격은 없었지만 정신에 큰 충격을 받은 것이다. 목검을 잡고 있는 이진우의 손이 찢어져 피가 흐르고 있었다. 그가 잠시 그걸 바라보다 최희연을 바라보았다.

"졌습니다. 역시 정말 대단하시네요."

이진우의 미소는 맑았다. 놀리는 것이 아니었다. 그의 말에서 진심이 느껴졌다. 진심으로 자신의 검에 감탄하고 있었다.

그러나 너무 맑았다. 마치 이 대련이 아무런 가치가 없는 것처럼, 어떠한 집념도 없는 것처럼 그저 맑아만 보였다.

"도련님! 지혈을⋯⋯!"

"응? 아! 조금 까졌네."

이진우는 경호원들과 함께 연무장 밖으로 나갔다. 대기하고 있던 의료팀이 허겁지겁 달려오는 것이 보였다.

비틀!

최희연의 몸이 비틀거렸다. 정신적인 충격이 심했기 때문이다. 주저앉으려는 것을 검선이 옆에서 잡아주어 간신히 버틸 수 있었다.

검선의 표정 역시 심각했다. 늘 신선 같은 표정만 짓던 그의 모습은 사라지고 없었고, 충격과 허탈함만이 가득한 듯했다. 또한 그는 자신의 안에서 무언가 깨져가는 것을 느꼈다.

이해도는 완벽했다. 한 시간 만에 기본검형을 제대로 익혔을 뿐만 아니라 독자적으로 해석하여 새로운 형태로 만들어내기까지 했다.

이진우는 거대한 해일이었다. 그 거대한 해일 앞에 검을 들고 있는 손녀가 있었다.

'제자라⋯⋯ 내가 오만했어. 허허, 내 검 따위는 하찮게 느껴졌겠군.'

반세기 동안 자리 잡고 있던 아집과 집착이 희미해져 갔다. 대체 무엇을 위해서 검을 잡았는지, 제자를 바랐는지 스스로에게 질문해 보았다. 하지만 아직도 보이지 않았다. 검의 끝자락조차 보지 못하는 자신에 대한 열등감일지도 몰랐다.

그래, 자기만족에 지나지 않았다. 도피에 지나지 않았다. 그저 그것일 뿐이었다.

"내가 오만했다. 그리고 무심했다."

"……."

"방금 한 수는 좋았다. 기의 분배에 조금 더 신경을 썼더라면 완벽하게 들어갔을 것이다."

"할아버님…… 저는 무엇을 위해……."

검선이 울먹이며 말하는 최희연의 등을 두드려 주었다.

"같이 찾아보자꾸나."

최희연이 결국 눈물을 터뜨렸다.

검선은 그런 그녀를 조용히 안아줄 뿐이었다.

진우는 안도의 한숨을 내쉬었다. 물약을 먹어 마력이 남아 있지 않았다면 그냥 당해 버렸을 것이다. 어떻게든 버티긴 했는데, 마지막은 정말 무서웠다. 갑자기 눈앞에서 사라질 줄 누가 알았겠는가.

역시 최희연은 대단한 능력자였다. 이번에는 마안으로 어떻게든 막아냈지만 진검으로 붙었다면 목이 날아갔을 것이다.

'진짜 지릴 뻔했네.'

목검이 부러지지 않았다면 바로 포기했을 것이다.

손바닥 상처는 크지 않았다. 그의 회복력은 대단해서 흉도 지지 않을 것이다. 그럼에도 불구하고 의료팀은 심각한 표정으로 한 병에 몇 억씩 하는 최고급 붉은 포션을 쏟아부었다. 상처가 다 나았음에도 손바닥뿐만 아니라 팔목까지 붕대를 감았다. 혹시 모를 감염을 대비한 것이라고는 하지만 분명 과한 치료였다.

유나와 경호원들은 얼이 나가 있었다. 대책 없이 사고를 치는 줄로만 알았는데 설마 진짜로 증명해 낼 줄은 몰랐기 때문이다.

지기는 했으되 절대 진 것이 아니었다. 1시간 만에 검문의 무공을 익혀 미래의 가주와 거의 대등한 모습을 보였으니 말이다. 덕분에 검문최가 쪽은 완전히 초상집 분위기였다.

유나는 진우를 멍하니 바라보았다. 물론 몇 개월 동안 훈련하는 걸 봐오기는 했지만 그것은 기초 육체 능력만 올린 것일 뿐이었다. 곁에서 지켜본 그녀가 그 부분은 가장 잘 알고 있었다.

마력농축액을 다량 섭취했더라도 그저 건강에 좋기만 하고 별다른 효과는 없었다. 효과가 있었다면 세상의 모든 부자들이 능력자가 되었을 것이다.

'천재······.'

이진우가 방금 보여준 능력은 천재라는 말로도 표현하기 힘들었다.

이 정도 재능을 가지고 있었는데 어떻게 참을 수 있었을까? 어떻게 그렇게 오랫동안 망나니처럼 행동할 수 있었을까? 무서울 정도의 인내력이었다.

본 모습을 공개하고 나서 얼마 지나지 않아 검문최가의 무조건적인 지지까지 얻어냈다. 유나에게는 그것마저 이진우가 그린 큰 그림으로 보였다.

곁에서 지켜봐 온 자신이 이렇게 경악할 정도인데 저들은 어떨까? 저들의 박살 난 자존심과 닥쳐오는 절망이 상상조차 되지 않았다.

그녀는 겨우 표정을 수습하고 진우의 곁으로 다가왔다.

"도련님, 상처는 어떠십니까?"

"괜찮아. 이거 너무 과한 것 같은데……."

"아닙니다. 하루 정도는 하고 계셔야 합니다."

"그래? 음, 나름 잘한 것 같은데, 문제없겠지?"

"다른 쪽으로 문제가 있을 것 같습니다만…… 그건 신경 쓰실 필요 없습니다. 정말 잘하셨습니다."

멍한 표정이었던 경호원들도 통쾌하다는 표정을 짓고 있었다. 검문최가의 일원들에게 무시를 받은 것을 한 번에 갚아버렸기 때문이다.

무슨 일이 있어도 진우를 지지한다고 했으니 이제 검문최가 자체가 진우의 밑으로 들어온 것이나 다름없었다.

물론 진우는 거기까지 생각하고 있지는 않았다. 그냥 분위기를 타다 보니 그리한 것에 불과했다.

'어쨌든 잘 끝나서 다행이다.'

따지고 보면 검선이 나쁜 놈이었다. 그렇게 거절을 했는데 일을 이렇게까지 키웠으니 말이다. 최희연은 또 무슨 잘못이란 말인가. 가문을 위해서 열심히 노력한 것밖에 없었다.

그렇게 생각하니 미안한 마음까지 들었다.

'비급이나 보고 빨리 가야겠다.'

상황을 수습하는 데 시간이 좀 걸린 모양이었다.

검선이 찾아왔다.

"미안하네. 자네에게 정말 무례하게 굴었군."

"괜찮습니다. 세상 사는 게 다 그런 것 아니겠습니까? 누구나 실수는 하게 마련이니……."

진우는 혹여 저번 일을 꺼낼까 봐 은근히 그 점을 어필했다.

검선은 잠시 멍한 표정으로 자신을 바라보다가 웃으며 고개를 끄덕였다.

"허허허! 그래, 그렇지. 결국 사람은 검이 될 수 없는 법이지."

무언가 크게 깨달은 듯한 검선이었다. 진우는 저 노인네가 또 무슨 소리를 하나 싶었다. 뜬구름 잡는 소리를 하다가 또 회까닥할 수도 있었다.

정말 잠시라도 방심할 수 없는 인물이었다.

"그럼 약속을 이행해야겠지. 검문최가는 어떤 일이 있든 무조건 자네를 지지할 것이네. 그리고 언제든 힘이 되어주겠네. 이는 내가, 그리고 차기 가주가 살아 있을 때까지 유효할 것이네."

"네, 알겠습니다."

"천검동으로 안내하겠네. 오늘 자고 가는 것이 어떤가?"

"아뇨, 번거롭게 해드릴 순 없지요."

"허허, 아쉽구만."

검선이 직접 진우를 천검동으로 안내해 주었다.

검문최가의 기세가 팍 죽은 것이 느껴졌다. 그들은 이제 진우를 제대로 바라보지도 못하고 있었다. 북적이던 연무장에는 어느새 수련생조차 보이지 않았다.

천검동은 최문검가의 가장 뒤편에 위치해 있었다. 절벽과 맞닿아 있는 곳에 거대한 동굴이 있었는데, 외부인은 절대 들어갈 수 없는 곳이었다.

"천천히 보시게."

"네."

진우는 천검동 안으로 들어갔다. 내부는 나름 깔끔하게 잘 정리돼 있었는데 각종 영약들이 봉인되어 있었고, 서적들도 종류별로 가득했다.

영약들은 아주 귀한 것들이었지만 저 정도 되는 것들은 진우가 돈을 쓰면 언제든지 구할 수 있는 것에 불과했다. 그는 서적들 위주로 빠르게 살펴보았다.

'신중하게 골라야겠지.'

오늘 그것을 깨달았다. 마구잡이로 익히다가는 자칫 방향성이 어긋날 수도 있었다.

'오, 이거구만.'

훗날 등장할 악역 캐릭터들이 익힌 무공이 있었다. 고구마 생산기라 불려도 할 말이 없는 캐릭터들이었는데, 중요한 순간마다 나타나 주인공을 방해하고 나름 조연이었던 등장인물을 죽이기까지 한 놈들이었다. 나름 라이벌 구도를 잡으려 한 것 같았지만 작품의 질을 떨어뜨리는 계기밖에 되지 않았다. 심지어 그놈 때문에 12군주 중 일부가 봉인에서 깨어나기도 했었다.

[B]흡공심법

신라 시대에 만들어진 강대한 마력을 쌓을 수 있는 심법. 흡공심법을 제대로 익히고 사용하기 위해서는 아주 많은 양의 영약이 들어간다. 일주천할 때마다 황금 한 덩어리만큼의 가치가 있는 영약이 들어가, 중국에서는 황금심법이라 불리기도 했다.

*재력에 따라 심법의 효율이 증가한다.

생각했던 것보다 자신에게 딱 맞는 기술이었다. 본래 원작에서 중국의 고수가 이진우에게 전수해 준 기술이 이것의 열화판이었다. 그럼에도 불구하고 사기 능력을 지닌 주인공을 반죽음으로 만들 정도의 위력을 자랑했었다.

'이게 원본이었구만. 내기를 하길 잘했는데? 묘사가 없어서 반신반의했었는데…….'

원작에서 중국능력자회의 막대한 지원으로 탄생한 악역이었는데, 자신은 그보다 더 완벽해질 자신이 있었다. 생각지도 않은 검문최가에서의 일로 인해 예상했던 것보다 일찍 중요 기술을 습득하게 되었다.

이런 걸 보면 역시 세상사는 예측한 대로 흘러가지 않는 법인 것 같다.

진우가 이내 흡공심법을 익히자 이름이 바뀌었다.

[A]금강신공

매혹의 검법, 극락의 카마수트라를 바탕으로 재해석한 신공. 이제 모든 기술은 금강신공을 바탕으로 해석될 것이다. 낭비를 할수록 깨달음이 깊어지는 기이한 무공이다. 기(마력)를 축적할수록 카리스마가 상승한다.

*매력, 명예에 따라 심법의 효율이 증가한다.

*만물은 돈으로 통한다. 어떠한 기운이든 정제해 낼 수 있다.

*낭비 스택: 0

기이하게 변형이 되었지만 어쨌든 더 좋아졌다.

진우는 뿌듯함을 느꼈다. 막대한 영약이 필요하겠지만 이제는 자체적으로 마력을 쌓을 수 있게 되었다. 여러 후보에 올랐던 수단들보다도 훨씬 만족스러웠다.

낭비 스택이 무엇인지 궁금했지만 그것은 나중에 차차 연구해 보기로 했다.

검문최가에 알려진 것에서 많이 벗어났으니 앞으로 말이 나올 일도 없을 것이다.

'이것만 익혀도 되겠지.'

검법이나 다른 기술들도 있었지만 딱히 눈에 차지 않았다.

진우는 들어간 지 30분도 되지 않아 밖으로 나왔다.

검선은 가부좌를 틀고 앉아 있었는데, 시간을 확인하고는 허탈하게 웃었다.

"그래, 볼 것이 있던가?"

"네, 잘 보았습니다."

"허허, 다행일세."

검선의 찐득하고도 뜨거운 시선이 느껴졌다.

진우는 다시금 소름이 돋는 것을 느꼈다.

"역시 자고 가는 것이 어떤가? 내 긴히 할 이야기가 있네."

"아! 말씀드렸다시피 스케줄이 있어서요. 다음에……."

"흐음, 그렇구만. 그럼 저녁은 먹고 가게나."

"요즘 일일 일식 중입니다."

"과연…… 엄격하군. 그러니 그런 육체를 완성할 수 있었겠지."

검선은 진우에게서 결코 눈을 떼지 않았다.

"희연이는 참 착한 아이일세. 미워하지 말게나. 내가 못난 거지."

"그럼 잘해주세요. 거, 그깟 기술 아껴놓았다가 뭐합니까?"

"……자네한테 또 한 수 배우는군. 허허허!"

일부러 퉁명스럽게 대했음에도 검선의 눈빛은 더욱 뜨거워졌다. 진우의 눈에 볼이 붉게 달아오른 것이 보였다. 거친 숨결이 옆에서 느껴졌다.

"바래다주겠네."

"괜찮습니다."

"허허, 자네랑 걸으니 기분이 좋구만."

진우가 허겁지겁 하산할 때까지도 그의 시선은 집요하게 따라다녔다.

집으로 돌아간 진우는 그날 악몽을 꾸었다.

'허허허! 벗으시게!'

'끄아악!'

'어서! 좋구나!'

식은땀을 흘리며 벌떡 일어났다. 이렇게 끔찍한 꿈은 난생처음이었다. 차라리 귀신이 나오는 악몽이 낫겠다는 생각마저 들었다.

"⋯⋯."

거친 숨을 내쉰 진우는 다시는 검문최가로 가지 않겠다고 다짐했다. 아무튼 만남은 그걸로 끝일 테니까.

이렇게 늘 확신하면 높은 확률로 틀리기는 하지만 왜인지 이번에는 맞을 것 같았다. 진우는 검문최가가 있는 쪽이 어디인지 생각해 보았다. 그러고는 그쪽을 등지고 누웠다.

하지만 그날 악몽을 몇 번 더 꾸었다.

한차례 폭풍이 불어닥친 것 같았다. 진우가 떠났음에도 검문최가의 분위기는 여전했다. 청운은 폐관수련에 들어갔고 다른 장로들과 수련생들도 식음을 전폐하며 전전긍긍했다.

누구보다도 뛰어나다는 자만, 그리고 선민의식이 검문최가가 가진 병폐였다. 자괴감, 절망감을 이겨내기가 쉽진 않겠지만 이겨낼 수만 있다면 더욱 발전할 수 있을 것이다.

검선은 고개를 끄덕이며 그렇게 생각했다.

'깨달음은 고난에서 오는 법이지.'

무인이라면 응당 고난을 기뻐하며 받아들여야 한다. 그것이 벽을 깨기 위한 기본 자세였다.

벽은 부술수록 커지고 높아지며 단단해진다. 벌써부터 좌절한다면 무인 자격은 없다고 봐야 한다.

검선은 손녀와 오랜만에 긴 시간을 함께하고 있었다. 주화입마 초입까지 간 손녀를 돌보는 데 꽤나 시간이 걸렸기 때문이다.

방 안에 검선과 최희연이 마주 보며 앉아 있었다.

"몸은 좀 어떠하냐."

"할아버님 덕분에 괜찮아졌습니다. 걱정 끼쳐 죄송합니다."

침묵이 자리 잡았다. 수십 년간 검을 놓아본 적이 없었다. 그러나 지금 검선의 품에는 검이 없었다. 하지만 오히려 후련한 기분마저 들었다.

그때 노크 소리가 들렸다.

"실례하겠습니다."

검문최가의 여제자가 무언가를 들고 왔다.

"그것은?"

"손님께서 남기고 간 선물입니다."

손님이라고 함은 이진우를 뜻하는 것이었다.

침묵을 지키고 있던 최희연도 고개를 돌렸다.

상자를 열어 보니 보온 처리된 빵과 예쁘장한 상자가 있었다.

"이건……?"

혜인달. 그리고 그리운 향이 가득한 찻잎도 있었다.

검선은 한동안 멍하니 그것을 바라보았다. 그리웠던 추억이 한꺼번에 밀려들어 왔다. 검을 잡으면서 모두 밀어냈던 것들이었다.

'잊고 있었거늘⋯⋯.'

눈시울이 붉어졌다.

그 모습에 최희연은 놀랄 수밖에 없었다.

"그게 무엇인가요?"

"⋯⋯이건⋯⋯."

검선은 봉지를 뜯어보았다. 옛 기억 속의 빵이 그대로 놓여 있었다. 마치 그때로 되돌아간 것처럼 느껴졌다. 하지만 자식을 낳으면 가족끼리 같이 오자는 약속은 지키지 못했다.

'어허! 진우, 그 아이가 혜안까지 지닌 것인가?'

일선 그룹이라고 할지라도 이 이야기는 절대 알 수 없었다.

검선은 이진우의 이런 배려에 기분이 나쁘지 않았다. 오히려 잔잔한 감동을 느꼈다.

최희연이 차를 끓여오자 검선은 그녀와 함께 빵을 나눠 먹었다.

"맛있네요."

"네 할머니도 좋아했단다."

자연스럽게 예전 이야기가 나왔다. 검선은 미소 지으면서 과거의 이야기를 해주었다. 자신의 이야기에 빠져드는 손녀의 모습을 보고 있자니 마음이 짠해졌다.

'검이 무어란 말인가.'

검선은 전쟁 때 처음으로 검을 들었었다. 나라를 위한다는 마음도 있었지만 진정한 이유는 가족을 지키기 위해서였다. 그런데 실망하였다고 하여 가문을 등지고 하나뿐인 손녀마저 방치해 놓았다.

이진우가 말했다, 그깟 기술 아껴서 뭐하냐고.

'검이 되기 전에 인간부터 되어라.'

언젠가 들었던 스승님의 말이 떠올랐다. 이번 일로 인해 손녀와 부쩍 거리가 가까워진 것 같은 기분이 들었다. 그동안의 어리석음을 탓하며 검선은 신선보다는 인간의 길을 가기로 결심했다.

검을 위한 길로써는 부족하겠지만 그러면 또 어떤가. 어차피 검을 쓰는 건 인간일진대.

빵만큼이나 기분이 달콤했다.

"이건 네 것인가 보구나."

잘 포장된 작은 상자에는 멋들어진 손글씨로 작게 '최희연 님께'라고 쓰여 있었다. 글씨 하나로 포장을 한 차원 높은 경지로 이끌 정도로 명필이었는데, 이진우가 직접 쓴 것이 분명했다.

상자를 든 최희연이 조심스럽게 포장을 뜯어 보았다. 안에서 찬란한 금빛이 쏟아져 나왔다. 꽃 같기도 하고 별 같기도 했다.

신비하게 반짝이는 목걸이는 넋을 잃게 할 만큼 아름다웠는데, 최희연과 검선은 이것이 보통 물건이 아님을 단번에 알아차렸다.

"굉장한 물건이구나. 자연의 기운으로 가득 차 있어. 지금의 너에게 딱 맞는 천하의 보물 같구나."

최희연은 조심스럽게 목걸이를 차보았다. 따뜻한 기운이 몸 안으로 흘렀고, 주화입마 덕분에 불편했던 혈맥이 점차 풀리는 것이 느껴졌다. 그것만 봐도 검문최가의 무공과 아주 잘 맞는 굉장히 존귀한 보물이었다.

검문최가의 가보는 검이었는데, 그것보다 몇 배는 더 값어치가 나갈 것 같았다. 최희연은 직감적으로 그런 느낌을 받았다.

목걸이를 바라보며 인상을 쓰다가도 편안한 표정이 되는 등 만감이 교차하는 듯한 손녀를 보며 검선은 웃음을 지었다.

"기분이 어떠냐."

"모르겠어요. 그자에게 있어서는 아무런 가치도 없었어요. 검문최가도, 저도……. 그런데 어째서 이런 것을……."

검을 맞대본 최희연은 알 수 있었다. 이진우는 자신에게서 아무것도 바라지 않았다. 너무 맑아서 숨이 막혀 버릴 지경이었다.

약혼 이야기가 나올 때부터 최희연은 이진우에 대해 조사를 했다. 그의 역사는 굉장한 비극이었다. 부모는 서로가 서로를 죽였고, 그가 어렸을 적에 수차례 암살 미수 사건이 있었다. 경호원이 독을 탔고, 부모처럼 따르던 가정부가 납치까지 시도했었다. 마음이 무너지지 않으면 이상한 상황.

그래서 만약 약혼을 하게 된다면 바로잡아 주리라 생각했다. 따뜻한 정을 주고 비뚤어진 부분을 제대로 잡아준다면 옳은 길로 갈 수 있으리라 생각했다.

그러나 그는 이미 완성된 사람이었다. 오히려 비뚤어진 것은 자신인지도 몰랐다. 오늘따라 옆에 있는 검이 비뚤어져 보였다.

"분하느냐."

"……네."

"그렇다면 다음에 만났을 때는 한방 크게 먹여주면 된다. 네 할머니도 나를 그렇게 꼬셨거든. 허허허!"

"네?"

눈을 동그랗게 뜬 손녀의 모습에 검선은 다시 한번 더 큰 웃음을 터뜨렸다. 얼마 만에 이렇게 기분 좋게 웃는 것인지 기억조차 나지 않았다.

"그 보물이 있다면…… 잘 따라올 수 있겠지. 약했던 네 혈맥도, 내공도 모두 좋아질 테니 말이야."

"할아버님?"

"내일 아침부터 검을 들고 오너라. 그깟 기술이기는 하지만 제대로 알려주마."

최희연이 멍하니 검선을 바라보았다.

"네게 전해주는 비장의 검으로 그를 놀라게 해주거라."

검선이 그런 손녀의 머리를 쓰다듬어 주었다.

최희연은 결연한 표정이 되었다. 무언가 한 꺼풀 벗겨진 것 같은 그런 느낌이었다.

'손녀사위가 어디까지 갈지도 궁금하군.'

약혼은 이미 깨졌지만 검선의 마음속에서 이진우는 이미 손녀사위였다.

진우가 악몽을 꾸던 바로 그 시각에 일어난 일이었다.

✦ Chapter4 ✦
재능

평온했다. 자신이 저지른 일은 아니었지만 어쨌든 이희진 회장 앞에서 최씨 가문을 비하한 적이 있는 진우였다. 일이 다 해결되어 심리적 부담감이 사라졌고, 그와의 연결 고리는 대부분 제거된 것 같아 기뻤다.

약간의 고난이 있었지만 그래도 얻어온 것이 훨씬 컸다.

피를 깎는 훈련? 그런 건 필요 없었다. 정보를 획득하면 바로 머리와 몸에 새겨진다는 것 자체가 삶을 풍족하고 여유롭게 해주었다. 훈련이라는 건 너무나 쉬웠다.

진우가 집중해서 한 일이라고는 해외에서 쓸어 온 고서적과 능력이 담긴 아티팩트, 영약들을 선별하는 일뿐이었다.

핸드폰 너머로 들리는 목소리는 든든했다.

-물건은 잘 받으셨습니까?

"네, 역시 레이든 길드군요. 이만하면 만족합니다."

-만족하신다니 다행입니다.

레이든 길드는 수집, 운송, 협상을 도맡아 하는 길드였는데, 원작에서는 돈 때문에 주인공을 방해하는 역할로 나왔었다. 그들은 기본적으로 비즈니스에서의 신용은 확실했지만 그것이 아니라 하더라도 일선 그룹을 등질 수는 없을 것이었다.

-명령만 주신다면 목숨을 걸고 어떠한 임무든 완수하겠습니다. 저 레이든 길드 단장 김우섭의 충성은 우주가 멸망할 때까지, 아니, 그 이후로도 계속될 것입니다.

"수고하셨습니다. 약속 날짜보다 이틀 정도 더 빨랐으니 대금을 네 배 인상해서 지급하도록 하지요."

-어억! 가, 감사합니다!

"그밖에 어려운 일 있으면 말씀하세요."

-아…… 저 드릴 말씀이…….

김우섭의 조심스러운 목소리가 들렸다.

-실은 금신조 길드와 게이트 출입 권한에 대해 분쟁 중입니다. 저희 길드원 한 명이 증서를 가지고 도주한 터라…….

금신조 길드라면 일본계 대부 업체가 뒷배인 곳이었다. 원작에서 레이든 길드가 돈이 부족했던 것은 금신조 길드와의 법적 분쟁 때문이었다. 그들은 금신조 길드에게 패소해서 막대한 손해를 보았었는데, 이런 유용한 인재들을 그런 위기에 빠지게 놔둘 순 없었다.

"알겠습니다. 저희 쪽 변호인단을 파견하겠습니다. 그 문제는 걱정 마시고 일을 진행해 주세요."

-감사합니다! 평생 주군으로 모시겠습니다!

"휴가를 가실 예정이 있으십니까?"

-네, 이번 일이 끝났으니 일주일 정도 쉬려고 합니다.

"휴가 비용은 제가 대겠습니다. 마음껏 즐기고 오세요."

-크흑⋯⋯.

김우섭은 감동해 울먹였다.

진우는 마지막으로 칭찬을 해주고 통화를 끊었다. 생각보다 많은 보상, 적절한 칭찬은 대단한 효과를 가지고 왔다.

[낭비 스택: 7(효율 3.5% 증가)]

진우가 대금을 많이 지급하고 휴가까지 챙겨준 이유는 낭비스택 때문이었다. 웬만해서는 절대 오르지 않는 스택이었는데, 굉장한 거금을 물 쓰듯이 하니 오르긴 했다.

방금도 1이 올라 효율이 증가했다. 효율은 진우가 가진 모든 힘에 대한 효율이었다. 검술의 위력, 마력 축적뿐만 아니라 마안에까지 영향을 주었다.

"그럼⋯⋯."

진우는 레이든 길드가 보내준 상자를 바라보았다. 상자 안에는 녹색 빛으로 빛나는 구체 하나가 있었다.

포이즌 크리스탈. 미국의 포이즌 비라는 놈이 쓰던 것이었는데, 막대한 독을 품고 있는 영단이었다. 원래 미국 게이트에서 히드라를 포획한 능력자 길드가 보유하고 있었는데, 진우가 거금을 주고 사들였다.

진우는 이름만 들어도 알 수 있는 진귀한 각종 영약을 먹고 그것을 흡수했다. 산의 정기가 가득 담긴 천년설삼을 섭취하고, 억 소리가 나오는 각종 영약으로 내린 탕약을 먹었다. 그리고 이제는 포이즌 크리스탈의 기운까지 흡수했다.

딱히 깨달음 같은 건 필요 없었다. 몸이 알아서 기억하고 움직였다.

금강신공을 터득한 지 얼마 되지 않았는데, 벌써 몸에는 마력이 가득 축적되어 있었다. 굉장한 명약들과 금강신공의 시너지는 그야말로 어마어마했다. 이로써 금강신공의 효과에 독 내성이 추가가 되었으니 웬만한 독은 이제 진우에게 소용이 없었다. 기생충이나 병균 역시 걱정할 필요가 없었다.

"너무 간단하네. 이제 아무거나 다 먹을 수 있겠군."

사놓은 영약들을 정제하는 과정에서 영양의 손실이 컸는데, 이제 생으로 씹어 먹어도 괜찮았다. 진우가 포이즌 크리스탈을 공들여 입수한 이유였다.

매번 약품 회사에 맡기는 것도 번거로워 얼마 전 진우는 G&P라는 이름의 회사를 설립했다. 게이트와 평화라는 뜻을 지닌 회사였는데, 그 휘하에 약품 회사를 만들어 안양 게이트에서 나오는 막대한 부산물들을 바탕으로 신약을 연구하는 등 차근차근 성장해 나가는 중이었다.

일선 그룹에 비슷한 계열의 자회사가 있었지만, 방향성은 달랐다. 원작에 나온 기술들을 선점하는 것이 주목적이었고 이미 어느 정도 성과를 내고 있어 미래는 아주 밝았다.

원작에서는 중국, 미국, 그리고 일본뿐만 아니라 유럽 쪽의 첩자도 많았다. 이 시대는 능력자를 첩자로 쓰는 것이 당연한 분위기였다. 물론 일선 그룹의 눈에 걸리면 모조리 박살이 났지만 말이다.

진우는 첩자들이 접근해 국내에서 빼돌릴 기술들을 미리 마구 사들였고, 권위 있는 박사들, 버려진 기술자들, 그리고 생산계 쪽의 능력자들을 대거 영입했다. 막대한 돈, 풍부한 연구 재료, 그리고 시간이 받쳐주니 성과가 안 나올 리 없었다.

'연구비 지출은 낭비가 아니지만 낭비 스택을 쌓는 데는 제격이지.'

진우는 필요 이상의 지원을 하는 중이었다. 연구가 실패해도 낭비 스택은 쌓이니 실패하든 성공하든 모두 이득이었다.

영약을 모두 소화한 이후 훈련을 끝냈다. 보통 무협은 단전, 판타지는 심장에 마력을 쌓는다는 설정이었지만 진우는 온몸이 그릇이었다. 육체와 마력이 일체화가 되었기 때문이다.

진우는 급속도로 불어나는 마력이 너무나 든든했다.

'마력은 많을수록 좋지.'

주인공의 단점은 마력이 부족하다는 점이었다. 작가가 나름 재미를 위해 약점을 만든 것이지만, 그것 때문에 구할 것을 못 구하고 쉽게 이길 걸 질질 끌었다.

한편 분량이 다섯 편이 되어버리는 그런 고통을 감내해 본 적이 있는가?

아무튼 마력에 관련된 것들을 모조리 긁어모으는 중이었다. 이 속도로 쌓는다면 원작 시작 전에 12군주를 압도할 만한 마력을 쌓을 수 있을 것 같았다.

수련 이후 남은 시간은 모두 자유 시간이었다. 진우는 게임이나 영화를 즐겼다. 침대와 소파에 누워서 뒹굴거리며 TV를 보는 것이 너무나 행복했다. 삶의 여유란 바로 이런 것일 것이다.

진우는 스마트폰을 들고 소파에 누웠다. 넓고 푹신한 감각이 그를 미소 짓게 만들었다.

그러다가 무의식적으로 다이버에 접속해서 실검을 보고는 깜짝 놀랐다.

"내가 1위?"

예전 이진우처럼 과격한 발언을 한 적도 없었고, 당연히 사고도 치지 않았다.

동명이인인가 싶어 실시간 검색어 1위를 눌러보았지만 본인이 맞았다.

다이버 프로필 사진에 진우의 사진이 떠올랐고 그 밑에 기사가 주르륵 올라와 있었다.

'잘 나왔네.'

최근에 업데이트된 사진은 진우가 봐도 감탄스러웠다. 마치 모델을 보는 것 같은 느낌을 풍겼다. 미래전략실의 작품일 것이다.

실시간 검색어 1위의 이유는 바로 찾을 수 있었다.

[이진우, 검선의 제자 제안을 거절?]

[검선, 이진우의 재능 천부적이라고 발언.]

[희대의 천재? 과연……]

[역대급 능력자의 탄생 예고!]

"아……"

생각해 보니 사고 비슷한 걸 저지르긴 했다.

검문최가를 방문했었을 때의 일. 후회는 하지 않지만 설마 그 이야기가 기사로 나오리라고는 예상치도 못한 진우였다.

그렇지만 워낙 많은 목격자들이 있었고, 미래전략실이 알고 있었으니 이상한 일은 아니었다. 다행히도 모두 하나같이 긍정적인 기사뿐이었다. 검선의 제자 제안을 거절한 것을 대인배적인 풍모와 남다른 패기로 커버하고 있었다.

자세한 내용은 빠졌지만 진우에 대한 찬양이 간접적으로 표현되어 있었다.

-asdd××××: 와, 검선이 제자 되라고 하면 넙죽 엎드리겠는데, 역시 이진우는 다르네.

└figi××××: 이진우가 뭐가 아쉬워서 그 나이에 검을 잡겠냐ㅋ 검문최가 다큐 보니까 존나 빡세던데ㅋㅋ

└dodo××××: 나도 봄. 진짜 미친 듯이 수련하더라. 손에서 피 줄줄 흐르는거 보고 충격받음. 뼈가 드러나야 치료한대.

└qwee××××: ㅋㅋ만수르한테 개그지새끼라고 한 형인데 수련해서 뭐함ㅋㅋㅋ

└wide××××: 더 웃긴건 만수르가 사과함ㅋㅋ 무려 공식입장 발표
했음ㅋㅋㅋ

미래전략실의 이미지 개선 작전이 나름 먹혀들어 가고 있는
지 이진우의 예전 발언은 패기로 포장되고 나름 밈(meme)이
되어가고 있었다. 약자 멸시나 패기 있는 발언이 나올 때면 이
진우가 늘 언급되었지만 과도한 욕을 하는 이들은 싹 다 잡아
조지니 굉장히 클린했다.

'이미지야 좋아지면 좋지.'

다른 걸 다 떠나서 명예가 올라가면 신공의 효율이 좋아지
니 무조건 좋았다.

아직 명예라 할 것은 전혀 없었다. 좋은 이미지부터 구축한
다음에 쌓아나가야 할 것이다.

똑똑!

그때 노크 소리와 함께 유나가 안으로 들어왔다.

"음? 오늘 연차 내지 않았어?"

"네, 잠시 보고 드리려고 들렀습니다."

"그래? 근데 오늘 어디 놀러 가?"

"동생 참관수업이 있어서……."

초등학교에 다니는 동생 참관수업이 있는 날이었다. 부모님
이 모두 병원에 있는 터라 유나가 학부모 대신 가야 했다.

유나는 평소에 입던 검은 정장을 입고 있었다. 잘 어울리기
는 하지만 너무 칙칙해 보였다.

"시간 얼마나 남았어?"

"점심 전 수업에 가면 되니 두 시간 정도 남았군요."

진우는 잠시 생각하다가 벌떡 일어났다.

"나갈 준비해."

"네?"

"그러고 갈 거야?"

"괜찮습니다."

"그런 꼴을 하고 있으면 누가 이진우 측근이라 생각하겠어?"

진우가 고개를 설레설레 저으며 말했다. 자신을 들먹이지 않으면 한사코 거절할 것 같아서였다.

"보고는……."

"됐어."

진우는 핸드폰으로 미래전략실에 연락했다. 연락 한 통에 바로 모든 준비가 완료되었다. 항시 대기 상태이기 때문에 따로 기다릴 필요는 전혀 없었다.

진우는 꽤 멋지게 차려입고 유나와 함께 나왔다.

저번에 수영장을 빌려주며 유나의 동생과 잠시 이야기를 나눈 적이 있었다. 요즘은 많이 괜찮아졌지만 예전에 왕따를 당했다고 한다. 유나의 높은 연봉으로도 커버할 수 없을 만큼 병원비가 비싸 꽤 가난했기 때문이다.

게이트에서 나오는 약재들로만 치료 효과를 보고 있어 한 달에 돈이 억대로 들었었다. 게다가 유나도 바빠서 돌봐줄 여유가 없었다.

물론 지금은 병원비뿐만 아니라 월급도 엄청나게 올려주었다. 진우가 외출을 잘 하지 않으니 시간도 충분한 편이었고, 일이 없을 때는 유급휴가를 계속 주었다.

'가난해서 왕따라……'

예전 생각이 났다. 진우는 초등학교, 중학교 때 별명이 개거지였다. 자연스럽게 왕따를 당했고, 그걸 극복하고 싶은 의지도 없었었다.

지하 주차장에서 차를 보던 진우는 검은 세단을 골랐다.

대통령이나 탈 법해 보였는데, 대전차 미사일을 맞는다고 하더라도 꿈쩍도 하지 않을 최신 기술의 정수가 담긴 차량이었다. 얼마 전 검문최가에 다녀올 때도 이 차량을 이용했었다. 본래 그와 같은 공식 행사에만 쓰는 차량이었는데, 지금 상황에 딱 좋아 보였다.

진우가 차의 문을 열어주었다.

내부는 호텔 방처럼 고급스러웠고 고급 양주와 와인들이 진열돼 있었다.

유나가 불안한 표정이 되었다.

"부담스럽게 왜 이러십니까?"

"그러라고 하는 건데."

"말려도 소용없겠군요."

"잘 아는군."

유나가 차 안으로 들어가자 진우가 직접 운전대를 잡았다. 백미러로 힐끔 보니 자리에 어색하게 앉아 있는 유나가 보였다.

"어디로 가시는 겁니까?"

"가보면 알아."

육중한 차가 지하 주차장을 빠져나가자 대기하고 있던 경호 팀이 따라붙었다. 경호팀은 이제 진우와 거의 한 몸으로 움직이고 있었다.

진우가 직접 운전기사 역할을 하고 본인은 큰 좌석에 앉아 있으니 유나는 어찌할 바를 몰라 했다.

뭐라도 하려고 했지만 진우가 그냥 가만히 쉬게 만들었다.

진우는 능숙하게 차를 몰았다. 미래전략실이 소유한 건물이었는데, 소속 디자이너 팀이 유나를 아름답게 꾸며줄 것이었다.

로비로 들어가니 디자이너 팀과 직원들이 마중 나와 있었다. 세계적으로 인정받는 디자이너 로버트 킴이 공손하게 다가왔다. 메이저 패션쇼를 섭렵한 그는 한국을 대표하는 디자이너였다.

진우가 그를 보며 입을 뗐다.

"참관수업에 갑니다. 잘 꾸며주세요."

"네! 모두 준비해 놓았습니다. 김유나 실장님의 진면목을 보여 드리겠습니다."

로버트 킴이 유나를 열정적인 눈으로 바라보았다. 유나는 침을 꿀꺽 삼키고는 뒤로 주춤 물러났다.

로버트 킴이 손짓하자 디자이너들이 유나를 둘러싸더니 그녀를 데리고 건물 안쪽으로 들어갔다.

진우는 호화로운 대기실에 앉아 그녀를 기다렸다. 꽤 시간이 지나자 로버트 킴과 유나가 대기실에 들어왔다.

그녀는 몰라볼 정도로 달라져 있었다.

"화려하지만 과하지 않게, 매력적이지만 천박하지 않게, 럭셔리하지만 사치스럽지 않게 디자인하였습니다. 귀걸이부터 설명해 드리겠습니다. 프랑스에서……"

로버트 킴이 하나하나 브리핑했다. 그녀는 아까 봤던 유나가 맞나 싶을 정도로 변해 있었다. 평소에는 화장조차 하지 않았는데, 화장을 하니 사람이 완전히 달라 보였다.

최희연과 비교해도 전혀 꿀리지 않았고 성숙한 매력은 훨씬 압도적이었다.

특히 몸매가 장난이 아니었다. 참관수업이기에 드레스 같은 것이 아니라 좀 아쉬웠지만 그래도 이 정도면 파격적인 변신이었다.

물론 가격도 장난이 아니었다. 일부러 굉장히 유명한 브랜드로 맞춰달라 주문해서 그런지 티가 났다. 하지만 그것이 핵심이었다. 로버트 킴은 충실히 임무를 완수해 냈다.

"좋군요. 수고하셨습니다."

"감사합니다."

유나는 거울에 비친 자신의 모습을 바라보며 어색한 듯 몸을 움직였다. 진우가 장난스럽게 엄지손가락을 치켜들자 유나는 그제야 미소를 지었다.

미래전략실 실장이 두 손을 모으며 공손하게 대기 중이었다. 중년의 남자였는데 지적인 느낌이 강했다.

"학교 측에 연락하여 계획에 차질이 없도록 준비하였습니다."

"일 처리가 확실하군요. 수고하셨습니다."

"과찬이십니다."

미래전략실 실장이 씨익 웃었다. 진우도 비슷한 웃음을 흘렸다. 유나만이 돌아가는 상황을 이해하지 못하고 있었다.

시간이 얼마 없었다. 진우는 바로 유나와 함께 초등학교로 이동했다. 나름 괜찮게 사는 동네에 위치한 학교였다. 그래서 따돌림이 더 심했던 것 같았다.

진우의 차량은 주변에서 엄청난 주목을 받았다. 그럴 수밖에 없었다. 앞뒤로 경호 차량이 호위하고 있었고, 그 앞에 오토바이 여러 대가 앞서갔다. 학교 앞에 도착하자 진우의 차량 옆에 여덟 명의 경호원들이 따라붙었다. 당연히 헬리콥터도 떴다.

'잘하네.'

진우가 분위기를 잡아달라고 요청해서인지 다들 엄청 심각한 표정으로 진지하게 호위했다.

유나는 황당한 표정이었다. 엄청난 인력 낭비였기 때문이다. 누가 참관수업을 하는데 이런 미친 낭비를 보여준다는 말인가?

하지만 이진우는 가능했다.

-올 클리어! 이동로 확보했음!

-진입! 진입!

학교 옥상에 인원들이 미리 배치되어 있었고, 운동장 한 쪽에는 컨테이너 본부까지 차려져 있었다. 운동장에 차를 대놓은 학부모들이 진우의 차가 들어오는 광경을 멍하니 바라보고 있었다.

오토바이가 먼저 먼지를 일으키며 길을 선도했다. 그 뒤에 호위 차량이 따르고 육중한 진우의 차량이 등장했다. 경호원들은 주변을 삼엄하게 경계하며 누구의 접근도 허락하지 않았다.

그때 유나의 동생은 체육관으로 이동하다 그 어마어마한 광경을 보고 그대로 멈춰 섰다.

타타타타타!

헬기가 공중을 선회하다가 아래로 낮게 저공비행을 하기 시작했다. 헬기로부터 로프가 떨어지더니 진우의 차 주변에 중무장한 경호 병력들이 착지했다.

유나는 그 모습에 얼굴을 감싸 쥐었다.

진우 또한 좀 너무했나 싶었지만 뭐 어떤가. 기왕 하려면 확실하게 각인시켜 주고 싶었다. 너희들이 괴롭힌 아이가 어떤 존재인지를 말이다.

이진우가 되면서 느낀 것은 부족한 것보다 지나친 것이 낫다는 것이었다.

"와아!"

"뭐야?"

"멋지다!"

학생들의 반응은 당연히 폭발적이었다. 마중 나온 교장과 선생들도 넋이 나가 움직이지 못했다. 이런 엄청난 스케일에 넋을 잃지 않는 것이 더 이상할 것이다.

"……도련님."

"조금 지나치긴 했지?"

"조금이 아닙니다! 수습할 생각을 하니 벌써 머리가 아파 옵니다."

"그건 내일 생각하고 오늘은 즐기자고."

가끔은 원래 이진우처럼 행동하는 것도 나쁘지 않을 것 같았다.

진우가 먼저 내려 차 문을 열어주었다. 유나가 마치 레드 카펫 앞에서 내리는 것처럼 차에서 내렸다.

진우는 경호원들과 함께 유나를 학부모들이 모여 있는 곳까지 에스코트해 주었다. 당연히 학부모와 담임선생이 움찔했다.

진우가 담임선생에게 다가갔다.

"이, 이진우……?"

"안녕하세요? 동진이 삼촌입니다."

진우가 악수를 청하자 그에게서 뿜어져 나오는 위압감에 담임선생이 식은땀을 흘렸다.

"동진이를 잘 좀 부탁드립니다."

"아, 아! 네, 무, 물론입니다."

"꼭 좀 그래 주십시오."

"아, 알겠습니다!"

진우가 살짝 웃고는 손을 놔주었다.

유나 역시 담임선생과 인사를 나눴다. 은근히 동생에 대한 차별 대우를 했던 담임이었다. 몇 번 따졌으나 들은 척도 하지 않아 진지하게 전학을 시킬까 고민했던 유나였다.

"선생님, 오랜만이네요."

"아, 네, 그, 그러네요."

유나는 담임을 바라보다가 고개를 숙이고는 학부모들과 합류했다.

그중에는 동진이와 놀지 말라고 했던 학부모도 있었다. 그 집에 놀러 갔다 혼자만 쫓겨났던 일화는 유나의 마음을 아프게 했었다. 그들은 방금 전까지 분위기를 주도했었지만 지금은 한마디도 못 하고 있었다.

이진우가 스스로 삼촌이라고 자청했다. 친조카는 아닐지라도 누가 무시할 수 있을까? 무시한다면 그 결과는 어떻게 될지 안 봐도 뻔했다.

"와!"

"누구야?"

"동진이 누나?"

아이들이 크게 놀라며 바라볼 만큼 유나는 아름다웠다.

진우는 아이들이 모여 있는 곳을 바라보았다. 아이들 사이에서 동진의 모습이 보였다.

진우가 살짝 손을 흔들어주자 동진이 함박웃음을 지으며 크게 손을 흔들었다.

"형!"

"그래, 형 왔다."

초등학교 5학년들이었다. 아이들이 오히려 이진우에 대해 더 잘 알고 있었고, 순식간에 동진은 관심의 대상이 되었다.

참관수업의 명칭은 '부모님과 함께하는 즐거운 체육 활동'이었다. 참관이라기보다는 참여형 학습이었다.

진우는 체육관에 들어가지 않고 컨테이너 본부에서 유나와 동진을 지켜보았다. 그마저 들어가면 수업이 제대로 될 리가 없었기 때문이다.

몸을 쓰는 참여형 학습에서 유나는 전혀 봐주지 않았다. 압도적으로 박살 내면서 계속 1등을 했다. 지켜보던 경호원들도 고개를 설레설레 저었다.

"김유나 실장님도 참 대단하군요."

"뭐…… 쌓인 게 많았나 보지."

"그렇다고 해도 저렇게 전력으로……."

유나나 진우나 지나친 건 똑같았다.

한 시간 정도 되는 수업이 끝나고 점심시간이 되었다. 딱 맞춰 커다란 트럭이 도착했는데 초호화 출장 뷔페였고, 순식간에 체육관에 레스토랑이 차려졌다. TV에 자주 나오는 스타 셰프까지 나타나 다양한 요리를 선보였다.

"동진이의 누나가 제공해 드리는 겁니다! 마음껏 드세요!"

스타 셰프는 그렇게 말하는 것을 잊지 않았다.

"모두 동진이한테 고맙다고 해야지!"

"고마워!"

"고마워, 동진아!"

반 아이들이 동진을 보며 그렇게 말하자 동진은 쑥스러운 표정이 되었다.

음식은 당연히 엄청나게 맛있을 것이다. 학부모들이 오히려 더 신나서 요리를 마구 먹고 있었다.

유나와 동진이 행복한 미소를 짓고 있는 것이 모니터 너머로 보였다.

동진이를 내쫓았었던 학부모는 마냥 맛있게 먹지만은 못했다. 유나의 시선에 몇 번 기침했고, 담임선생도 마찬가지였다. 왕따를 주도했던 아이들도 아마 심리적 부담이 장난이 아닐 것이다. 복수는 복수를 낳는 법이지만 복수를 못 하게 만들면 그만이었다.

진우의 곁에 있던 경호원이 흐뭇한 미소를 지으며 입을 뗐다.

"참 취직 잘 한 것 같습니다."

"경조사 있으면 연락해. 직접 가지는 못해도 잘 챙겨줄 테니까."

"하하, 알겠습니다. 저야 늘 도련님께 충성을 바치니 잘 좀 챙겨주십쇼!"

"그래, 나는 경호 1팀과 집으로 갈 테니, 나머지는 유나와 동진이를 잘 에스코트해서 데리고 와. 오는 길에 동진이 선물도 좀 사주고."

"알겠습니다!"

진우는 경호 1팀과 함께 다른 차량으로 집으로 돌아갔다. 점심은 집에서 하는 게 제일 편했다.

'오늘 하루도 보람찼군.'

간만에 일을 한 느낌이었다.

진우는 집 안으로 들어갔다. 금일 수련도 끝마쳤으니 느긋하게 쉬면 될 것 같았다.

하지만 그런 생각도 잠시일 뿐이었다. 소파에 누군가 앉아 있는 것이 보였다.

진우는 그를 본 순간 그대로 굳었다.

"음, 오랜만이구나."

이민우가 소파에 앉아서 차를 마시고 있었다. 귀티가 줄줄 흐르는 것이 눈이 부실 지경이었다.

'이민우가 왜?'

그러고 보니 유나가 보고할 것이 있다고 말했던 것이 기억났다. 그냥 통상적인 보고라고 생각했는데, 설마 이민우의 방문일 줄은 예상하지 못한 진우였다.

"최씨 가문에서 큰일을 했다지?"

"뭐……."

"대단하군. 설마 그 검선이 그렇게까지 할 줄이야."

이민우의 감탄은 진심이었다.

진우는 이민우가 어째서 직접 방문한 것인지 궁금했다.

"무슨 일이지?"

"천천히 이야기하고 싶지만 일이 있어서 말이야. 이걸 전해 주러 왔어."

이민우가 서류 하나를 내밀었다. 거기엔 너무나도 끔찍한 단어가 적혀 있었다.

병무청.

'으윽! 토 나오네.'

그 이름만 들어도 몸이 떨렸다. 서류는 징병을 위한 신체검사 통지와 능력자 검증 통지였는데, 능력자가 아니고서는 신체검사를 받고 군대를 가야 했다. 이전 세계보다 조금 편해지기는 했다고 하나 군대는 역시 군대였다.

다른 게 있다면 따로 신체검사를 하러 찾아가는 것이 아니라 대학교에서 1학년 전체가 받을 수 있다는 점이었다.

대선대학교에는 세계에서 가장 정밀한 능력자 검별 장치가 있었기에 국가기관에서도 협조를 구하고 있을 정도였다. 자신은 능력자이니 군대를 가지 않아도 된다는 게 참 다행이었다.

"회장님께서 많은 기대를 하고 계시다. 검선이 보증했으니 확실히 대단하겠지."

"음."

"그래서 만인 앞에서 성대하게 보여주고 싶으신 모양이야."

"응?"

이희진 회장의 관심은 필요 없었다. 지금도 돈이 썩어날 정도로 많았으니 딱 좋았다.

이민우에게 후계를 물려주고 진우는 떨어져 내리는 콩고물만 받아먹고 살고 싶었는데, 그랬을 뿐인데. 뭔가 심상치 않은 일이 일어나고 있었다.

티를 내지 않고 있지만, 이민우는 놀라고 있었다. 이진우를 본 순간 압도되는 기분을 느꼈다. 그것은 능력, 또는 재능과는 별개로 사람이 만들어내는 고유의 정체성이었다. 다른 말로는 마력의 파장이라 부르기도 했다.

침이 절로 꿀꺽 삼켜졌다. 기세가 달라졌다. 얼마 전에 보았을 때와는 그야말로 천지 차이였다. 생전 처음 겪어보는 마력의 파장이었다.

지배자의 분위기. 왕이 가지는 압도적인 기류.

그것은 결코 만들어질 수 없는 것이었다.

'지배하기 위해 태어난 자들……'

이희진 회장, 그리고 검선 같은 인물들에게서만 느꼈던 그런 압박감을 자신보다 어린 동생에게서 느끼고 있었다. 그에게 짜릿한 감각마저 선사해 주었다.

'말 그대로 날개를 달았군.'

이민우는 내심 흐뭇한 미소를 지었다. 그에게 있어서 하나뿐인 가족이었다. 이희진 회장에게서는 할아버지로서의 정을 느낄 수 없었고, 어린 시절을 잠시나마 함께했던 진우야말로 진짜 가족이었다.

이희진 회장은 그저 자신을 쓸모 있는 패 정도로 생각하고 있었으니까. 인간적인 모습이 남아 있는 것은 동생 덕분이었다.

'진우가 없었다면……'

이희진 회장처럼 피도 눈물도 없는 냉혈한이 되었을지도 몰랐다. 그의 교육은 그만큼 철저했고 걸어온 길은 너무나 더러웠다. 대규모 숙청이 있기 전까지 챙겨주지 못한 미안함이 있었다. 강하게 키우겠다는 이희진 회장의 방침도 있었고, 후계자 자리를 넘보고 있다는 우려를 살 수 있어 개입에는 한계가 있었다.

이민우는 이희진 회장이 원망스러웠다. 이진우를 괴물로 만들고 있었기 때문이다. 하지만 결국, 수많은 위기를 스스로 이겨내고 진가를 발휘하기 시작한 동생이 자랑스러웠다.

'네 상처를 함께 나누지 못해서 미안하구나.'

지금은 어색했지만, 그래도 자기 자신을 숨길 때처럼 무시하거나 하지는 않았다. 그것으로 족했다. 자신은 일선 그룹의 일원으로서 인간이기를 포기했지만, 진우만큼은 그러지 않기를 바랐다.

이진우에게는 이희진 회장이 지니지 못한 매력이 있었다. 다행히 이희진 회장과는 전혀 다른 길로 가고 있어 가슴이 따듯해졌다. 분명히 옳은 길로 가고 있었다.

'그럼 나는 내가 할 일을 해야겠지.'

이민우는 진우의 어깨를 두드려 주고는 집 밖으로 나갔다. 할 일이 너무 많았기 때문이다.

'도구로 남지 않을 것이다.'

동생과 자신을 위해서 앞을 막는 걸림돌을 모조리 치울 것이라 다짐했다. 설령 그것이 이희진 회장이 될지라도.

이민우의 그러한 결심은 주변 공기를 차갑게 내리눌렀다.

이민우가 사라지자, 진우는 안도의 한숨을 내쉬었다. 턱 하고 막혔던 숨을 간신히 몰아쉬었다.

"와, 눈빛 봐. 살벌하네."

이민우의 눈빛은 엄청나게 살벌했다. 꼭 누구 하나 담그러 가는 느낌이었다. 보고 있으면 소름이 다 끼쳤다.

진우는 고개를 설레 저으며 숨을 내쉬었다. 늘 영화에서나 보던 연출이었다. 섬뜩한 미소를 지으면서 몸조심하라고 어깨를 털어주는 그러한 연출.

소름이 끼치지 않을 수 없었다. 밤길 조심하라는 뜻 같았다. 저런 말도 안 되는 소설 속의 인물이 책을 찢고 나왔으니 간이 떨려 죽을 지경이었다.

'그래도 후계자가 될 양반이니 잘 맞춰줘야지.'

정의하자면 선역으로 분리되는 캐릭터이기는 했다. 나름 선을 지키는 인물이니 굽실거려서 나쁠 건 없었다. 어쨌든 일단은 가족이기도 하고 말이다.

주인공에게도 많은 도움을 주고 멋짐이 휘몰아치는 모습을 보여줘서인지 주인공보다 인기가 많았다.

'원작에서는 결혼하고 성격이 순해졌지.'

아이를 낳고서는 딸바보로 묘사가 되었다. 형수님과 만나서 순해졌으니 어떻게든 빨리 엮어서 장가를 보내 버리고 싶었다.

확실히 이민우와 잘 맞는 여인이었다. 똑똑하고 청순가련한 데다가 순진하고 착한 여인과 대외적으로 냉정하지만, 가족에게는 따뜻한 남자. 너무나 잘 어울리지 않는가?

진우는 하루 빨리 이민우 장가보내기 프로젝트를 가동해야겠다고 다짐했다. 그전까지는 결코 이민우와는 절대로 단둘이 만나지 않을 것이다. 수명이 엄청 줄어드는 느낌이니까.

"그나저나……."

이민우가 두고 간 서류를 손에 들었다. 병무청이라는 단어는 역시나 끔찍하게 느껴졌다. 몸이 저절로 떨렸다. 군 생활했던 기억이 파노라마처럼 스치고 지나갔다. 재입대를 생각하는 것만으로도 식은땀이 흘렀다. 꿈에서조차 몸부림치게 만드는 일이었다.

능력자 측정을 받아서 합격하면 군대에 갈 필요가 없다는 설정이 있어서 정말 다행이었다. 작가가 옆에 있었다면 격렬하게 끌어안고 뽀뽀라도 해줬을 것이다. 가장 마음에 드는 설정이 아닐 수 없었다. 실제가 되니 세계관 설정 중에서 유일하게 마음에 드는 설정이었다.

'정말 다행이야.'

능력자로 검증이 되면 3주간의 기초 훈련만 받으면 되었다. 그 이후, 군에 몸을 담을 길도 열렸는데 수년의 과정을 정식으로 통과하면 능전사 휘장을 달 수 있었다.

능전사는 군 소속으로 군대 계급과는 상관없는 독자적인 계급체계를 지니고 있었다. 굳이 비교하자면 갓 임관한 능전사는 대위급으로 취급을 받는다. 물론, 대우는 훨씬 좋았다. 연봉도 나름 꽤 되었다.

능전사에는 여러 직책이 있었지만, 기사를 서포트하는 직책이 가장 인기가 많았다. 기사의 서포터 자리에 들어가면 기사 정복과 다른 색이기는 하지만 비슷한 제복을 입을 수 있기 때문이다. 기사 정복을 입는다는 것은 능력자들이 생각하는 최고의 영광이었다.

'참 혜택도 많아.'

하위 능력자만 된다면 분대 하나 이상의 위력을 지니고 있으니 당연한지도 몰랐다. 대우를 안 해줘서 능력자가 다른 국가로 귀화한다면 그것보다 큰 손실은 없었기 때문이다. 평가에 차이는 있지만 보통 A급 능력자는 사단급 이상의 위력과 가치를 지닌 것으로 평가되었고, S급은 말 그대로 일인 군단이었다. 능력자들이 전쟁의 무기로 쓰인다면 세계는 순식간에 황폐해질 것이다. 그것을 막기 위한 대리전이 바로 국제 대회였다.

"군대……. 빨리 치워 버리자."

안 갈 것을 알면서도 신경이 안 쓰일 수가 없었다. 논산훈련소가, 늘 춥고 졸리고 배고팠던 최전방 자대가 눈앞에 펼쳐져 있는 것만 같았다. 뭔가 심상치 않은 일이 또 일어나고 있는 것만 같았지만 별일 없을 거라고 애써 그렇게 생각했다.

'진짜 별일 없겠지?'

진우는 왜인지 스멀스멀 느껴지는 한기에 몸을 떨었다.

오늘 밤도 악몽을 꿀 것 같은 느낌이 든 진우였다.

능력자 측정은 대한민국 남성에게는 아주 큰 기회였다. 20세 이상의 남자라면 누구나 받을 수 있었고, 군대를 합법적으로 가지 않아도 되는 몇 안 되는 길이었기 때문이다.

올림픽 금메달이나 국제 대회 수상 같은 그런 방법도 있었지만, 일반인들에게는 너무나 먼 이야기였다. 그러나 내가 능력자라면? 모르고 있었는데 나에게 숨겨진 힘이 있었다면? 그런 희망은 간절함을 낳았다.

일단 최하급 잠재력이든 뭐든 능력자로 판정만 되면 기존의 인생과는 전혀 다른 새로운 길이 열렸다.

잠재 능력 랭크에 따라 다르지만, 평균 수준보다 높게 측정된다면 로또보다도 훨씬 더 훌륭한 인생 역전을 할 수 있었다. 로또로는 돈을 받을 순 있어도 명예를 얻을 수는 없으니까.

최하위 능력자라도 먹고살 만한 길이 생기니 누구나 능력자가 되길 간절히 원했다. 못해도 7급 공무원 수준의 혜택과 대우는 받을 수 있었다.

능력자 측정은 국가에서 지원하는 것으로 2회까지는 공짜였고 그다음부터는 본인이 자비로 부담을 해야 했다. 능력 발현이 없을 경우의 이야기였다.

연 1회라는 제한도 있어서 2회를 모두 소진하고 군대에 가는 것이 보통이었다. 일반인 기준으로 능력 측정 비용이 상당히 부담스러웠기 때문이다.

측정 비용만 이백만 원에 달했다. 세부 측정을 원하는 사람은 거기서 추가 비용 백만 원이 더 붙었다.

측정 기기는 전 세계 일선 그룹 독점이었다. 다른 나라도 기술을 가지고 있기는 하지만 정확성이 떨어졌고 안정화가 덜 되어 위험할 뿐만 아니라 오히려 비용이 다섯 배나 더 나갔다.

그냥 돈을 쓸어 담고 있다고 보면 되었다. 일선 그룹 입장에서는 푼돈이지만 말이다.

'오늘이구만.'

대선대학교 학생들이 신체검사 및 능력자 측정을 받는 날이었다. 1학년 중에서 능력자와 관련된 학과부터 우선적으로 측정받았다. 남녀를 나눠서 받았는데, 성별에 따라 측정기기가 달랐기 때문이다. 측정에는 진우도 포함되었다.

진우는 고개를 설레 저었다. 한숨이 나왔다.

"후우……."

"왜 그러십니까?"

"간단하게 생각했었는데 말이야."

간단한 일이었다. 그냥 측정만 받고 능력자로 판정되면 따로 절차 없이 귀가할 수 있었다. 신체검사도 받을 필요 없어 오히려 정상적인 신체검사보다 훨씬 간단했다. 시간을 아무리 많이 잡아도 한 시간 안에 끝날 것이다. 측정에는 1분도 걸리지 않으니까 말이다.

그런데…… 도대체 왜 이러는 걸까?

평범한 날이 되리라고는 생각하지 않았지만, 늘 자신의 예상을 넘어서고 있었다. 역시 이진우인 게 문제였다.

대선대학교 앞은 취재 열기로 뜨거웠다. 아무리 능력자가 세간의 관심을 끈다고 해도 이 정도는 아니었다. 유명한 능력자가 나오는 것도 아니고, 겨우 측정일 뿐이었다.

이렇게 된 이유는 이희진 회장 때문이었다. 진우는 검문최가에 가서 기분 내키는 대로 행동했다가 이희진 회장의 시선을 끌고 만 것이다.

'생각해 보니 큰일이구만.'

이희진 회장의 관심은 달갑지 않았다. 최종 흑막이나 다름 없는 인물이기 때문이었다. 세계를 지배하다시피 하고 있는데, 착하다면 줄거리가 성립하지 않았다.

그렇다고 진우는 소설 속 주인공처럼 힘이나 재능을 숨기거나 할 생각은 없었다. 그렇게 했다가는 영락없이 군대에 가야 했다. 주인공처럼 능력을 숨기는 기술도 없고 말이다.

이희진 회장이라면 자신의 이미지를 위해 진우를 일부러 아주 빡센 곳으로 보낼 위인이었다. 군대는 아무리 편한 곳이라도 지옥이었다.

유나는 연신 한숨을 내쉬는 진우를 보며 살짝 웃었다.

"좋지 않습니까? 모처럼 축제도 보고 말입니다."

"무슨 신체검사 날에 대학교 축제를……. 하아, 진짜 누가 이럴 수 있을까?"

"회장님께서 직접 지시하신 일입니다. 향후 세계적인 축제가 될 것이라는 전문가들의 의견이 있습니다."

"그래, 그러니 이 지경이지."

오늘 단 하루 축제가 아니었다. 진우는 다시 한숨을 내쉬며 TV를 손가락으로 가리켰다. 공중파에서 대선대학교 축제가 실시간으로 방송되고 있었다. 무려 전야제까지 했고 일주일 동안 진행이 되는, 국내 최대의 축제였다.

축제 이름은 '대한민국 밝은 미래 JW 페스티벌'이었다. 노골적으로 적혀 있는 이니셜에도 알 수 있듯이 밝은 미래를 상징하는 것이 바로 이진우였다. 그냥 진우 페스티벌이었다.

국민 MC, 국내 최정상의 가수들, 얼마 전 빌보드 1위를 달성한 아이돌 그룹, 영화배우, 그리고 할리우드 배우들에 이르기까지 엄청난 초호화 유명인 군단이 축제를 찾았다. 이게 뭐라고 전날 밤에는 시상식까지 했는데, 세계에 긍정적인 영향을 미친 이들을 선별하여 상까지 주었다.

JW 영화상, JW 감독상, JW 음악상 등 종류가 다양했고, 상금 규모 면에서는 다른 시상식과는 비교를 불허했다. 세계적인 메이저 시상식이 될 것이라는 전망이 나오고 있었다.

특히, 화제였던 것은 할리우드 감독인 케빈 잭슨 감독이 제작한 전야제의 오프닝 영화였다.

영화의 제목은 '일선'. 이희진 회장의 일대기였다. 회장의 일대기를 마치 히어로처럼 꾸몄고, 엔딩 장면에서는 아기가 태어나며 태양이 찬란하게 비추는데, 누가 봐도 이진우였다.

너무나 오글거리는 연출이었다. 그러나 기립 박수가 터졌나왔다. 유력 언론사들은 찬양에 가까운 기사를 쏟아내기까지 했다.

케빈 잭슨 감독은 JW 감독상을 받고 살짝 눈물마저 보였다. 너무나 자연스러워 저 사람이 감독인지 연기자인지 구분할 수 없을 정도였다.

'세상이 미쳐 돌아가는군.'

그야말로 미친 거 아닌가?

손발이 오그라들다 못해 입자가 되어 사라질 지경이었다. JW 남우주연상을 받은 할리우드 배우가 인생 최고의 영광이라고 발언하는 것도 웃겼다. 도저히 현실이라고는 믿기 힘든 스케일이었다.

어느 경제 전문지에서 이희진 회장을 '세계의 진정한 황제'라고 표현했는데, 황제가 벌인 일은 역시 규모부터 달랐다.

이희진 회장을 신성시하는 종교 단체도 있었다. '하나의 지구'라는 이름을 지니고 있었고, 하나가 된 지구를 다스릴 황제이자 신으로 여기고 있었다. 황당하지만 생각보다 규모가 컸고, 나름 독립적으로 회사도 운영하고 있었다.

"아! 오늘 측정 때 좋은 결과가 있으면 축제를 일주일 더 연장한다고 하더군요."

"……그냥 말을 말자."

"그럼 이동하시지요."

진우는 유나를 따라 옥상으로 이동했다. 평소 같았으면 차량으로 갔겠지만, 워낙 많은 인파 때문에 헬리콥터에 탑승해서 가기로 되어 있었다. 그나마 대선대학교가 가까워서 다행이었다. 다른 지역에 있었다면 호위를 위해 전투기마저 떴을지도 몰랐다. 우스갯소리가 아니라 충분히 그러고도 남는다는 것이 무서운 점이었다.

헬리콥터는 일반 헬리콥터가 아니었다. 군용처럼 커다랬다. 커다란 수송 헬기로 보였다.

진우는 짐칸에 들어 있는 거대한 장갑차와 대전차 미사일, 대공 방어용 무기 등을 보고 고개를 저었다.

살짝 물어보니 혹시나 해서 챙겨왔단다.

헬기가 빠르게 떠올랐다. 생각보다 소음이 작았다. 일선 그룹의 게이트 기술력이 들어간 헬리콥터는 SF에나 나올 법한 성능과 외관을 지니고 있었다. 스텔스 기능이 가장 충격적이었는데, 말 그대로 스텔스였다. 레이더뿐만 아니라 사람의 시야에서도 사라졌다. 기존의 연료를 쓰는 것이 아니라 마정석을 써서 장기간 충전할 필요도 없었다. 소음마저 자동차 소리보다 작으니 다른 국가들이 기겁할 만했다.

정식 판매가 되는 제품은 아니었다. 아직 게이트 기술력이 불안한 부분이 있었고, 워낙 단가가 비싸서 구매할 이를 찾기도 힘들었다. 특히 마정석 같은 경우에는 가공이 거의 불가능해서 적당한 것을 구하기란 힘들었다. 일선이니 가능한 것이었다.

헬기 안은 쾌적했다. 진우의 개인 공간이 있었는데 호텔 방 수준은 아니지만 여러 가지 편의시설들이 모두 갖춰져 있었다. 예전에 살았던 원룸은 그야말로 휴지통처럼 느껴질 정도였다.

TV도 있어 TV를 켜보았다. 공중파에서 한참 중계를 하고 있었는데, 무대의 규모가 남달랐다. 대선대학교 실내 홀은 그 어느 콘서트장보다 시설이 훌륭했다.

'조운일?'

대한민국의 가왕이라고 불리는 조운일이 노래를 부르고 있었다. 고령임에도 불구하고 목소리는 전성기를 방불케 했는데, 노래는 역시 대단히 좋았다.

노래를 마친 조운일이 마이크를 들었다.

국민 MC인 유준식과 나란히 서 있었다.

[오늘 정말 열기가 후끈한 것 같습니다. 전야제뿐만 아니라 오늘의 무대까지 꾸며주셨는데요 소감이 어떠십니까?]

[예전에 대선대학교의 그레이트 일선 홀에서 세계 최초로 단독 공연을 한 적이 있습니다. 수많은 가수가 이곳을 찾았지만 두 번이나 무대 위에 선 것은 제가 처음일 겁니다. 개인적으로 정말 너무나 크나큰 영광입니다.]

[아! 눈시울이 붉어지셨는데요. 네! 저도 정말 영광…….]

중간중간에 좌석에 앉아 있는 사람들을 비추었는데, 문화체육부 장관뿐만 아니라, 이름난 기업가들도 자리에 있었다. 손뼉을 치고 있는 워렌 게이츠의 모습이 클로즈업되었다.

이런 규모의 축제가 있을까?

그나저나 가왕 조운일이 감동할 정도라니……. 예술의 전당 같은 곳도 아니고, 그저 대학교의 시설일 뿐이어서 그런 의문이 들었다.

"그레이트 일선 홀? 저기가 그렇게 대단한 곳이야?"

"네, 일선 전자의 최신식 음향 장비와 초감각 계열의 베테랑 능력자들이 세팅하는 곳입니다. 본래 음파 계열 능력자들의 훈련장이었는데, 대학교 개방을 한 이후부터 가수들이 꼭 서보고 싶어 하는 꿈의 무대가 되었다더군요. 공연하면 득음을 할 수 있다는 말들이 나오고 있습니다."

소설 속 세계와 실제 세계가 교차하는 느낌이 강하게 들었다. 그런 대단한 시설이 있는 대선대학교를 자기 맘대로 주무르고 있는 것이 이진우였다. 사실상 진우의 것이라고 보는 것이 맞았다.

헬기는 이진우 전용 활주로에 내려섰다. 여전히 생뚱맞게 커다랬다. 당연하지만 총장이 미리 마중 나와 있었고, 못 보던 인물도 있었다. 사람 좋은 인상이었는데, 군인이라는 느낌이 강했다.

"안녕하십니까? 대한능전사 사령관 김진곤입니다."

대한능전사 사령관은 대단히 높은 직급이었다. 능전사를 지휘하는 직책이니 참모총장보다 급이 높다는 것이 일반적인 견해였다. 어깨에는 별 4개가 달려 있었다. 별 안에 검이 그려져 있었는데, 일반 장교와 차별화하기 위한 것이었다.

아무튼, 그런 고위급 인물이 눈앞에 있으니 조금 당황했다. 진우의 표정이 살짝 흐려졌는데, 총장이 그걸 보고는 식은땀을 흘렸다.

"아……. 그 기, 김진곤 사령관이 미리 만나 뵙는 게 예의인 것 같다고 해서……."

"그렇군요."

예정에 없던 만남이었다. 총장의 얼굴이 사색이 된 걸 보니 억지로 만남이 주선된 것 같았다. 무시하기 힘든 신분이기는 했다. 총장은 죄를 지은 죄인처럼 어찌할 바를 몰랐다. 몸을 덜덜 떠는 것이 보였다.

'신기하네. 군대에서 원 스타가 떠도 덜덜 떨었는데…….'

진우는 딱히 기분이 나쁘지는 않았다. 그저 신기할 뿐이었다. 민간인인 때야 아무렇지도 않았지만, 군대 있을 때 하늘같이 느껴졌던 장군, 그것도 4성 장군이 자신의 앞에 공손히 두 손을 모으고 있었다. 마치 이등병처럼 느껴질 정도로 공손했다.

김진곤 사령관은 진우의 표정을 보고는 화들짝 놀라며 정중하게 인사를 건넸다.

"무례했다면 정말 죄송합니다. 꼭 한번 만나 뵙고 싶었기에……."

"아닙니다."

"하하! 마음이 정말 넓으십니다. 만나 뵙게 되어 영광입니다. 이진우 님의 모습을 보니 대한민국의 미래가 정말 밝은 것 같습니다."

사령관은 식은땀을 흘리고 있었다. 진우는 사령관마저 긴장하게 만들고 있었다.

새삼 이진우의 클래스를 느낄 수 있었다. 이런 배경을 가지고도 원작의 주인공한테 개처발린 건 정말 이해할 수가 없었다. 돈과 권력으로 찍어 누르면 능력자고 나발이고 그냥 박살이 날 것이다. 이진우를 넘사벽으로 설정을 해놓긴 했는데, 허접한 전개 덕분에 잘 부각이 되지 않았던 것 같았다.

주인공 보정으로 생각하고 넘어가도록 하자.

진우는 그들과 함께 검사장으로 이동했다. 현실로 따지면 신체검사를 하러 가는데, 참모총장이 직접 마중을 나오고 신체검사장까지 모시고 간다고 생각하면 되었다. 이러다가 대통령까지 찾아올 것 같았다.

분위기는 늘 그렇듯 똑같았다. 부담스러울 정도의 아부가 진우의 귓가에 맴돌았다.

"능력자 자격을 얻으시면 기초 훈련을 받으실 텐데 걱정하실 건 하나도 없습니다! 내 집처럼 편안하게 지내시다 가실 수 있도록 꼭 신경 쓰겠습니다."

"허허, 김진곤 사령관님. 그리 말씀하시면 곤란합니다."

"네? 총장님, 제가 무슨 실수라도……?"

"능력자 자격을 얻으시면 이라니! 당연히 자격이 되시는 분이신데, 그런 말실수는 곤란합니다!"

김진곤 장관은 무언가 크게 깨달은 듯한 표정이 되었다.

"그렇군요! 아이고, 제가 큰 실수를 했습니다. 하하! 진우님, 사과드립니다. 하하, 나이가 들다 보니 자꾸 말이 헛나오는군요. 하하하!"

"네."

총장과 김진곤 사령관은 죽이 잘 맞았다. 이래도 되나 싶을 정도로 아부의 절정이었다. 계속 듣다 보니 거부감은 들지 않았다. 이제는 익숙해져서 그럭저럭 들어줄 만은 했다. 사람은 역시 적응하는 동물이었다. 나름 기분이 좋아지긴 했다.

'그래도 명색이 4스타인데 이래도 되나?'

자진해서 저러는데 말릴 이유는 없었다. 진우에게 이렇게 하는 것은 굴욕이 아니라 기회를 잡는 것이었다.

능력자 적성검사가 있는 장소까지 느긋하게 이동했다. 본래는 적성검사장이 따로 있었지만, 좀 더 큰 장소로 옮겨 검사한다고 한다.

밖에 기자들이 몰려 있는 것이 보였다. 검사를 받는 학생들이 화들짝 놀라면서 안으로 들어갔다.

다행히 관객이 있는 것이 아니라, 소수의 기자와 초청받은 인사들, 그리고 관계자들만 자리한다고 한다. 진우는 학생들과 같이 검사를 받지 않고 따로 마련된 행사장에서 받을 예정이었다. 하지만 그것마저 검사받는 학생들에게는 엄청난 민폐일 것이다. 괜히 미안해졌다.

그것과는 별개로 학생들이 플래카드를 들고 검사받는 학생들을 응원하고 있었다. 자신의 과에서 능력자가 나오는 건 큰 영광이었다. 학생들의 부모도 보였는데, 마치 수능을 보는 듯한 광경을 연상시켰다. 아니, 수능보다도 뜨거운 열기였다.

"저건…… 학원 홍보인가?"

"그렇군요. 축제를 틈타 온 것 같습니다."

금방 관계자들에게 끌려 나갔다. 능력자 양성 학원이 꽤 있다고 한다. 물론, 효력이 있는지는 밝혀진 게 없다. 근거 없는 내용이 대부분이지만 공시생들을 능가할 만큼 많은 사람이 몰리고 있었다. 노량진은 현재 능력자 학원이 대세라고 한다.

'공부도 안 하고 그냥 한 방에 인생 역전이 가능하니…….'

식이요법이나 명상 같은 훈련법을 알려준다고 하는데, 수업료가 비싸기로 유명했다. 1타 강사는 하위능력자였는데, 능력을 각성하게 해주는 파장을 발산한다는 근거 없는 소문이 있

250 막장
학원이되다 1

어 돈을 쓸어 담고 있었다.

그런 사기가 근절되지 않는 이유는 유명한 교수들이 돈을 받아먹고 은근히 옹호하는 발언을 했기 때문이기도 했다. 불법이라고 부르기에도 모호했다.

그나마 대선대학교는 그놈의 엘리트 의식이 깔려 있어, 연루된 자가 없는 게 다행이라면 다행이었다. 그리고 총장이 귀신같이 진우가 그런 걸 싫어한다는 것을 알고는 비리란 비리는 모조리 척결시켰다.

따라다라다! 따라다라다!

진우가 탄 차량이 측정 장소로 다가가자, 어디선가 웅장한 음악 소리가 들렸다. 군대에서 자주 듣던 음악 소리였는데, 창밖을 보니 제복을 입은 이들이 연주하고 있었다.

군악단이었다.

'이진우 님의 첫 측정을 진심으로 축하합니다.'
-대한능전사 일동-

거대한 무궁화와 한반도가 그려진 플래카드가 보였다. 그리고 그 플래카드 밑에는 각종 화환이 자리해 있었다. 화환은 결코 하나가 아니었다.

'진심으로 축하드립니다.'
-청와대비서실-

'이진우 님의 나라를 위한 헌신적인 마음을 항상 응원하고 있습니다.'
-열린하나당 당대표 김민수-

'그레이트 코리아! 그레이트 이진우!'
-미 상원의원 리처드 F 맥케인-

'귀하의 무궁한 발전을 기원합니다.'
-대한민국 능력자연합회-

이진우의 위엄에 대해 잘 알고 있었고 몸소 느꼈지만, 놀라움의 연속이었다. 화환에 적힌 이름들 역시 정상이 아니었다. 장난이 아닌 진실이었다.

무려 청와대였다. 게다가 미국의 상원의원도 있었다.

유나와 경호원들은 당연한 것처럼 받아들이고 있었지만, 진우는 여전히 기분이 묘했다.

"피곤하시지요? 대기실로 모시겠습니다."

김진곤 사령관이 그렇게 말했다.

진우를 위한 출입구가 따로 마련되어 있었다.

군악대를 지나 출입구로 차를 몰아가자 제복을 입은 능전사들이 보였다. 기사 정복에 비교할 바는 아니었지만 그래도 꽤 멋있었다. 무궁화 장식이 된 은빛 검이 인상적이었다.

"받들어! 검!"

"충!"

검을 멋지게 뽑아 차를 향해 예의를 차렸다. 정확히 말하자면 이진우를 향해 경례를 올린 것이다. 논란이 없도록 주어를 생략한 것을 보면 사령관이 의도적으로 노린 것이 분명했다.

사령관은 경례로 받지 않고 진우를 힐끔 쳐다보며 표정을 살피는 것도 잊지 않았다. 총장보다 감각적이고 세심한 아부 스킬을 지니고 있었다.

진우는 조금 감탄했다. 높은 자리까지 괜히 올라간 것이 아니었다.

"……"

그래, 이 정도면 인정해 주도록 하자.

이진우는 평범한 악역처럼 죽었지만, 평범한 악역이 아니었다. 이 기묘하게 미쳐 버린 세계에서 막장을 수십 번 찍어도 모자람이 없는, 그런 설정의 악역이었다.

얌전히 일상생활을 하는데도 이 정도였다.

마음먹고 미친 짓을 한다면?

'재해가 따로 없겠군.'

이진우의 갑질은 단순한 갑질이 아니라 생존 그 자체가 걸린 일이니 문제가 될 것이다.

이제는 익숙한 호화스러운 대기실에서 순서를 기다렸다. 개인 대기실을 마련해 놓은 것은 역시 총장이었다. 총장은 편안하게 쉬고 계시라면서 차까지 타주고는 사령관과 함께 밖으로 나갔다.

테이블 위에 놓인 행사진행표가 보였다. 식순이 자세히 적혀 있었는데, 총장의 인사말, 대한능전사 사령관 덕담, 서울 시장과 여러 고위 인물들도 축사하기로 되어 있었다.

회장은 당연하게도 보이지 않았다. 미국 대통령보다도 보기힘든 것이 바로 그였다. 이희진 회장은 공식 석상에 좀처럼 모습을 드러내지 않았다.

'이희진 회장은 그냥 황제로구만.'

신으로 묘사해도 이상함이 없을 정도였다.

저 고위급 인사들은 모두 각계에서 온 축하 사절단이었다. 어디 가서 전혀 꿇리지 않았지만, 지금은 많은 인파 중 한 명일 뿐이었다.

똑똑!

누군가 노크를 했다. 진우가 고개를 끄덕이자 유나가 문을 열었다. 문을 연 유나는 깜짝 놀라며 뒤로 물러났다. 범상치 않은 존재가 보였기 때문이다.

진우도 자리에서 일어났다. 존경의 의미로 일어났다기보다는 당황해서 일어난 것이었다. 그만큼 의외의 인물이었다.

"허허, 쉬고 있는데 미안하군."

"……아닙니다."

진우가 이희진 회장, 이민우 다음으로 만나기 꺼리는 인물,

바로 검선이었다.

산에만 처박혀 있던 그가 왜인지 직접 서울로 올라와 있었다. 안양이 쑥대밭이 되었어도 전혀 신경조차 쓰지 않았던 검선이었다.

'아니, 이 양반이 왜?'

검문최가와 그러한 일이 있고 나서 다시는 볼 일이 없을 줄 알았는데, 검선이 눈앞에 떡하니 있으니 당황할 수밖에.

검선은 대견하다는 듯 진우를 바라보며 고개를 끄덕였다.

그의 눈빛은 유난히 맑았는데, 굉장히 부담스러웠다.

"허허! 더 성장했군. 그렇게 노력을 하고도 또 위를 바라보다니……. 자네는 대체 무엇을 바라보는가?"

"그런 건 딱히……."

"허허! 우주 그 자체를 목표로 두고 있구만. 사내라면 응당 그래야지. 자네에게 또 배우네. 삶이란 깨달음의 연속이지. 신선이 되어 무엇하겠는가. 허허허허!"

검선은 호쾌하게 웃었다.

진우는 뭐라고 말해야 할지 몰라 입을 다물었다. 이럴 때는 그냥 가만히 있는 것이 최고였다.

"음, 그렇지. 자네 점심은 아직이지?"

"아…… 네."

"받게나."

고운 보자기에 싸인 도시락을 검선이 건넸다.

진우가 받아 드니 검선은 진우의 어깨에 손을 올렸다.

"축하하네. 자네의 큰 일보를 만천하에 알리는 것도 괜찮겠지. 그만큼 그릇이 크니 말일세."

"아직 검사도 받지 않았는데요."

"검사는 사소한 것 아니겠는가? 허허허! 중요한 것은 자네의 마음가짐일 뿐이지. 마음이 있는 곳에 검이 있지 않겠나."

"저…… 검선님……."

"검선은 무슨! 그냥 할아버지라 부르게나. 깨달음을 나눈 사이니 가족이나 다름없으니 말일세."

"그래도, 그건 좀……."

"어허! 그런 섭섭한 소리는 하지 말게나!"

검선은 몇 마디를 더 하고는 밖으로 나갔다. 마치 폭풍이 몰아친 것 같은 기분이었다.

진우는 손에 들린 따끈한 도시락을 바라보았다. 꽃무늬가 인상적인 보자기를 펼치자 조금은 투박해 보이는 나무 상자가 모습을 드러냈다. 상자에는 붓글씨가 써진 한지가 붙어 있었다.

'식기 전에 드세요.'

그런 글씨 밑에 아름다운 수묵화가 그려져 있었다. 굉장히 정성스럽게 그린 것이 느껴졌다.

유나가 그것을 보더니 은은한 미소를 지었다.

"검선님께서 하실 리는 없고, 누가 보낸 건지 알 것 같군요."

"음……."

"도시락 통도 직접 만든 것 같습니다. 그야말로 지극정성이로군요."

진우는 고개를 갸웃하며 뚜껑을 열어보았다. 정성이 가득 담긴 반찬이 아름답게 놓여 있었다. 먹기 아까울 정도였다.

최희연이 자신에게 왜? 의문과 의심이 떠올랐다.

'설마 독을 탄 건 아니겠지?'

진우는 피식 웃었다. 아무래도 그건 아니겠지.

조금 과하게 망신을 준 것 같아서 마음에 걸리기는 했었는데 역시 최희연은 대인배였다. 원수에게 선물을 주는 일은 아무나 할 수 없는 일이었으니까.

자신에게 호감이 있다고 생각하기에는 여러모로 모호한 부분이 있기는 했지만, 아무튼 적어도 미움을 받는 것 같지는 않았다.

진우는 도시락을 먹어보았다. 역시 상당히 맛있었다.

검사받을 시간이 되어 이동했다. 일반 학생들의 측정은 이미 끝난 뒤였다. 진우만 따로 다른 장소를 마련해 검사를 받기로 되어 있었다. 특별 대우였지만 누가 불만을 제시할 수 있을까? 자신의 이름을 딴 이런 페스티벌도 여는 마당에 말이다.

도착하니 고위급 인물들이 앉아 있는 것이 보였다.

"이진우 님께서 들어오시고 계십니다. 내빈 여러분들은 모두 자리에서 일어나 주십시오."

짝짝짝!

진우가 들어오자 모두 자리에서 일어나며 손뼉을 쳤다. 플래시가 번쩍하고 여기저기서 터졌다. 엄청 대단한 사람이 나오는 것 같은 그런 분위기였다. 각종 짤방이나 영상으로만 보던 서울 시장이 일어나 크게 웃으면서 손뼉을 치는 모습은 정말 어색했다.

'아니, 이게 뭐라고······.'

뭔가 굉장히 쪽팔렸다. 아무도 그렇게 생각 안 하고 무척이나 진지해서 더욱 그런 것 같았다. 하나도 재미없는 개그 쇼에 초청된, 그런 기분이었다.

야당 대표와 국회의원, 조금 전에 보았던 사령관, 총장까지 모두 자리해 있었다. 그 가운데에는 검선이 은은한 미소를 지으면서 고개를 끄덕이고 있었다.

바로 검사를 받는 것이 아니었다. 이런 자리가 그렇듯 진부하기 그지없는 형식적인 진행이 있었다.

진우의 자리는 따로 마련되어 있었다. 아주 고급스러운 의자였는데, 넓은 공간에 덩그러니 놓여 있어 앉기가 굉장히 부담스러웠다. 마련된 자리에 앉자 모두 다시 자리에 앉았다. 유나와 경호원들이 진우의 주위를 채웠다. 덕분에 나름 그림은 되었지만 역시 쪽팔린 것은 어쩔 수 없었다.

누가 기획한 것인지 무슨 왕좌 같은 분위기까지 풍겨서 굉장히 이상했다. 분명 제정신이 아니었다.

"네! 이런 좋은 자리에 저를 초대해 주셔서 감사합니다. 이번 영광스러운 JW 밝은 미래 페스티벌 능력검사의 진행을 맡은 유준식입니다."

국민 MC인 유준식이 그렇게 말하며 마련된 무대 위로 올라왔다. 카메라도 있었는데, 다행히 방송이 되는 것은 아니었다. 아마 홍보용이나 내부 자료로 쓰일 것 같았다.

유준식은 진우와 내빈에게 인사를 한 후에 마이크를 들었다.

"열린하나당 당대표 김민수 의원님의 축하 말씀이 있겠습니다."

김민수 당대표가 올라오자 자리하고 있던 기자들이 사진을 찍었다. 김민수 당대표는 인사를 한 뒤에 단상에 섰다.

"에…… 먼저…… 이런 영광스러운 자리를 마련해 주신 이희진 회장님께 감사의 말씀을 드립니다. 그리고 많은 역경 속에서도 나라를 위한 헌신적인 마음과 아름답고 맑은 정신을 보여주고 계신 이진우 님에게도 축하를 보냅니다. 에…… 우리 대한민국은 현재……."

김민수 당대표는 구설에 많이 오른 인물이었다. 진우가 예전에 인터넷을 할 때도 짤방이 많이 돌아다녔다. 그가 한 명언 중 하나는 '다 정규직이면 알바는 누가 하나?', '그냥 애 낳으면 잘살게 된다.'와 '열정페이를 감사해라!'였다. 대표적인 밉상 국회의원이었다. 정말 정감이 가지 않는 인상이었다.

그러나 지금의 김민수는 굉장히 공손했다. 행여 말실수라도 할까 봐 조심스러워했다. 공식적인 자리에서조차 거만한 인물이었기에 저런 모습이 굉장히 어색하게 느껴졌다.

'지루하네.'

꽤 지루한 연설이었다. 요약하자면 일선 그룹에 대한 찬양, 이희진 회장에 대한 찬양, 이진우에 대한 오그라드는 칭찬, 그리고 대한민국이 부흥하는 데 있어서 열린하나당의 역할이 제일 중요하다는 것이었다.

딱히 공감되는 이야기는 아니었다.

서울 시장과 여러 인물이 올라와 진우에게 축하 인사를 건넸다. 아직 능력자 검사조차 하지 않았는데, 미리 축하 인사를 건네고 있었다.

검사 전 행사가 대략 한 시간가량 걸렸다. 굉장히 지루하고 졸렸지만 어떻게든 참아냈다. 국민 가수라 불리는 이범규의 축하 무대만큼은 볼만했다. 굉장히 열창했는데, 누구도 손뼉을 치지 않아 진우가 손뼉을 치니 그제야 박수가 터져 나왔다. 다들 눈치 하나만큼은 신기하게 빨랐다.

본래 순서가 더 남았지만, 진우가 상당히 지루해하자 눈치 빠른 진행팀이 바로 잘라 버렸다.

"그럼 이제 측정 행사를 진행하겠습니다. 도움을 주실 분들이 계시지요? 게이트 분야 세계 최고의 권위자이신 최성민 박사님과 연구팀을 모시겠습니다."

대선대학교 교수인 최성민 박사는 게이트 능력 활용 그리고 잠재력 측정 분야에서 세계 최고의 권위자였다. 그뿐만 아니라 다양한 학위를 보유하고 있는 천재 박사였다.

마력과 육체의 상관관계와 효율성에 대한 논문, 마력 전달체 연구, 그리고 기타 걸출한 연구 실적은 많이 과장하자면 아인슈타인과 맞먹는 명성을 쌓아 올리게 해주었다. 그런 최성민 박사가 직접 나서면서 결코 조작할 수 없다는 것을 보장했다. 그리고 최근 개발한 세상에서 가장 정확한 능력자 측정기까지 가지고 왔다. 이번에 학생들을 측정한 것보다 한 차원 더 높은 기기였다.

"기기에 대해 간단한 설명부터 해드리겠습니다. 본 기기는……."

최민성 박사의 설명이 시작되었다. 한국에는 올해부터 보급하기로 되어 있었고, 내년에는 미군에 수출한다고 한다. 미군에 수출하는 것은 다운그레이드될 예정이라고 발표했다.

짝짝짝!

최성민 박사가 설명을 마치자 모두 손뼉을 쳤다. 최성민 박사의 설명은 꽤 길어서 다시 한 시간을 잡아먹었다. 긴 기다림 끝에 드디어 진우가 자리에서 일어났다. 진우는 빨리 마치고 집에 가고 싶은 심정이었다.

"그럼 이진우 님께서는 무대 위로 올라와 주시기 바랍니다."

진우는 기기가 설치된 무대 위로 향하기 시작했다.

뺨빠라밤! 뺨뺨뺨!

음악 소리가 나오자 진우는 잠시 걸음을 멈추고 흠칫했다. 모두 좌석에서 일어나 손뼉을 쳤다. 진우는 갈수록 가관이라는 생각이 들었지만 여기까지 오니 반쯤은 포기한 상태였다.

다른 곳으로 생각을 돌려보기로 하자.

측정기기는 냉장고 정도 크기였다. 가운데 뚫린 구멍에 손을 넣으면, 스크린에 능력자일 가능성과 잠재력 랭크가 나왔다. 뚜렷한 능력이 있는 경우에는 능력 인증을 하면 되었지만, 대부분 그렇지는 않았기에 능력자 여부를 판별해 내고 잠재력을 측정하는 가히 혁명적인 기기였다.

'SF느낌이 물씬 나는데?'

최성민 박사도 그런 비주얼이었다. 장발의 흰머리에 콧수염이 인상적이었다. 꼭 로봇이라도 만들 것 같은 모습이었다.

기기를 작동하자 엔진 돌아가는 소리와 함께 바닥에 진동이 울렸다.

진우는 왠지 불안해졌다. 영화를 보면 꼭 이런 분위기에 뭔가 사고가 났기 때문이다.

"이거, 괜찮나요?"

"네, 전혀 위험하지 않습니다. 걱정하실 거 하나도 없습니다. 손을 여기에 넣으시지요."

"음⋯⋯."

진우가 기기 안으로 손을 넣자 최성민 박사는 굉장히 수상해 보이는 고글을 쓰고는 조수들을 바라보았다. 조수들은 근엄한 표정을 하고는 기기 옆에 붙어 있는 스위치에 손을 가져다 대었다.

장엄한 BGM과 함께 카운트다운이 시작되었다. 무슨 로켓 발사도 아니고 모두가 숨을 죽이고 지켜보고 있었다.

'집에 가고 싶다.'

진우는 한숨을 내쉬며 그렇게 생각할 뿐이었다. 이쯤 되니 다시 한번 더 자신이 정상이 아닌지 진지하게 생각해 볼 수밖에 없었다.

"3! 2! 1! 0!"

모두가 한마음으로 외쳤다.

카운트 다운이 끝나자 기기가 작동되었다. 기기의 하얀 표면에 여러 가지 문양이 떠올랐는데, 진한 마력의 흐름이 느껴졌다. 원작에서는 자세히 언급되지 않은 부분이었기에 굉장히 신기하게 느껴졌다.

원작에서는 그저 주인공이 랭크 측정을 하고는 원래 S랭크이지만 D랭크를 받았다! 이 정도만 나올 뿐이었다. 모든 판타지 소설 주인공이 그렇듯 원작 주인공도 초반에는 힘을 숨겼다. 힘을 숨긴 비범한 천재로 보이려고 노력했지만, 독자들은 힘을 숨긴 찐따라 불렀다.

힘순찐이 초반 주인공이었다.

"오오!"

기기에 붙어 있는 스크린에 나오는 수치가 계속 올라가기 시작했다. 최성민 박사는 크게 감탄하며 지켜보았다. 아무 일 없이 끝나는 것 같아 진우도 기분이 좋아졌다.

그 순간이었다.

"120%, 130% 180% 어? 어!? 바, 박사님 적합 수치가……!"

"허, 허억! 예비 탱크를 돌려!"

"네? 아, 알겠습니다!"

뭔가 굉장히 분주해졌다. 자리에 앉아 있던 이들도 심상치 않은 상황을 느끼고는 자리에서 일어났다. 진우도 불안감을 느낄 수밖에 없었다.

"이거 안전한 거 맞죠?"

진우의 말에 대답해 주는 사람은 없었다. 최성민 박사와 그의 연구팀은 굉장히 바빠 보였다. 무언가 수치가 계속 상승하더니 붉은빛이 반짝였다.

"마, 마력 전달률 300% 돌파했습니다! 400%, 580% 계속 상승합니다! 어, 어억! 믿을 수 없는 수치입니다!"

"바, 반드시 측정해야 해! 모조리 꽂아!"

"네! 아, 알겠습니다!"

기기 주변에 강렬한 스파크가 튀겼다. 심상치 않은 분위기에 유나와 경호원들이 놀라서 다가오려는 순간이었다.

"끄아아악!"

"억?"

최성민 박사와 연구팀의 비명이 들렸다. 무언가 감전되는 것 같기도 했는데 확실한 것은 심상치 않다는 것이다.

파지직! 퍼엉!

무언가 폭발하는 소리와 함께 주변의 모든 전기가 나가 버렸다. 잠시 정적이 깔리고 전등이 깜빡이며 들어왔다. 기기에서 연기가 모락모락 나고 여기저기 금이 가 있긴 하지만 가까스로 작동은 하고 있었다.

좌석을 보니 검선을 제외한 거의 모든 인원이 바닥에 바싹 누워 있었다. 기자도 마찬가지였다. 천천히 바닥에서 일어나며 진우가 있는 쪽을 바라보았다.

유나와 경호원이 달려왔다.

"괜찮으십니까?"

"응? 멀쩡해. 나보다는 저쪽이 심각해 보이는데?"

기기 쪽에 있던 이들은 모두 폭탄을 맞은 것 같은 모습이었다. 최성민 박사는 깨진 안경을 주워 쓰며 기기를 바라보았다. 기기의 스크린은 반쯤 깨져 있었지만, 수치만큼은 정상적으로 나왔다.

최성민 박사는 멍한 표정으로 스크린을 바라보았다. 연구팀도 마찬가지였다.

"마력 전달률 999% 그, 그 이상이야! 저, 정확한 측정이 불가능한 수치라고?"

"오, 오류가 아닙니다. 백업 기기에서도 측정 불가능 수치가 떴습니다!"

"오, 오오! 이건 기적이야! 으하하!"

기자들이 환호하고 있는 박사와 연구팀의 사진을 찍었다. 왜인지 자기들끼리 좋아하고 있었다.

진우는 뻘쭘하게 앉아 있다가 기기에서 팔을 뺐다. 유나도 상황 파악이 안 되는지 눈을 깜빡였다.

진우는 고개를 갸웃했다.

"결과가 좋은 게 맞겠지?"

"그런 것 같습니다만……. 일단 뒤로 물러나 계시지요."

기기의 영향권에서 안전한 지역까지 물러났다. 소란이 있기는 했지만, 측정은 제대로 된 것 같았다.

"결과가 나왔습니다!"

"오오!"

연구팀 중 하나가 종이를 들고 오자 최성민 박사가 그것을 받아 들었다. 모두의 시선이 최성민 박사에게로 꽂혔다. 최성민 박사는 종이를 믿을 수 없다는 눈으로 바라보다가 깨진 안경을 고쳐 썼다.

최성민 박사의 얼굴은 홍분이 가득했다.

"이 수치가 보이십니까? 오늘 오전에 측정한 가장 높은 수치는 51%였습니다. 잠재 능력 랭크는 D+였지요. 발전 가능성을 볼 때 아주 훌륭한 수치였습니다. 훌륭한 능력자로 성장할 가능성이 충분하지요. 노력만 한다면 C랭크 정도는……."

"빨리 결과만 말해주세요!"

"크, 크흠, 알겠습니다."

총장이 답답한 듯 그렇게 외치자 최성민 박사가 고개를 끄덕였다.

"이진우 님의 측정 결과입니다. 마력 전달률 999%를 돌파하여 측정 불가, 현재 마련된 기준을 아득히 초월하고 있습니다. 잠재 능력 랭크 평가는 최고 수치인 S로도 표현할 수 없습니다. 따라서 S+ 아니, 트리플S…… 그 이상입니다. 제 이름과 명예를 걸고 이 결과가 한 치의 조작이 없음을 입증합니다."

최성민 박사의 말에 잠시 정적이 깔렸다.

✦ Chapter5 ✦
거부할 수 없는 계약

진우도 조금 당황하기는 했다.

'S랭크에서 조금 더 높을 정도인 줄 알았는데.'

하긴, 지금까지 좋은 것만 먹고, 나쁜 것 중에서도 좋은 것만 쏙 골라 먹었다. 모두 잠재 능력을 크게 높이는 것들이었다. 소설 제목으로 굉장히 많이 쓰이고 있는 SSS급이었다. 아니, 거기에 +가 붙어서 SSS+였다.

측정 불가 수준이라는 이야기다.

[상원일보] 이진우, 역대 최고의 재능! 천재를 넘어선 천재!

[세계일보] 세계 능력자 역사에 한 획을 긋다.

[고려일보] S랭크로는 설명 불가. 역대급 재능!

[다이버뉴스] 측정 불가 이진우, 의외로 겸손한 자세가 돋보여!

기자들이 빠르게 노트북을 펴고는 기사를 작성하기 시작했다.

김민수 당대표가 눈을 부릅뜨고는 두 손을 들었다.

"하하하! 대한민국의 미래가 이토록 밝습니다! 이진우 님이 대한민국의 새로운 희망입니다!"

"그렇습니다! 하하하! 이토록 경사스러울 수가 없습니다. 세계 최고의 천재가 바로 이 자리에 계십니다! 그야말로 대한민국, 아니, 세계의 진정한 영웅이 되실 것입니다!"

총장이 김민수 당대표의 말을 빠르게 받더니 그렇게 크게 외쳤다.

짝짝짝!

누군가 손뼉을 치기 시작하자 장내가 박수 소리로 가득 찼다. 모두 진우를 보면서 큰 박수를 보냈다.

이 상황이 괜히 오그라들고 어색했다.

김민수 당대표는 진우를 바라보며 열렬히 손뼉을 치다가 입을 열었다.

"자자! 우리 만세 삼창 합시다! 거기! 사진 좀 찍어. 이진우 님, 이리로 오시지요."

당대표의 간절한 눈빛을 받았지만, 진우는 가기 싫었다. 유나가 경호상의 문제로 거절하겠다고 대신 말해주자 당대표는 아쉬운 눈빛이 되었다.

총장이 먼저 두 팔을 올리면서 소리치기 시작했다.

"대한민국 만세! 이진우 만세!"

"만세! 만세! 만세!"

이것을 뭐라고 표현해야 할까? 탐욕과 광기. 각자의 탐욕이 여실하게 느껴지니 아부를 넘어선 광기로 보였다.

모두 만세 삼창을 하고 기자가 그걸 찍었다. 검선마저도 흐뭇한 표정을 짓고 있으니 진우의 머리가 아파졌다. 오로지 검선만이 순수하고 해맑은 표정이었다. 아무튼, 본인을 빼놓고 서로서로 축하하고 있는 기이한 광경이었다.

"난장판이구만."

"예상은 했습니다만 역시 도련님께서는 그 이상을 보여주시는군요. 일단 대기실로 이동하시지요."

"그래."

뭔가, 뭔가 또 심상치 않았다. 그것만큼은 확실했다.

진우는 언제나 화제의 중심이었다. 일선 그룹에 갈 필요도 없이 이진우의 미래전략부가 거의 모든 메이저 언론을 장악하고 있었기에 좋은 기사들만 나왔고, 굉장한 화제도 되었다.

이번 잠재력 측정은 아주 좋은 소재였다. 천재로 증명이 되니 망나니처럼 막 나가는 성격은 쿨한 성격으로, 또는 천재이기 때문에 갖는 특성으로 포장이 되었다. 거기에 미래전략실이 이진우의 이름으로 기부한 내용이 은은하게 알려지니 이미지 세탁이 아주 깨끗하게 이루어지고 있었다.

언론 이외에 대형 커뮤니티의 선동, 댓글 조작 등, 여러 공작이 대단했지만 진우가 군이 알아야 하는 상황은 아니었다. 사소한 것이었기에 유나 선에서 간략하게 보고 될 뿐이었다.

아무튼, 진우는 공식적으로 능력자 인증을 받아서 입대가 자동으로 취소되었다. 향후, 이런저런 의무가 있기는 했지만, 신경 쓸 만한 것은 아니었다. 신경 쓰지 않고 자신의 할 일을 하면 되었다. 해결해야 할 과제가 아주 많았다.

'골치 아프구만.'

해결해야 할 첫 번째 과제는 역시 지구 멸망의 시발점이 되는 안양 JW 게이트 문제였다. 중국, 일본, 유럽, 미국 할 것 없이 심어놓은 첩자가 활개를 쳤고 지하 깊은 곳에 있는 봉인을 깨우는 바람에 12군주 중 하나인 탐욕의 군주가 풀려나게 된다.

막 풀려난 상태라 힘이 회복되지 않았다는 설정과 억지에 가까운 주인공 보정으로 이기긴 했지만, 안양과 게이트는 괴멸되었고, 이진우의 입지가 상당히 좁아졌다. 힘이 회복되지 않았는데, 안양시가 날아갔다. 도저히 믿기지 않는 파워 밸런스였다. 전직도 안 했는데 마왕이 나타나는 꼴이었다.

지금은 일단 공사를 보류하고 게이트 출입 조건과 보안을 강화하라는 지시를 해놓은 상태였다.

'일이 터지기 전에 막아야겠지.'

일이 벌어지고 나서 수습하는 건 전형적인 주인공이나 할 짓이고 진우는 결코 그런 짓을 할 생각이 없었다. 스스로 봉인이 풀린다는 설정도 있으니, 남은 기간은 길어야 2년.

진우는 더욱 빠르게 강해지는 법을 알고 있었다. 낭비 스택과 명예 스택 또한 존재했다.

낭비는 꾸준히 하고 있으니 상관없었고 문제는 명예였다.

명예: F(이미지가 나쁘지 않은 관심종자)

명예가 상승할수록 모든 기술의 효율이 상승.

*모든 스탯 3% 상승.

*기술 효율 3% 상승.

*행운 6% 상승.

이진우의 명예가 거의 없다시피 한 것을 보면 굉장한 효율을 보여주고 있었다.

명예를 얻는 법!

가장 확실한 방법이 생각나기는 했다. 온 국민의 존경을 받는 고결한 단어가 있었다. 바로 기사가 되는 일이었다. 기사가 되는 것은 원작의 중심으로 뛰어드는 것과 같았다. 진우는 그 문제는 조금 더 고민해 보기로 했다.

이제 움직일 자격과 최소한의 힘, 미칠 듯한 잠재력이 갖춰졌다. 그렇다면 이제 해야 할 일은? 바로 레벨 업.

정보의 마안이 있으니 주인공과 같은 방식으로 레벨 업이 가능했다. 주인공은 레벨 업 하느라 엄청나게 고생했다. 그러나 자신은 그런 고생이 단 하나도 없을 거라는 것을 자신할 수 있었다. 자신이 바로 이진우였으니까.

이미 계획이 있었다.

"도련님, 시간이 되었습니다."

"그래?"

"조금 더 쉬셔도 됩니다. 기다리라고 할까요?"

"아니, 괜찮아."

진우는 고급 소파에서 일어났다. 지금은 자신의 집이 아니었다. 강남 쪽에 있는 미래전략부 빌딩에 와 있었다. 그 이유는 면접 때문이었다. 물론, 진우가 면접을 보는 것은 절대로 아니었다.

"여기 면접자 리스트입니다. 도련님께서 말씀해 주신 기준에 부합되는 길드들만 뽑았습니다. 지금 당장 사라져도 뒤탈이 없는 이들입니다."

"꽤 많군."

"3차까지 걸러서 그 정도입니다."

유나와 주요 경호원들, 그리고 미래전략부 실무진들이 직접 3차까지 면접을 봐서 뽑은 리스트들이었다. 그런데도 상당히 많았다.

'뭐, 능력자 강국이니 길드가 많은 것이 당연하겠지.'

능력자 길드. 대부분 기사급이 아닌 이들로 구성되어 있었다. 군 소속을 제외하고 능력자 대부분이 길드에 가입한다고 보면 되었다. 세계에서 가장 인기 있는 스포츠인 길드 대전에 참여하는 것도 이들이었다.

이들이 바로 '리그 길드'였다. 길드 대전에 참여할 자격이 되지 않는 이들은 주로 '용병'이라 불렸고 수입원은 의뢰, 게이트의 유물이나 부산물이 대부분이었다. 리그 길드와 용병들은 사이가 대단히 나빴다. 리그 길드는 더럽다고 용병들을 무시했고, 용병들은 겁쟁이라고 그들을 무시했다.

오늘 만나볼 이들은 바로 용병들이었다.

진우는 면접실로 이동했다. 최종 면접이기 때문에 진우와 유나만이 자리했다. 면접이 시작되자 유나의 눈빛이 날카롭게 변했다. 굉장한 위압감이 면접실을 장악했다.

'살벌하구만.'

진우도 정면으로는 바라보기 힘들 만큼 굉장히 살벌했다. 만약 꿈에 나온다면 자지러지지 않을까? 귀신이 따로 없었다.

진우로서는 간단하게 용병을 고용하고 싶었지만, 역시 유나와 주변인들이 문제였다. 어느 것 하나 간단하게 넘어가는 법이 없었다. 유나에게 모두 맡긴 것이 화근이라면 화근이었다.

1번 면접자가 들어왔다. 1번 면접자는 안으로 들어오자마자 안색이 새파랗게 질리더니 바닥에 털썩 주저앉았다. 유나가 조금 더 살기를 내뿜었다면 오줌마저 지렸을지도 몰랐다.

그 모습을 보니 괜히 미안해진 진우였다.

"불합격, 다음."

"저, 저, 전 괜찮……."

억울한 듯 자리에서 일어나려 했지만 그대로 굳더니 바닥에 쓰러졌다. 몸이 부르르 떨리는 모습을 보아 기절한 것이 틀림없었다. 거품마저 물고 있었다.

진우는 그 광경을 보고 살짝 한숨을 내쉬었다.

유나는 기준이 굉장히 엄격했다.

"조금 심하군."

"이 정도도 버티지 못하는 정신력으로 어찌 도련님을 위해

일을 할 수 있겠습니까? 고결한 정신력은 충성심의 바탕이 됩니다. 나약한 정신력은 흔들림의 근원이지요."

"뭐, 그렇긴 한데……."

"괜찮습니다. 면접 시에 목숨을 잃을 수도 있다는 것에 대해서 모두 동의했습니다."

진우는 고개를 설레 저었다. 면접할 때 목숨이 위험하다니 이 얼마나 악독한 곳이란 말인가.

1번 면접자가 대기하고 있던 인원들에 의해 들려 나갔다. 다행히 목숨에 지장은 없다고 한다.

진우는 방금 탈락한 1번 면접자의 프로필을 살펴보았다.

'황혼 길드의 길드마스터로군.'

국내 용병 길드 순위 102위, 세계 용병 길드 순위 182위로 그럭저럭 준수한 용병 길드의 길드마스터였다. 23명의 길드원을 지니고 있었고 나름대로 신용과 실력도 있었지만 어림없었다.

그러는 사이에 4번째 면접자까지 실려 나가고 5번 면접자가 들어왔다.

"안녕하십니까! 그리폰 길드의 길드마스터 이동길입니다! 잘 부탁드립니다!"

나름 패기가 넘쳤다. 30대 중반이었는데, 꽤 준수한 인상이었다. 정장 차림이었지만 특이한 넥타이를 하고 있어 캐주얼한 느낌이 났다. 하지만 진우의 시선을 받자 움찔했다. 그리고 유나가 그를 노려보자 눈을 알아서 깔았다.

유나가 입을 뗐다.

"그럼 이번 여정에 참여하고 싶은 이유를 간략하게 말해보십시오."

"네! 저희 길드는 세계 용병 순위 81위! 국내 용병 순위 37위에 랭크된 명문 길드로서 의뢰 달성률 92%……."

"자랑은 됐습니다. 질문의 요지를 파악하지 못하신 것 같은데……."

"아, 아닙니다! 저는 대한민국 능력자의 희망이신 이진우 님의 충실한 손발이 되어 무슨 일이든 할 자세가 되어 있습니다. 그리고……."

꽤 괜찮은 아부 실력이었다. 그러나 아부에는 이미 면역이 된 진우였다. 저 정도면 진우 기준으로 중하 레벨의 아부 실력이었다. 총장에 비교할 바가 되지 못했다.

진우는 이력서를 살펴보았다. 진우가 이력서를 살필 때는 모두 조용히 있었다. 유나도 조용히 기다렸다.

'음…….'

조금 더 자세하게 살펴보고 싶었다. 진우는 정보의 마안으로 그를 자세히 바라보았다.

Lv.45

이름: 이동길

나이: 39세

능력자 랭크: D+

잠재력 랭크: D[한계 Lv.50]

수상경력: 한국 능력자 신인상, 20대 유망주상, 성실납세상, 뉴욕 게이트 타임지가 뽑은 추천 용병 길드 86위.

꽤 괜찮은 수준이었다. 잠재력 랭크에 따라 올라갈 수 있는 레벨에 한계가 있었다. 그리고 잠재력은 능력 상승에도 영향을 미쳤다. 한계 레벨에 근접했다는 의미는 상당히 경험이 많다는 뜻이었다.

유나도 나름 만족하며 그를 바라보았다. 확실히 그는 괜찮은 스팩뿐만 아니라 좋은 말발을 지니고 있었다.

진우는 좀 더 살펴보기로 했다. 정보의 마안은 원작 후반의 주인공만큼이나 상승해 있었다. 이전보다 자세한 정보를 볼 수 있었다.

인성 평가: -B(노출증이 있는 전사)
[성실근면하다. 그러나 색다른 이면을 지니고 있다.]
*[D]노출의 향기: 노출 범위가 커질수록 공격력과 방어력이 증가한다. '강철의 기둥'이라 불리기도 한다.

'아……'

유나가 철저하게 뽑은 만큼 전과도 없고 스팩도 좋았지만, 그렇지만…… 패스하는 편이 좋을 것 같았다. 취향은 존중하지만, 상당히 위험해 보였다.

진우가 고개를 젓자 유나가 빠르게 그를 내보냈다.

유나는 궁금하다는 듯 진우를 바라보았다.

"마음에 안 드십니까? 개인 실력이 떨어지기는 하나 수족으로 부리기에는 나름 괜찮았습니다만……."

"나랑 잘 안 맞는 것 같아서 말이지. 그런 느낌이 있잖아?"

"음, 그렇군요. 느낌……. 중요하지요."

유나는 깊게 무언가 생각하더니 연신 고개를 끄덕였다.

무언가 깨달은 것 같은데 진우가 알 턱이 없었다.

면접은 계속 진행되었다. 50명에 달하는 길드마스터가 면접을 위해 기다리고 있었다. 다들 30명이 넘은 인원들을 거느린 길드의 길드마스터였다.

'안양 JW 게이트는 다른 게이트에 비해 조건이 높은 편이긴 하지만…….'

수확물의 80%를 이용료로 내야 했다. 게다가 세금도 별도였고 이용권도 다른 곳에 비해 상당히 비쌌다. 그런데도 경쟁률이 엄청났다.

게이트는 진우의 소유나 마찬가지이니 그냥 앉아서 돈을 버는 것이었다. 이것이 바로 이희진 회장의 지원이 없어도 돈이 마르지 않는 이유였다.

JW 게이트가 인기 있는 이유는 아직 정확한 면적이 가늠되지 않을 만큼 크고, 가장 개발이 덜 된 게이트기 때문이다. 발굴되는 유물도 가장 많아 세계에서는 엘도라도라 부르고 있었다.

그런 게이트를 아주 장시간, 실질적인 소유주와 함께할 수 있는 것이다! 국내 길드 한정으로 모집하지 않았다면 세계 명문 길드뿐만 아니라 왕실 기사들도 몰려왔을지도 몰랐다. 충분히 목숨을 걸만한 사안이었다.

면접은 상당히 지루하고 느렸다. 하품이 절로 나왔다.

진우는 서류를 내려놓았다. 서류로 보는 것보다 정보의 마안으로 살펴보는 것이 훨씬 정확했고 효율적이었다.

"5명씩 한 번에 보도록 하지."

"알겠습니다."

의자 다섯 개가 채워지고 면접자들이 들어왔다. 서로를 아주 경계하는 것이 느껴졌다. 진우는 침묵을 지키며 그들을 훑어보았다.

'음?'

어디선가 들어본 이름이 있었다. 원작의 묘사가 확실하지 않아서 긴가민가했다.

Lv.41
이름: 레이첼 킴
나이: 26세
능력자 랭크: -D
잠재력 랭크: C[한계 Lv 70]
수상경력: 세계 게이트 문자 연구 3위, 술식 해석 학위.

'확실히 그 레이첼이로군.'

젊은 나이에 -D랭크 능력자였다. 확실히 원작에 나오는 인물이 맞았다. 매력적인 외모가 인상적이었는데, 나름대로 비중 있는 조연이니 그건 당연한지도 몰랐다.

'주인공의 첫사랑답네.'

원작 작가가 나름 비극적인 이야기를 쓰려고 했던 것 같은데, 조금 애매해졌다. 주인공의 멘토 역할을 하다가 탐욕의 군주에 의해 산송장이 된 인물이었다.

처음에는 주인공의 발전 속도와 능력에 감탄하는 엑스트라였다가 댓글에서 예쁘다 예쁘다 해주니 갑자기 조연급으로 상승했다.

'역시 원작 인물이라 그런지 능력치가 좋네.'

인성 평가: A+(굳센 언니, 비운의 길드마스터)

[전대 길드마스터에게 물려받은 실버 애로우 길드를 살리기 위해 죽도록 노력한다.]

*[B]불굴의 의지: 도덕적 기준에 거슬리지 않는 일이라면 절대 포기하지 않는다.

*[C]따뜻한 누나의 품: 따뜻한 리더쉽을 지니고 있다. 연하에게 포근한 감정을 준다.

주인공이 첫사랑을 느낄 만했다. 괜찮은 패시브 스킬까지 지니고 있어 상당히 괜찮았다. 원작의 인물을 데리고 가는 게 불안하기는 하지만 놔주기에는 그 능력이 아까웠다.

'게이트 폭파 사건 때 타락한 건 주인공을 살리다 그런 거니……'

끝은 좋지 않았다. 주인공이 몬스터로 변한 그녀의 목숨을 직접 거두었다. 그렇게 오열했던 주제에 금방 다른 히로인이 나와서 휘둘리는 건 굉장히 어색했다. 자책도 안 하고 바로 다른 여자를 보며 감탄하는 주인공이었다.

'설마 현실에서는 그러지 않겠지.'

설마……?

진우는 아니라고 생각했다. 주인공은 주인공이니 그럴 리가 없었다.

어쨌든, 레이첼은 굉장히 탐이 나는 인재였다.

"오로지 오늘을 위해 살아왔습니다!"

"저희 길드가 훨씬 더 그 역할에 어울릴 것 같습니다. 이진우 님의 충실한 군사가 되겠습니다. 저희는……"

"인원이 많다고 다 좋은 것은 아니지요. 저희는 소수 정예로 이루어져 있습니다. 실력만큼은……"

"길드 능력 평가로 따지면 이 중에서 저희 길드가……"

진우가 침묵을 지키고 있자 토론장이 되었다. 유나가 생각에 빠진 진우를 한 차례 바라보고는 시끄러운 상황을 저지하지 않았다. 서로의 장점을 어필하고 있는 가운데 레이첼은 침묵을 지켰다. 그러다가 진우와 눈이 마주쳤다. 레이첼의 눈이 살짝 흔들렸다.

"기회를 주신다면 성실히 임하겠습니다. 실망시켜 드리지 않겠습니다."

티는 내지 않았지만, 주변 면접자들이 비웃는 듯한 분위기였다.

그녀의 길드는 국내 용병 길드 순위 102위였다. 나름대로 실력이 있음에도 순위가 100위권 밖인 것은 재정 평가, 신용 평가에서 크게 점수를 깎아 먹었기 때문이다. 전대 길드마스터의 죽음이 주요 원인이었다. 의뢰한 물건을 빼앗겨 막대한 보상금을 치르기도 했다.

신용도가 바닥이고 재정 상태마저 안 좋은 길드를 누가 뽑을까? 진우가 유나에게 선발 기준을 말하지 않았더라면 1차에서 떨어졌을 것이다. 언제 사라져도 아무렇지도 않은 이들이었다. 진우는 잠시 고민하다가 고개를 끄덕였다.

믿을 만한 인물이 필요했기 때문이다. 만난 지 얼마 되지 않는 주인공을 위해서 목숨을 희생한 레이첼이었으니 그 정도면 충분하고도 넘쳤다.

"좋습니다."

진우의 말에 주변 면접자들이 매우 놀랐다. 레이첼은 어안이 벙벙해 보였다. 지금까지 어떤 자리에 가도 무시만 당했던 그녀였다. 눈앞에 있는 진우도 그러리라 생각했는데, 뜻밖에 대답을 들으니 놀랄 수밖에 없었다.

"네?"

"성실함이 가장 중요하지요."

"네! 그 부분만큼은 자신 있습니다."

"잘 알겠습니다."

다른 면접자들이 성실함을 어필하려고 노력했지만, 유나가 냉정하게 자르며 내보냈다. 그리고 면접은 계속되었다.

'이 사람도 마음에 드는데.'

산적 같은 느낌이 드는 남성이었는데, 레이첼보다 실력이 좋고 인성도 A+였다. 길드 순위도 준수했다. 다만 레이첼과 마찬가지로 재정적인 부분에서 어려움을 겪고 있었다. 기사 지망생 출신이라 그런지 길드 인맥이 없다는 점이 크게 작용한 듯했다.

기사 지망생들은 능력자 길드를 무시하는 풍조가 있었다. 용병 길드뿐만 아니라 리그 길드 또한 그런 기사 지망생들에게 열등감을 느끼면서도 극도로 싫어했다. 참 웃기는 이야기였다.

'드디어 끝났군.'

면접이 끝나자 진우는 기지개를 켰다. 두 길드를 제외하고는 눈에 차지 않았다. 아부해 대는 것도 질리는 느낌이었다.

차라리 건방진 태도를 보였다면 눈여겨봤을지도 몰랐다. 막장 드라마에서 '나에게 이런 태도를 보인 녀석은 처음인걸?' 하는 마음이 조금은 이해가 되었다.

눈여겨본 이들을 제외하고는 다 똑같았다.

"마음을 정하신 것 같군요."

"음, 실버 애로우 길드도 마음에 들기는 하는데, 백룡 길드도 좋군."

"두 길드 모두 순위는 리스트 중에서 가장 밑바닥입니다만……."

"뭐, 어차피 거기서 거기야."

"알겠습니다."

길드 순위는 무력, 재정, 신용, 길드원 평가 등에 이르기까지 많은 것을 기준으로 판단한 종합 순위 평가였다.

"그냥 둘 다 뽑자."

"네, 그럼 통보 후 계약서를 작성하겠습니다."

본래 길드 하나만 고용하려 했지만 큰 상관은 없을 것 같았다. 둘이 다 마음에 들면 모두 고르는 것이 바로 이진우였다.

돈은 넘쳐났으니까 말이다.

"음, 다음 스케줄은?"

"영국 왕실 기사단장이 면담을 요청했습니다. 저녁에는 청와대에서 진행하는 기사 추모제가 있습니다."

"저녁 스케줄만 해도 되겠네."

"네, 그렇게 하겠습니다."

이번 일주일 동안 스케줄이 가득했다. 굵직한 것만 참여하고 있음에도 굉장히 바빴다.

'오랜만에 좀 쉴 수 있겠구만.'

잠재력 능력 평가가 엄청난 수치를 기록한 이후 너무나 바빠진 진우였다.

앞으로 더 바빠질 것 같다는 것이 문제였다. 정치계, 정계, 능력자연합에 이르기까지 진우와 연을 대기 위해 많은 초청이 몰려들고 있었다.

안락한 삶. 돈 많은 백수가 점점 멀어지고 있었다.

바쁜 일정을 소화한 후 진우는 공식적으로는 휴가를 가졌다. 관계자들은 게이트로 휴가를 간다는 것만 알고 있었다. 그러나 목적은 레벨 업과 탐욕의 군주 조사였다.

그걸 아는 이는 당연히 존재하지 않았다. 여러 가지 위험 때문에 진우만 알고 있는 편이 훨씬 안전했다.

진우는 자신의 정보를 세밀하게 살펴보았다.

Lv.1

이름: 이진우

나이: 21세

잠재력 랭크: 측정 불가[Lv.한계 없음]

육체 능력: F

[근력: F/민첩: F/내구: F]

마력 랭크: C

매번 봐도 신기하긴 했다. 자신의 능력이 이렇게 게임 형식으로 나타나는 것은 역시 양산형 판타지 소설다웠다. 최희연처럼 꾸준히 고된 수련을 하면 레벨이 오르겠지만 더 효율적인 방법이 있었다.

정보의 마안을 이용하면 몬스터 사냥을 하고 경험치를 온전하게 흡수할 수 있었다. 다소 억지 설정 같지만 이용할 수 있어서 편할 뿐이었다. 어쨌든 지금 레벨 업을 하기에 딱 적당했다.

좋은 것들을 계속 섭취해도 더 이상 마력이 오르지 않았고, 레벨 업 효율이 가장 최절정인 몸 상태였다. 오랫동안 준비했으니, 이제 잠재력 등급 측정불가의 힘을 제대로 경험할 차례였다. 진우는 어렵게 구한 유물들을 잔뜩 몸에 두르고 있었다.

레벨업 시기가 조금 늦어진 것은 이것들 때문이었다.

[D+]성장의 반지
경험치 습득이 20% 증가한다.

[D]부화의 목걸이
경험치 습득이 20% 증가한다.

[C]영웅 성장 세트
경험치, 성장률이 2배 증가한다.

주인공 라이벌이 가지게 될 아이템과 알려지지 않은 유물들을 모두 수집한 진우였다. 아직 누구도 그 진가를 알아보지 못해 아주 싼값에 구할 수 있었다.

진우는 안양 JW 게이트로 이동했다. 당연하게도 JW는 진우의 이니셜이었다. 누가 보더라도 진우가 주인임을 알아볼 수 있었다.

'그러고 보니 연구소도 처음인데.'

진우가 최근에 세운 연구소와 기업이 게이트 건물 주변에 배치되어 있었다. 낭비 스택을 올리려고 대규모 투자를 했지만 실제로는 처음 본 진우였다.

G&P 빌딩, G&P 연구소, G&P 게이트 산업…….

커다란 글씨가 빌딩에 박혀 있었다.

G&P. 진우가 대충 이름 붙인, 게이트 엔 피스의 약자였다. 기존 빌딩을 리모델링해서 지은 것이었는데, 불과 반년 사이에 굉장히 높아졌다. 진우의 말 한마디에 빌딩이 쑥쑥 올라간 것이다. 진우는 새삼 돈의 위대함을 느꼈다.

응접실로 이동하니 두 길드마스터가 기다리고 있었다.

'이제야 좀 판타지 같네.'

게이트 아이템들을 두르고 있어서인지 판타지풍이었다. 반지의 제왕에 나올법한 모습이었는데, 현대적인 디자인도 있어서 꽤나 이색적이었다. 가죽 갑옷을 입은 레이첼의 모습은 굉장히 매력적이었다. 등에 맨 활과 어울려 엘프 같은 느낌이 들었다. 혼혈이라 그런지 이국적인 느낌이 더해져서 더욱 그러했다.

백룡 길드의 길드마스터 김무진은 부분적으로 금속 갑옷을 입고 있었는데, 전형적인 용병 느낌이 났다. 만화에서 뛰쳐나온 듯한 모습이었다. 묵직한 느낌이 든든하게 느껴져 나쁘지 않았다.

"안녕하십니까? 다시 인사드립니다. 백룡 길드의 길드마스터 김무진입니다."

"모시게 되어 영광입니다. 그냥 레이첼이라 불러주세요."

김무진과 레이첼은 정중히 인사했다.

진우는 가볍게 고개를 끄덕이며 인사를 받고는 그들을 유심히 살펴보았다.

'음, 근데……'

진우는 그들이 착용하고 있는 아이템을 자세히 바라보았다. 게이트 유물이나 게이트 자원으로 만든 물품이 맞았지만, 너무 허접했다. 랭크가 없는 것이 대부분이었고, 그나마 주 무기만 F랭크였다. 랭크가 없는 아이템조차 몇천만 원 단위였고, 매물이 없어 구하기 힘들었다.

'아직 게이트 유물이 쏟아지기 전이니……'

게이트 유물이 쏟아져 나온 것은 JW 게이트 사건이 있고 나서였다. 그전까지는 가뭄이나 마찬가지여서 저런 것도 감지덕지였다.

진우가 자신들을 바라보자 둘은 살짝 움찔했다. 진우가 의도하지는 않았지만, 은연중에 발산되는 카리스마는 상당했다. 마력과 완벽히 일체화된 육체였기 때문이다.

진우는 레이첼과 김무진을 한 차례 바라보다가 입을 떼었다.

"두 분 다 계약 내용은 숙지하고 있습니까?"

"네. 철저히 지키겠습니다."

"숙지하고 있습니다. 걱정하지 마십시오."

둘의 말에는 진심이 묻어났다. 둘 다 인성이 굉장히 좋은 만큼 걱정할 필요는 없었다.

진우는 고개를 끄덕이고 유나를 바라보자 유나가 태블릿
PC를 가지고 왔다. 진우가 태블릿PC에 사인했다.

"대금 전액을 미리 드리지요. 확인해 보십시오."

"네?"

"지금요?"

레이첼과 무진은 눈을 깜빡이다가 서로 핸드폰을 확인하고
는 깜짝 놀랐다.

"꺄악!"

레이첼은 너무 놀라 핸드폰을 바닥에 떨어뜨렸다. 핸드폰
을 줍는 그녀의 손은 덜덜 떨리고 있었다. 약속한 보수를 훨씬
능가하는 숫자가 찍혀 있었기 때문이다. 무진도 그녀와 다를
바 없었다.

"저…… 그, 금액에 실수가 있는 것 같아요."

"마, 맞습니다. 뭔가 착오가……."

"그렇습니까? 미안합니다. 그럼 의뢰가 끝나는 날 더 지급하
도록 하지요."

진우의 말에 레이첼과 무진은 더 놀라며 팔짝 뛰었다.

"네? 그게 아니라……."

"제 말은……."

유나가 손을 들어 둘의 말을 끊었다.

그제야 둘은 그 금액이 실수가 아님을 알 수 있었다. 진우가
아무 말도 하지 않았지만 둘은 진우가 자신의 능력을 인정해
준 것 같아 왠지 벅차올랐다.

레이첼은 겨우 떨리는 마음을 진정시켰다. 이 금액이라면 빚을 변제하고도 당분간 길드를 충분히 유지할 수 있었다.

"가, 감사합니다!"

"감사합니다. 결과로 보답해 드리겠습니다."

레이첼은 눈시울이 붉어져 있었고 김무진도 살짝 그런 기미가 보였다. 진우가 고개를 끄덕이며 부드럽게 웃었다.

그 모습은 둘에게 무척이나 빛나 보였다. 후광이 절로 뿜어져 나오는 것 같은 착각마저 들었다.

레이첼은 진우에게서 시선을 떼지 못했다. 유나가 눈치를 주고 나서야 겨우 시선을 돌렸다.

'역시 낭비 스택이 올랐네.'

진우가 웃은 건 그저 낭비 스택이 올랐기 때문이었다.

하기야, 의뢰 완료 후 지급하기로 한 금액에 다섯 배를 그냥 그 자리에서 통장에 꽂아줬으니 낭비가 맞았다. 어쩌면 낭비 스택을 더 올릴 수 있을 것 같았다. 결코 이런 기회를 놓칠 수 없었다.

좋아, 팍팍 낭비하도록 하자!

"길드원들을 직접 보고 싶군요."

진우가 그렇게 말하자 둘은 바로 준비시키겠다고 말하며 응접실 밖으로 뛰어갔다. 유나는 진우를 보며 빙긋 웃었다.

"이제 사람을 능숙하게 다루시는군요."

"그럴 의도는 없었어."

"네, 그렇게 믿겠습니다."

유나는 자신을 굉장히 높게 평가하고 있었다.

진우는 피식 웃고는 응접실 밖으로 나갔다. 안양 JW 게이트 직원들에게 기본 교육을 받고 온 백룡 길드 그리고 실버 애로우의 길드원들이 도열해 있었다.

길드원들은 각각 32명, 28명으로 길드마스터까지 포함하면 62명이었다.

'음······.'

이쪽 세계의 인물이기 때문인지 모두 외모는 특색이 있었다. 실버 애로우 길드는 여성의 비율이 높았는데, 모두 꽤 출중한 외모를 지니고 있었다. 병사보다는 레인저 느낌이 강했다. 자유분방하게 떠들고 있다가 진우가 나타나자 정적이 내려앉았다. 긴장하고 있는 것이 눈에 보였다.

'백룡 길드는 전사 계열이 많고 실버 애로우는 원거리 계열이 많군.'

두 길드를 섞어보니 우연히도 나름 균형이 잘 맞았다. 유나도 그렇게 생각하는지 살짝 감탄하며 고개를 끄덕였다. 길드원의 평균 능력자 랭크는 -D로 준수했다.

그러나 역시 장비가 문제였다. 적어도 랭크가 달린 장비가 아니면 자신의 계획이 원활하지 않을 것 같았다.

"창고에 게이트 물품들이 있다고 했지?"

"네, 경매에 출품한 것들 말고는 모두 보관되어 있습니다."

국내 최정상 길드들이 게이트에서 발굴한 물품의 80%는 모두 JW 게이트의 소유였다. 대부분 경매로 팔려 나갔지만 조금 애매한 것들은 창고에 무기한으로 저장되어 있었다. 진우가 보기에는 쓸모없는 것들이라고는 하나 하나하나 억 단위가 넘어가는 것들이었다. 저들이 지금 착용하고 있는 것들보다는 훨씬 좋았다.

이참에 창고를 비우는 것도 괜찮을 것 같았다. 가지고 있어 봐야 짐밖에 안 되는 것들이었다.

"적당히 개방해서 챙겨주도록. 준비되면 불러줘."

"알겠습니다."

그렇게 말한 진우는 등을 돌려 대기실로 향했다.

'게임이나 하고 있어야겠다.'

아주 미미하지만 낭비 스택도 오르니 꽤 괜찮은 취미였다. 진우는 로글 스토어 1위에서 10위까지의 모바일 게임을 모두 핸드폰에 깔아놓고 있었다. 모두 사행성으로 유명한 게임이었는데, 진우에게는 혜자 게임이었다. 하루 만에 랭킹 1위가 되니 나름 할 만했다. 유나가 아예 회사를 인수하는 것이 어떠냐고 물어서 실제로 인수 중인 곳도 있었다.

그냥 소소한 취미 같은 일이었다.

유나는 평소보다 정중히 고개를 숙였다. 진우의 모습이 사라질 때까지 고개를 들지 않았다. 두 길드가 지켜보고 있었기 때문이다.

탁!

진우가 대기실로 사라지자 유나는 손가락을 튕기며 모두의 주의를 집중시켰다. 표정은 싸늘하기 그지없었다. 그 분위기에 모두 얼어붙었다.

"레이첼 님, 김무진 님. 준비가 어설프군요. 이러시면 곤란합니다."

"……저희로서도 무리를 좀 한 건데 눈에 안 차시나 보군요."

김무진은 침묵을 지켰고 레이첼이 그렇게 대답했다. 이번 의뢰를 따내고 김무진은 무리하게 출자를 해서 길드원들의 아이템을 맞추었다. 레이첼도 마찬가지였다. 없는 살림 끌어모아 기준에 부합될 만큼 스팩 업을 했다.

두 길드 모두 재정에 여유가 없는 만큼 길드원 전체의 아이템을 맞추기에는 조금 빠듯했다. 매물도 없었고 수십억 단위를 한 번에 지급해야 했기 때문이다. 게다가 빚까지 있었다.

"죄송합니다. 저희가 부족했습니다. 마음에 안 드신다면 대금은 돌려 드리겠습니다."

유나의 말에 침묵을 지키고 있던 무진이 그렇게 대답했다. 부대장들은 자존심이 상했는지 살짝 인상을 썼고 길드원들의 분위기도 심상치 않았다. 그건 실버 애로우 길드원들도 마찬가지였다.

유나는 위압감을 뿜어내며 레이첼과 무진을 바라보았다. 지금은 비록 부상 덕분에 본 실력이 나오지는 않으나 그 위압감과 살기만큼은 전혀 퇴색되지 않았다. 준기사급이라 불리는 B급 능력자의 기세를 견뎌내는 이들은 많지 않았다.

"이 정도가 저희로선 최선이었다는 것을 부디 알아주세요."

레이첼이 정중하게 말했다.

유나는 그 모습을 보고 고개를 끄덕였다. 무진도 그렇고 레이첼도 상당히 괜찮은 사람이었다.

'나쁘지 않군.'

두 길드의 길드원들은 어느새 자신의 길드마스터들을 보호하기 위한 대형을 갖추고 있었다. 그들 사이에서는 강한 유대가 느껴졌다. 그런 길드원의 마음이 상당히 보기 좋았다. 그냥 돈으로 뭉친 사이는 절대 아니었다.

이제는 완전히 진우의 수족이 되어버린 레이든 길드와도 비슷한 느낌이었다. 레이든 길드는 워낙 많은 은혜를 입어 진우를 위해서라면 목숨을 바칠 준비가 되어 있었다.

'도련님이 마음에 드실 만하군.'

그녀가 본 이진우는 돈보다 가치 있는 것들을 추구했다. 그랬기에 유나는 그의 곁에서 충성을 다하고 있었다.

진우가 말한 기준을 들었을 때는 고개를 갸우뚱했고, 두 길드를 택했을 때는 의문을 품었지만, 이제는 이해할 수 있었다. 그들이 처한 상황, 그리고 전망을 보았을 때 마음을 사기에 가장 적합한 길드였다.

능력이 좋은 이들은 차고 넘쳤다. 그러나 쓸 만한 이들은 적었고, 거둘 만한 가치가 있는 이들은 소수였다.

'거기서 거기라……'

진우의 말이 생각나자 웃음이 나왔다.

그런 변명은 유나에게 통하지 않았다. 레이첼과 무진에게는 남들과는 다른 점이 분명히 존재했다. 입꼬리가 살짝 올라가려고 했지만 참아냈다. 유나는 다시 냉정한 표정으로 돌아갔다.

그러나 분위기를 절대 풀어줄 수는 없었다. 분위기를 조이는 것은 자신의 역할이었다. 감히 진우와 보조를 맞추는 정도는 해낼 수 있다고 생각했다.

"저는 부디 그랬으면 좋겠습니다만 위약금을 감당하실 수 있겠습니까? 실버 애로우 길드를 팔아치워도 충당하지 못할 텐데요."

"그건……."

"백룡 길드도 마찬가지지요. 위약금 대신 목을 내놓으시는 편이 빠를 것 같군요. 그편이 저희 쪽에서도 깔끔하기도 하니 말입니다."

"……."

침묵이 내려앉았다. 길드가 해체되는 것은 둘째 치더라도 더 큰 사태가 벌어질 가능성도 있었다. 이미 발을 뺄 수 없었다.

"잔말 말고 따라오시지요."

유나가 등을 돌려 어디론가 향하자 레이첼과 무진은 서로를 바라보다가 그녀의 뒤를 따랐다. 유나의 기세에 눌려 바짝 긴장한 상태였다. 둘의 얼굴은 새파랗게 질려 있었다. 유나만한 강자를 만나볼 기회는 그다지 흔치 않았다.

유나를 따라가는 동안 싸늘한 침묵만이 가득했다. 발걸음 소리만 들려왔다. 둘에게는 유난이 이 시간이 길게만 느껴졌다. 다른 용병들도 잔뜩 긴장해서 그런지 마치 던전이라도 들어가는 느낌이었다.

유나는 보안이 삼엄한 문 앞에 섰다. 홍채 인식과 지문 인식, 그리고 목소리까지 인증하고서야 문이 열렸다.

드드드드!

문의 두께가 엄청났다. 1미터는 넘어 보였는데, 일반 재질이 아니었다. 문이 열리는 것만으로도 바닥에서 진동이 느껴질 정도였다. 문은 검은 광택이 돌고 있었다. 흑철이라 불리는 게이트의 재료인데 상당히 비싼 가격이었다. 건축계에 혁명이라 불릴 만했지만, 굉장히 비싼 것이 흠이었다.

'저거 하나만 떼어 가도 평생 먹고 살겠군.'

'문뿐만 아니라 주변 전체가 흑철로……'

무진과 레이첼이 그런 생각을 하며 눈빛을 주고받았다.

흑철은 특수한 용법으로만 가공할 수 있었고, 현대 기기로는 뚫기가 거의 불가능했다. 요즘은 이름난 대부호들의 은신처를 만드는 데 쓰이고 있었다.

유나가 안으로 들어서자 불이 켜졌다. 불이 들어온 순간 모두 숨이 멈추었다. 그 정도로 충격이었기 때문이다.

거기에는 랭크가 달린 게이트의 유물들이 종류별로 보기 좋게 정리되어 있었다. 흡사 박물관 같았다. 그야말로 장관이었다. 세계 어디에서도 이런 광경을 보지 못할 것이다.

"……."

"……아……."

처음에는 머리로 이해하지 못했다. 그러다가 이해가 되는 순간 무진과 레이첼, 그리고 길드원들은 그 광경에 넋이 나갔다. 오랜 경험을 통해 알 수 있었다. 하나하나가 굉장한 보물이었다. 눈앞에 있는 저 단검 하나를 구하려면 여러 길드가 목숨을 걸어야 했다.

가격 책정이 수억 원, 수십억 원에 달한다고는 하지만 그것은 매물이 있을 때의 이야기였고, 가격 이상의 가치가 있었다. 좋은 유물은 능력자의 강함으로 이어졌기에 가격만으로는 따질 수 없었다.

레이첼과 무진은 침을 꿀꺽 삼켰다. 길드원들은 아예 굳어 버렸다.

이런 걸 왜 보여주는 걸까? 여기에 왜 데리고 온 걸까? 이런 것이 보관되어 있다는 것이 어딘가로 발설되기라도 한다면 대단히 시끄러워질 것이다.

둘이 그런 생각을 하든지 말든지, 유나가 등을 돌리며 그들을 바라보았다. 그리고 손을 펼치며 유물들을 가리켰다.

"마음에 드는 걸 고르십시오."

"네?"

유나의 말을 무진은 이해하지 못했다.

마음에 드는 걸 고르라니?

"도련님께서 특별히 베푸는 겁니다. 사양을 하신다면 그 뒤의 일은 감당할 수 없을 것입니다."

"저기, 경호실장님!"

레이첼이 다급히 외쳤다.

"여, 여기에 있는 걸 마음대로 골라도 된다는 말씀입니까?"

"네, 제한은 없습니다."

그 말은 들은 레이첼 그리고 무진의 얼굴이 경악으로 물들었다. 다른 이들도 마찬가지였다. 안으로 들어가는 것조차 바짝 긴장해서 겨우 몇 발자국 내디뎠는데, 마음대로 집어가란다.

이게 도대체 무슨 일일까? 이런 걸 빌려주는 이는 지구상에 이진우뿐일 것이다.

국가적으로도 굉장한 가치가 있는 보물들이었다.

무진은 침을 꿀꺽 삼켰다. 본래 값비싼 것들을 보며 덜덜 떠는 성격은 아니었지만, 그 수준이 엄청나게 올라가면 없던 성격도 생기게 된다. 흠집이라도 나면 배상해야 할 돈이 상상되었다.

무진이 유나를 바라보며 간신히 입을 뗐다. 그답지 않게 입술이 떨리고 있었다. 돈은 그렇다고 치더라도 기존의 상식이 무너지는 경험 때문에 이성을 지키는 것도 힘들었기 때문이다.

"대, 대여해 주시는 건 정말 감사합니다만…… 너무 비싼 것들이라…… 솔직히 저희 몸값보다 비싼 것들입니다. 행여 분실이라도 하면…… 가, 감당하기가 어렵……."

"착각하고 계시는군요."

"네?"

착각? 그럼 그렇지. 뭔가 잘못 들은 것이 틀림없었다.

무진은 그렇게 생각했다. 레이첼도 착각이라는 말을 들으니 간신히 호흡을 진정시킬 수 있었다.

그러나 유나의 표정은 여전히 무표정이었다. 그것이 레이첼의 눈에는 웃고 있는 것처럼 보였다. 무척이나 섬뜩한 웃음이라고 생각했다.

"도련님께서는 마음이 넓은 분입니다. 속 좁게 빌려주는 일은 하지 않습니다."

"그, 그럼……?"

"서비스로 드리는 것입니다. 그저 서비스일 뿐이니 마음에 담아두지 마시길."

무진의 표정이 멍해졌다. 자신이 잘못 들었나 싶어 옆을 바라보았는데 레이첼도 역시 그와 같은 표정이었다.

털썩!

너무 충격을 받아 옆으로 넘어지는 길드원도 있었고, 뒤로 그대로 넘어지며 기절하는 이들도 있었다.

레이첼마저 비틀거리며 벽을 짚었다. 현기증이 올라왔다. 그러나 유나는 그들을 배려해 주지 않았다.

"그럼 30분 뒤에 뵙겠습니다."

유나는 다른 설명을 해주지 않고 그들을 지나쳐 밖으로 나갔다.

레이첼이 가장 먼저 정신을 차리고는 무진을 바라보았다.

"정말 골라도 되는 걸까요? 정말로?"

"그런 것 같은데…… 뭐, 뭐가 뭔지……."

정말 그래도 되는지 아직 확신이 서지 않았다. 모두 무진의 입만 바라보고 있었다.

무진은 잠시 생각에 빠졌다. 무슨 함정 같은 느낌은 들지 않았다. 황태자, 지구의 차기 황제라고까지 불리는 이진우가 자신 같은 용병들에게 그런 귀찮은 짓을 할 것 같지도 않았다.

뭐 하러 함정을 파는가? 그냥 소리 소문 없이 처리해 버리면 될 터인데.

저 살벌한 여자의 말을 생각해 볼 때 그냥 주는 것이 맞는 것 같았다. 무진은 굳은 표정을 간신히 풀고 길드원들을 바라보았다.

그는 리더였다. 결정을 내려야 했다.

"최대한 많이 고른다. 적성에 맞는 것 위주로 골라."

"그, 그래도 됩니까?"

"으슥한 곳에서 목이 잘리는 건 아닌지……."

길드원들이 걱정하며 움찔거렸다.

무진은 먼저 움직이며 거대한 대검을 들었다. 스산한 한기가 서린 대검이었다. 지금 쓰고 있는 검과 비교조차 할 수 없었다. 비교를 한다는 것 자체가 굉장한 실례였다.

대검의 손잡이에는 가볍게 달아놓은 이름표가 보였다.

발견 장소: JW 게이트 A-1번 숲.
이름: 대검7.

그렇게 적혀 있을 뿐이었다. 내놓기만 한다면 수십억을 호가할 법한 이 검이 이름조차 없어서 그냥 '대검7'이라 불리고 있었다.

무진은 절대로 이진우의 기분을 상하게 하지 않으리라 다짐했다. 이런 걸 아무렇지도 않게 주는 사람이 혹여 기분이 상하기라도 하면…….

'백룡 길드는 없어질 거야.'

이진우는 손가락 하나로 백룡 길드를 없앨 수 있었다. 어떠한 근거 없이 오로지 그날의 기분만으로 말이다.

'소문과는 다른 것 같기는 하지만…….'

평소에 듣던 이진우의 이미지와 상당히 다른 느낌이 들기는 했다.

깊게 생각할 때가 아니었다. 이미 결정권이 없었으니까.

무진은 대검을 장비하며 입을 뗐다.

"30분밖에 없어! 빨리 골라!"

"우리도 움직인다!"

무진과 레이첼이 소리치자 모두 아이템들을 향해 달려들었다.

"우, 우와아아!"

"이거 봐!"

"미친! 마법 화살이야! 이런 건 들어보지도 못했어!"

"꺄악!"

길드원들이 기쁨의 비명을 지르며 고르기 시작했다.

유나는 밖에서 그 소리를 듣고는 고개를 끄덕였다. 돈으로 마음을 사는 건 쉬운 일이다. 그러나 연출에 따라 그 마음의 깊이가 천지 차이로 갈렸다. 그리고 감히 누구를 모시고 있는지, 누구를 위해 배를 까고 기어야 하는지 알게 해줄 수 있었다.

선물의 탈을 쓴 노예 계약서였다.

'게이트에는 무슨 목적으로 가시는 것인지 잘 모르겠어.'

유나는 물어보지 않았다. 자신의 할 일은 충실히 명령을 따르는 일뿐이었으니까. 입가에 미소가 떠올랐지만, 간신히 진정시키고는 무표정으로 돌아왔다.

유나는 대기실로 빠르게 걸음을 옮겼다.

"헉헉! 저기, 경호실장님!"

누군가 유나를 불렀다. 유나는 고개를 돌려 목소리의 주인을 바라보았다. 하얀 가운을 입고 있는 중년의 남자였다. 진우가 만든 연구소 소속의 박사였는데, 다른 박사들을 잔뜩 데리고 왔다.

그들 중에는 최성민 박사도 있었다.

급하게 뛰어왔는지 땀에 흠뻑 젖어 있었다.

"무슨 일입니까?"

"대, 대표님을 만나 뵙고 싶습니다. 매번 연락을 드렸는데 도저히 답장이 없으셔서……."

"지금 쉬고 계십니다만……."

연구팀의 연구를 총괄하고 있는 김대진 박사가 간절한 표정으로 유나를 바라보았다.

"연구에 대해서 긴히 말씀드릴 것이 있습니다. 이, 이건 혁명적인 일입니다! 여기 최성민 박사도 무급으로 합류하고 싶어 할 만큼 말입니다!"

"그렇습니다! 돈은 필요 없습니다! 연구만, 연구만 하게 해주신다면……."

김대진 박사와 최성민 박사는 무릎이라도 꿇을 기세였다. 최성민 박사는 설명할 필요도 없이 아주 유명했고, 김대진 박사 역시 마찬가지였다. 둘 다 연구에만 빠져서 어떤 것으로도 회유되지 않는 이들이었다.

그런데 저들이 저렇게 간절하게 부탁을 하고 있었다.

"경호실장님 꼭 좀 부탁드립니다."

"경호실장님!"

김대진 박사와 뒤에 따라온 연구팀이 유나를 간절한 마음을 담아 불렀다.

'도련님을 닮아가는 건가?'

자신도 정에 약해지고 있었다.

유나는 그들을 바라보다가 살짝 한숨을 쉬고는 입을 뗐다.

"기대는 하지 마십시오. 말씀은 드려보겠습니다."

"정말 감사합니다!"

유나는 그렇게 말하고는 등을 돌렸다. 연구원들은 눈물이라도 흘릴 기세였다. 눈시울이 잔뜩 붉어진 연구원들도 보였다.

'미국 정부에서 스카우트하려 할 만큼 대단한 인재들인데……'

저런 인재들이 오로지 진우에게 매달리고 있었다.

도대체 어떻게 저들을 저토록 간절하게 만든 것일까?

똑똑!

유나는 대기실의 문을 두드렸다. 들어오라는 진우의 목소리가 들리자 안으로 들어갔다. 소파에 누워서 핸드폰 게임을 하는 진우를 보니 유나의 표정이 복잡해졌다. 너무나 가벼워 보였기 때문이다. 집구석에만 처박혀 있는 백수 같아 보였다.

생각해 보면 그는 겨우 대학교 1학년에 불과했다.

하품을 늘어지게 하던 진우는 유나가 들어오는 걸 힐끔 쳐다보았다.

"너무 가까이에서 보시면 눈 나빠집니다.

"왔어?"

"재미있습니까?"

"그냥 시간 때우기지, 뭐. 예전에는……."

진우는 말을 멈추었다.

출근길과 퇴근길에 많이 했었다. 그때 생각이 나서 가끔 하고 있었다.

유나는 '예전'이라는 말을 듣고 잠시 진우의 표정을 살폈다.

"인수한 곳에서 개발을 열심히 하는 모양입니다."

"내가 어디를 인수했더라?"

"한국 쪽은 네오, 스마일맥스이고 외국은 엔비소프트입니다. 이번 E3에서 트레일러 공개가 목표라고 합니다."

"그래?"

"네, 인력도 많이 뽑아 노동청에서 표창장까지 고려 중이라더군요."

투자비나 이런 거 생각할 것 없이 그냥 만들고 싶은 거나 만들라고 지시했던 기억이 났다. 그냥 과금 없고, 볼륨 빵빵하고 그래픽 좋고, 최적화도 잘 되어 저사양에서도 돌아가고, 스토리

좋고, 액션도 좋고, 자유도도 좋으면서 질리지 않고, 대규모 온라인 멀티플레이까지 되면 좋겠다고 가볍게 말했을 뿐이었다.

'인기 없어도 내가 해보면 되지.'

그냥 취미일 뿐이었다. 아무튼, 모바일 게임도 예전에는 재미있었는데, 아이템을 싹 다 맞추고 나니 뭔가 허무했다. 역시 치트 키처럼 돈을 처바르면 재미가 없는 법이었다.

'하지만 인생은 그렇지 않지. 인생은 쉬운 게 최고야.'

쉬운 인생! 그것이 진리였다. 아파야 성숙해진다는 말은 아파 본 적이 없는 이들이나 하는 말이었다. 아파 죽겠는데 다른 걸 생각할 여유가 있을까?

진우는 그렇게 생각하며 피식 몸을 일으켰다.

낭비 스택을 확인해 보니 꽤 올라있었다. 역시 아이템을 푼 것은 정답이었다. 애매한 것들이지만 가격이 꽤 나가니 낭비 스택도 충실하게 쌓였다. 역시 돈은 옳았다.

"30분을 주었습니다. 그 뒤에 바로 출발하셔도 됩니다."

"그렇군."

"그리고 드릴 말씀이 있습니다."

"뭔데?"

유나가 밖에 연구팀의 박사들이 찾아왔다고 말해주었다. 능력측정 때 보았던 최성민 박사도 왔다는데, 진우는 고개를 갸웃했다.

'그러고 보니…….'

지원을 해주고는 관심을 아예 끊고 있었다. 실패했다는 보고가 올라올 때마다 그저 흐뭇하게 지원을 더 늘려줬을 뿐이었다. 낭비 스택을 올리는 용도였으니 말이다. 최근에 연락이 자주 온 걸 알고 있었지만 깜빡하고 있었다. 진우는 미안한 마음이 들었다.

만나보겠다고 하자 곧 김대진 박사와 최성민 박사가 안으로 들어왔다.

"대표님! 드, 드디어 만나 뵙는군요."

"네, 박사님. 실제로 뵙는 건 처음이군요."

김대진 박사는 잔뜩 흥분해 있었다. 과장을 조금 보태자면 눈이 돌아가 있었다. 매드 사이언티스트. 그런 느낌이 팍팍 들었다.

"이, 이걸 보십시오! 이건 정말 이 시대의 혁명입니다! 이 수치를 보시면……."

"잘 모르겠는데…… 음, 천천히 설명을 해주세요."

"아! 죄, 죄송합니다. 제가 너무 흥분하는 바람에……."

김대진 박사 대신 최성민 박사가 설명해 주기 시작했다.

"대표님의 검사 결과를 보고 발견한 것입니다! 대표님의 보여주었던 경이로울 정도의 마력 전도율에서 힌트를 찾았습니다! 그 파장을 대조하고 분석한 결과 현대 문물들과의 안정적인 결합을 할 수 있는 매체를 발견하였습니다!"

"그, 그렇습니다! JW 게이트 A32번 금속 샘플을 기억하고 계십니까?"

진우는 잘 모르고 있었다. 유나를 바라보자 그녀는 고개를 끄덕이며 입을 뗐다.

"샘플 A32번. 1년 전에 발견한 금속입니다. JW 게이트에서만 발견되는 금속으로 별다른 가치가 없는 것으로 파악되었습니다."

"네! 맞습니다! 흔한 금속인 줄 알았습니다! 그러나 아니었습니다. 대표님만큼은 아니지만 뛰어난 마력 전달률을 보이고 있습니다. 전달 과정에서 에너지 손실이 거의 없습니다! 모든 분야에 어울리는 최고의 소재입니다! 특히 마정석과는 엄청난 시너지를 발휘할 것으로 예상합니다. 마정석 가공이라는 힘든 과제가 남아 있기는 하지만……"

최성민 박사는 거의 랩 수준으로 말을 토해냈다.

진우는 최성민 박사의 말에 고개를 갸웃했다. 처음 들어보는 설정이었기 때문이다.

'이런 설정도 있었나?'

JW 게이트가 폭발해 버리는 바람에 묻힌 설정인 것 같기도 했다. 무슨 말인지 다 알아듣지는 못했지만, 고개를 끄덕였다. JW 게이트에서 발견된 아주 흔한 금속이 사실은 굉장한 신소재라는 말이었다.

최성민 박사가 간절한 눈으로 진우를 바라보았다.

"저도 연구팀에 합류하고 싶습니다! 무급이라도 좋습니다. 연구 성과에 이름이 안 올라가도 상관없습니다! 그저 위대한 여정을 제 눈으로 보고 싶습니다! 이는 인류사에 크게 남을 위대한 발견입니다!"

진우는 잠시 최성민 박사를 바라보았다. 학계에 엄청난 권위자가 저런 자세로 나올 정도의 일인가? 진우는 솔직히 감이 잘

잡히지 않았다. 어쨌든, 진우로서는 나쁘지 않은 이야기였다.

'음, 뭐…… 그냥 대충 지원해 주면 되겠지.'

좋은 게 좋은 거니까 말이다.

진우는 자리에서 일어났다. 그리고 최성민 박사 앞에 섰다.

최성민 박사는 침을 꿀꺽 삼켰다.

바로 앞에 있는 진우가 유난히 커 보였다. 마치 거인을 보는 것 같았다. 절로 고개가 숙여졌고 겸손한 자세가 되었다. 마력 파장을 연구하며 파장에 민감해진 덕분이었다.

"알겠습니다. 열정이 보기 좋군요. 최성민 박사님 같은 분을 홀대할 수는 없지요. 최고의 대우를 해줄 테니 합류하시길 바랍니다."

"감사합니다. 정말 감사합니다!"

최성민 박사가 정중하게 고개를 숙였다.

김대진 박사가 우물쭈물하며 진우를 바라보았다.

"저, 그…… 새로운 소재이다 보니 테스트에 많은 금액이 들었습니다. 그래서 말인데……."

"그렇군요."

지금까지 들어간 금액은 어마어마했다. 한 번 실패할 때마다 고액의 재료가 사라져 버리니 그야말로 돈을 바닥에 뿌리는 것과 같았다. 다른 기업이었다면 진작에 손을 털었을 것이다. 그러나 진우는 아주 크게 만족하고 있었다. 그 자리에서 지원금을 바로 쏴주었다.

김대진 박사는 감격하며 눈물을 흘렸다. 아무리 저명한 학자라도 실패를 반복하면 지원이 끊겼다. 그의 동료 중 여럿이 그러한 상황이었다. 특히 게이트 분야는 밑 빠진 독에 물을 붓는 것과 같아서 성과가 있을지조차 장담할 수 없었다. 말로는 명예로운 박사니 한국의 미래니 하며 떠들어대고 있었지만, 정부든 어디든 도움을 주는 곳을 찾기 힘들었다.

그러나 이진우만큼은 달랐다. 막대한 지원금, 실패해도 전혀 책임을 묻지 않았고, 제한 시간 또한 없었다. 게다가 고개가 도저히 들리지 않을 만큼 파격적인 대우까지 해주고 있었다. 돈뿐만 아니었다. 인간적인 대우와 굉장한 수준의 복지였다. 학계 발표를 하기 위해 해외로 가는데 능력자들로 구성된 경호원까지 붙여주었다. 아내와 딸에게 멋진 모습을 보여줄 수 있어 굉장히 뿌듯했던 김대진 박사였다.

그는 당당히 말할 수 있었다. 오로지 이진우를 위해서 연구를 한다고.

[낭비 스택이 상승하였습니다.]

낭비 스택 내용: 실패한 연구원에게 돈을 쏟아붓다.

*추가 효과: 김대진 박사의 각성.

[C]매드 사이언티스트(각성: 김대진)

타오르는 연구 의지는 그 누구도 막을 수 없다.

김대진 박사는 순수한 열정으로 새롭게 태어났다. 연구를 지속해서 진행한다면 굉장한 무언가가 나올 가능성이 있다. 단, 폭주 상태와 마찬가지이기 때문에 연구에 실패할 확률이 크게 올라간다.

*습득 기술:

[C]연구 의지: 연구 지속력 300% 상승, 폭주 상태에 돌입하여 연구를 진행할 때 배고픔과 피로를 느끼지 않는다. 실패할 확률이 매우 증가하나, 아주 낮은 확률로 위대한 무언가가 발명될지도 모른다.

[C]눈치 없는 과학자: '시간과 자본만 있다면…… 다음번에는 무조건 됩니다! 이번에는 실패하였으나 믿어주십시오!'

손해가 클수록 연구팀의 사기, 연구 지속력이 상승.

낭비 스택이 오른 것을 확인할 수 있었다.

김대진 박사가 각성한 것은 진우로서도 예상하지 못한 일이었다. 내용을 보니, 그야말로 돈 먹는 하마였다. 상당히 만족스러웠다.

"크흑…… 제 연구를 알아봐 주신 것만으로도 감사한데 이런 큰 은혜를……. 꼭, 성과를 내겠습니다!"

"아니요. 그냥 실패…… 크흠, 실패해도 상관없습니다. 적당히 몸 챙기면서 하세요. 근로 시간은 엄수하시고요. 건강이 가장 큰 재산 아닙니까? 잠은 7시간 이상씩 꼭 주무십시오."

실패하면 꽤 많은 낭비 스택이 오를 것 같아서, 실패할 때마다 오히려 더욱더 많은 자금을 꽂아준 진우였다. 그가 가급적 건강하게 오래 자신의 곁에서 머물며 많은 실패를 해주길 바라고 있었다.

그런 진우의 마음을 당연히 모르는 김대진 박사는 감동하며 진우의 손을 두 손으로 꼭 잡았다. 최성민 박사도 감동해서 눈시울이 붉어져 있었다. 티는 내지 않았지만, 측정기기를 탄생시키기 전까지 받은 스트레스와 압박은 대단했기 때문이다. 연구에 대한 열정이 아니었다면 진즉에 고향으로 내려갔을 것이다.

이민우 쪽의 연구소였는데, 그곳은 사람을 갈아 넣는 공장이었다. 절친한 김대진 박사의 말을 들었을 때 바로 짐을 챙긴 최성민 박사였다.

진우는 아버지뻘 사람이 이러니 굉장히 부담스러웠다. 그저 조용히 어깨를 토닥여주었다.

박사들이 나가고 연구팀의 환호성이 들렸다.

"신소재라니…… 대단하군요. JW 게이트가 가장 밝혀진 것이 없다고는 하지만 그 정도의 신소재가 나타날 줄은 몰랐습니다."

"그러게 말이야. 별일도 다 있네."

"도련님께서는 아주 큰 그림을 그리고 계시군요. 저로서는 짐작하기도 어렵습니다. 혹시 이번 게이트 방문도……."

"응? 그냥 우연이야. 내가 그런 걸 어떻게 알았겠어?"

큰 그림은 개뿔, 그냥 우연이 맞았다. 원작에서조차 언급되지 않은 것을 어떻게 안단 말인가.

진우의 말에 유나가 살짝 웃었다. 김대진 박사는 유명하기는 하지만 많은 실패를 한 터라 유명세만큼 환영받지는 못했다. 진우가 아니었다면 역사의 뒤안길로 사라진 인물이 되었을지도 모르는 일이었다.

대기실 밖으로 나오니 레이첼과 무진, 그리고 길드원들이 보였다. 전력증강이 확실히 된 것 같아 마음에 들었다.

모두 자신을 보면서 눈을 빛내고 있었다. 호감 어린 눈빛은 기분이 좋기는 했지만, 그 정도가 지나치니 조금 부담스러웠다.

진우는 게이트로 향했다. 이 건물은 게이트를 보호하기 위해 세워진 것이었다. 누구도 침입할 수 없는 삼엄한 보안을 통과하자 게이트가 모습을 드러냈다.

진우는 감탄할 수밖에 없었다.

'그래! 이게 바로 판타지지.'

지금까지는 현실과 판타지의 경계선에 서 있는 느낌이었지만 게이트를 본 순간 판타지 세계로 빠져 버린 것 같았다. 진짜 원작 속에 녹아드는 느낌이 들었다.

게이트는 게임에서 나오는 포탈과 비슷한 느낌이었다. 빛무리가 감싸고 있었고 공간이 일렁거렸다. 직접 보니 굉장히 신기하게 느껴졌다.

모든 것이 준비되었다. 모두 진우의 말을 기다렸다.

"그럼 갑시다."

진우는 조금은 지나친 호위를 받으며 게이트 안으로 들어갔다. 드디어 원작 소설과 깊은 관련이 있는 게이트에 첫발을 내디딘 것이다.

가볍게 발을 내디뎠지만 진우는 꽤 긴장하고 있었다. SF 영화에서나 볼 법한 일이었으니 당연했다. 그러나 게이트 안에 들어간 순간 눈앞에 펼쳐진 환상적인 광경에 감탄밖에 나오지 않았다.

먼저 가장 눈에 들어오는 것은 하늘이었다. 지구의 하늘보다 더 깊고 맑았다. 에메랄드빛이라 그런지 아주 맑은 바다를 보는 것 같았다. 마치 다른 행성처럼 느껴졌다. 정확히 말하자 면 다른 차원일 것이다.

'제법 큰 마을 같은데?'

게이트 주변에 나름 커다란 건물들이 있었고, 바닥은 잘 포 장되어 있었다. 굉장히 이국적이고 독특한 건물들이었는데 모 두 게이트의 자원으로 지었고, 가공하는 방법이 달라 그렇게 느껴지는 것이었다.

연구소와 공장도 있었고, 거대한 규모의 창고도 있었다. 이 곳에 들어오는 길드를 위한 여러 편의시설도 존재했다. 마치 새로운 행성에 정착하기 시작한 마을 같은 느낌이 강했다.

막대한 자본이 들어가 있으니, 그 규모도 상당했는데 이진 우가 어째서 대규모 도시를 지으려 했는지 이해가 되었다.

엘도라도. 이진우는 그 이름에 걸맞은 도시를 원했다. 자신 이 늘 위대하다고 생각하고 왕이 되기를 희망하던 정신 나간 놈이었다. 하긴, 그 정도로 병신 같지 않았다면 주인공에게 털 릴 일도 없었다.

그러고 보면 악당들이 하나같이 무식하고 개념이 없었다. 주인공이 머리 쓰는 걸 보여주기 위한 희생양 같이 느껴지기 도 했다. 주인공은 평범한데 악당이 바보라 주인공이 천재처 럼 보이는 그런 느낌이었다.

'어쨌든, 좋네.'

맑은 공기는 육체에 짜릿한 쾌감마저 선사해 주었고, 신체가 한층 건강해진 느낌을 주었다. 실제로 게이트 안에 들어가 있으면 병이 낫는다거나 몸이 젊어지는 등의 현상이 나타났다는 보고가 있었다.

'이진우는 도박장이나 오락 시설, 놀이공원도 계획했지.'

대규모 휴양도시를 만든다면 지구의 모든 부자가 몰려오지 않을까?

게이트 주변에 펼쳐진 이 개척지의 이름은 JW 중심센터였다. 당연하게도 진우의 소유였다.

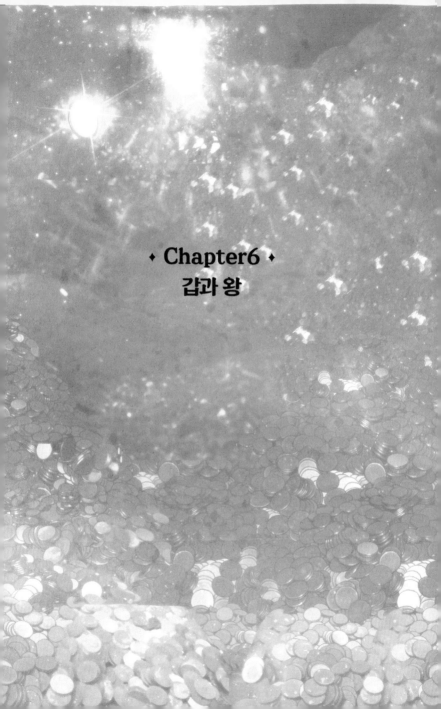

✦ Chapter6 ✦
갑과 왕

　게이트에서 빠져나와 JW 중심센터에 들어가기 위해서는 신분 확인 절차와 심사관의 승인을 받아야 했다. 대기시간이 상당히 길었는데, 이곳에 들어온 사람들은 군말 없이 모든 지시를 따랐다. 조그마한 소란이라도 일으킨다면 영구적으로 제명되어 다시는 들어올 수 없었기 때문이다.

　이곳에서는 지구의 법보다는 JW 게이트 법이 우선되었다. 신기하게도 한국에서 인정한 법을 초월한 규칙이 통용되는 곳이었다.

　'줄이 길군.'

　여러 길드의 길드원들이 대기하고 있었다. 하나하나 모두 확인 절차를 거쳐야 했는데 그 시간은 굉장히 길어 보였다.

　판타지스러운 복장을 하고 줄을 서 있는 모습은 재미있었다. 마치 판타지 컨셉의 페스티벌을 보는 것 같았다.

진우는 잠시 멈춰서 그 광경을 지켜봤다.

"레이첼이잖아? 용케도 여길 들어왔네."

"……."

"저번 제안은 아직 유효해. 우리 쪽으로 들어오면 빚을 다 갚아준다니까? 어라, 장비 봐라? 어디서 스폰서라도 문 거야? 오, 김무진까지 있잖아. 거지 조합이네?"

전형적인 양아치 캐릭터가 이죽거리는 것이 보였다. 두꺼운 호위의 벽을 두르고 있어 진우의 존재를 알아차리지 못한 것 같았다.

"그 이상 접근하지 마라."

"하하, 뭐래. 뭐 잘못 먹었냐?"

김무진이 묵묵히 물러나라는 제스처를 취하자 놈은 이죽거리며 어깨를 폈다. 바닥에 침을 뱉고는 눈을 부라렸다.

굉장히 흥미로운 모습이었다. 위협적으로 느껴지기보다는 뭔가 나사가 빠진 것처럼 보였다.

진우가 흥미롭게 지켜보고 있자 유나도 나서지는 않았다. 굳이 나설 가치가 없었기 때문이었다.

"여기 우리 자리니까 저기 구석으로 빠져라. 들어가서도 뭐 하려고 하지 마라. 묻어버릴 수가 있으니까. 알지? 여기서는 징징거리는 게 안 통하는 거."

"하하하!"

"이열, 김무진이, 장비 좋은데? 길드라도 팔았냐? 아니면 스폰서 엉덩이라도 핥은 거야?"

대기하는 줄에서부터 어떤 파벌이 있는 것처럼 느껴졌다.

그럭저럭 돈이 많아 보이는 놈들이었다. 뱀과 방패가 그려진 문장을 어깨에 달고 있었는데, 어디선가 많이 본 듯한 마크였지만 잘 생각나지 않았다.

진우는 정보의 마안으로 살펴보았다.

[-]스네이크 실드 연맹

한국 용병 길드 순위 9위, 12위, 14위에 랭크된 길드가 주축이 되어 만든 연맹. 공격적인 연맹 정책으로 많은 중소 길드를 흡수하여 성장해 왔다. 길드마스터와 간부들은 일본 능력자이며 막대한 일본계 자금을 바탕으로 한 고리대금으로 유명하다. 리그 길드, 정치계, 법조계에 줄이 닿아 있고 기업들과도 가깝다.

최근 친근한 광고를 내세워 이미지 세탁 중이다. 해피 엔딩캐피탈, 사쿠라론 등 여러 대부업체를 보유하고 있다.

*가입하고 싶은 용병 길드 9위.

레이든 길드를 압박했던 금신조 길드가 소속된 연맹이었다. 아주 바짝 기어서 크게 신경은 안 쓰고 있었는데 나름 거슬리기는 했다. 스네이크 실드 연맹에서는 다시는 거슬리는 짓을 하지 않겠다고 서약서까지 보내왔다. 레이든 길드에 막대한 보상을 해주고 말이다.

'뭐, 원작에서도 저런 성격의 엑스트라가 꽤 나오긴 했지.'

그래야 전개할 내용이 생기는 것 아니겠는가?

이런 상황이 없으면 조금 섭섭했을지도 몰랐다. 무협 소설의 주인공이 객잔에 들어가면 근방 소가문의 공자나, 정파의 유망주가 시비를 거는 것처럼 말이다.

진우가 한마디라도 할까 하고 생각하고 있을 때였다. 갑자기 앞쪽에서부터 웅성웅성하는 소리가 들려왔다. 처음에는 작았지만, 점차 커지기 시작했다.

"뭐, 뭐야! 오늘 입장 심사가 중지되었다는데?"

"응? 내일까지 대기하라고?"

"왜? 우리 차례였잖아! 이틀 동안 기다렸다고! 더는 못 기다려!"

앞쪽이 소란스러웠다. 입장 심사가 중단된 모양이었다. 여기저기서 불만이 터져 나오며 폭동이라도 일어날 것 같았지만, 모두 입으로만 간신히 불만을 토해낼 뿐이었다. 불만을 행동으로 옮겼다가는 쫓겨난다는 사실을 모두가 다 잘 알고 있었다.

그마저도 누군가 등장하니 모두 사라졌다. 헛바람을 삼키며 입을 다물었다.

"아, 아이고! 주인님!"

그때 백발이 성성한 노인 하나가 엄청난 속도로 달려왔다. 노인의 뒤에는 심사하고 있던 심사관들도 있었는데, 모두 노인의 뒤를 따라 뛰고 있었다. 일반적인 심사관이 아니라 화려한 복장이 인상적인 고위 심사관이었다. 그들은 마치 종교계의 고위 사제처럼 옷을 입고 있었다. 언뜻 보면 교황처럼 보일 지경이었다.

"고, 고위 심사관들이……."

"초, 총지배인?"

노인은 JW 게이트의 총괄 지배인이었다. 게이트의 출입과 운영을 관리하고 있었는데, 진우를 주인님이라 부르며 따르는 진정한 충신이었다. 그 이진우가 괜한 사람을 JW 게이트의 지배인으로 놓을 리가 없었다.

당연히 진우로서는 처음 보는 자였다.

"도련님, 그럼 가시지요."

유나가 한 걸음 앞으로 나오자 레이첼과 무진의 길드원들이 양옆으로 비켜섰다. 앞쪽에는 굉장히 긴 대기 줄과 인파가 있었지만 그런 것 따위는 관계가 없었다. 진우의 걸음을 막을 자는 존재하지 않았다.

진우가 고개를 끄덕이며 걸어 나갔다. 레이첼과 김무진이 진우의 뒤에 섰다.

진우의 모습이 나타난 순간 정적이 깔렸다. 조금 전 다소 거친 언행을 보였던 사내들은 그대로 굳어졌다. 총지배인이 엄청난 속도로 달려오더니 그대로 바닥에 무릎을 꿇었다. 2m는 미끄러진 것으로 보였다.

"크흐흑, 정말 오랜만에 뵙습니다. 이, 이토록 아름답고 강대하게 성장하셨을 줄이야……. 흑흑, 이 늙은이 이제 죽어도 여한이 없습니다."

고위 심사관들도 극진한 예를 갖춰 무릎을 꿇더니 허리를 숙였다. 국내 1위 길드의 길드마스터에게도, 심지어 기사급에게도 눈 하나 깜짝하지 않고 하대를 하며 건방진 태도를 보였던 것이 바로 저 고위 심사관들이었다.

그 고위 심사관의 정점에서 군림하는 것이 바로 JW 게이트 총지배인이었다. 이곳에서는 그가 판사였고, 검사였고 변호사였다. 한 마디로 황제 대리였다. 이진우를 대신해 JW 게이트 내부를 관리하고 있었기 때문이다.

"이…… 이진우."

"어억!"

그제야 진우의 모습을 본 이들이 매우 놀라며 주춤 물러났다. 게이트 밖에서는 그저 돈이 압도적으로 많고 싸가지 없는 재벌 3세라고 봐도 무방했지만, JW 게이트 안에서는 아니었다.

능력자들에게 이진우의 존재는 굉장히 다르게 다가왔다. 레이첼과 무진이 진우의 곁에 서자 조금 전 그들을 무시했던, 스네이크 실드 연맹의 용병들 얼굴이 모두 새파랗게 질렸다.

"비키지 못할까!"

"어디서 감히 길을 막는가! 길을 비켜라!"

"무엄하다!"

고위 심사관들이 근엄하게 소리치자 순식간에 인파들이 쫙 갈라졌다.

진우는 그 광경에 살짝 한숨이 나왔다. 심사관들은 오랫동안 게이트 생활을 해서인지 현실감각이 떨어지는 것 같았다. 왜인지 부정부패한 고위 관료들을 전형을 보는 것 같았다.

그런 부정부패한 고위 관료가 자신의 편이라면?

여러 가지로 복잡한 생각이 들었다.

"음……."

그래도 총지배인은 극진한 태도이기는 하지만 나름대로 상식이 있지는 않을까? 이진우에게 극진한 것과 상식은 다르니 말이다. 어쨌든 JW를 관리하는 총지배인이었으니까.

　"이놈들아! 어디서 목을 빳빳하게 드는 게냐! 두 눈을 뽑아 버리기 전에 고개를 숙이지 못 할까아!! 이런 시건방진 자식들!! 저놈을 당장 쳐라!"

　하지만 진우는 그 생각을 이내 취소할 수밖에 없었다. 총지배인은 엄청난 목청으로 그렇게 외쳤다. 사자후가 실존했다면 저럴 것이다. 멍하니 진우를 바라보고 있던 자들이 모두 주춤거리며 고개를 숙였다. 수천의 인물들이 한꺼번에 고개를 숙이는 광경은 참으로 장관이었다.

　'아……'

　진우는 머리를 감싸 쥐고 싶었다. 21세기에 일어난 일이라고는 도저히 믿기지 않는 광경이었기 때문이다. 판타지는 역시 판타지였다.

　입장 심사는 당연히 하이패스였다. 감히 이진우를 막아설이는 존재하지 않았다. 아니, 애초부터 이진우를 심사한다는 것 자체가 말이 되지 않았다. 이곳은 이진우의 말이 곧 법인 기이한 곳이었으니까. 설마 했지만, 진짜 21세기 대한민국에서 일어나고 있는 일이라고는 믿기지 않을 정도였다. 엄밀히 따지면 대한민국이 아니기는 했다.

　'나름대로 이해는 되는 설정이긴 한데……'

　그래도 의문이 생겨 알아보니 설정이 있기는 했다. 세계 능력자협회가 제정한 법이 있었는데, 능력자는 자국의 법보다 능력자 법을 따라야 했다. 법이 서로 충돌할 때는 능력자 쪽을 우선으로 쳤다. 능력자 법은 더 엄격하고 처벌이 강했다. 시시비비가 안 가려지면 결투는 기본이고, 때에 따라서는 목숨까지 내놔야 했다. 그러한 능력자 법 중에 게이트 안에서는 게이트 내부 규칙에 따른다는 조항이었다.

보통 게이트는 국가 단위로 운영했다. 기업이 지분을 가지고 있는 게이트도 있었지만 대부분 국영이었다. 유일하게 게이트를 온전히 소유한 기업은 일선 그룹뿐이었다.

그리고 개인이 게이트를 소유한 것도 이진우가 유일했다. 이민우의 경우에는 지분이 있기는 하지만 엄밀히 말하면 일선 그룹의 것이었다.

그러니 세계 능력자협회의 법에 따라 능력자들은 JW 게이트에서 이진우가 세운 규칙을 따라야 했고, 그것은 절대적이란 말이었다.

'그야말로 이진우 왕국이구만.'

JW 게이트는 이진우가 꿈꾸던 그런 곳이었다. 총지배인과 심사관들이 진우를 왕처럼 대하는 것은 어찌 보면 당연했다. 실제로 왕이라 불러도 이상하지 않을 것이다.

진우는 국회의원이나 고위급 인물들이 어째서 극존칭을 쓰면서 자신에게 고개를 숙이는지 확실히 이해가 되었다. 일선 그룹이 워낙 거대해서 그렇지 그 타이틀을 빼고도 개인이 가진 것 역시 엄청났다.

마을 중앙에는 총지배인과 심사관들이 머무는 호텔이 있었다. 게이트 운영을 위한 건물과 함께 현재로서는 JW 게이트를 상징하는 건물이라고 한다. 현대적인 모습이라기보다는 마치 중세시대의 성을 보는 것 같아 굉장히 인상적이었다.

능력자들은 그곳을 금과 은의 성이라 불렀다. 불빛에 따라 노란빛과 은빛으로 반짝이는 모습이었기 때문이다.

중요한 인물들만이 머물 수 있었는데, 당연히 진우를 위한 곳이 존재했다. 한 층을 빼놓고는 전부 그를 위한 공간이었다. 진우가 있든 없든 항상 최고의 상태로 유지가 되었다.

'이진우의 취향이 어떤 건 줄 알겠군.'

진우는 웅장한 의자에 앉아 총지배인과 심사관들을 내려다보았다. 이진우의 취향이 잔뜩 들어간 의자였지만 진우에게는 굉장히 부담스러웠다.

이진우는 무조건 크고 화려한 것을 좋아했다. 큼지막하게 박혀 있는 보석은 화려함을 넘어 과하다 싶을 정도였다.

'사무실에 이런 의자라니…….'

의자가 아니라 왕좌라고 표현하는 것이 옳을 법한 의자였다.

아무튼 진우는 입장 심사가 완전히 정지된 것이 마음에 걸렸다.

"음, 괜히 나 때문에 입장 심사가 밀리면 곤란하니 심사는 그대로 진행하는 게 좋을 것 같군."

"하해와 같은 마음, 정말…… 진정으로 감탄을 금치 않을 수 없습니다! 흐윽, 흑흑……."

총지배인은 눈물을 흘렸다. 진짜 감동에서 나온 눈물이었다. 총장은 연기가 어느 정도 섞여 있었지만, 총지배인은 진짜배기였다. 진정으로 가슴에서 나오는 말이었다.

저 가슴 속 깊은 곳에서 올라와 심장을 뒤흔들고 입 밖으로 나오는 떨림과 흥분, 그리고 감동은 연기로는 표현할 수 없는 영역이었다.

뭐라 한마디 하기조차 무서울 정도였다. 존댓말이라도 했다가는 기절초풍할 것 같아서 자연스럽게 하대를 하고 있었다.

옆에 서 있는 유나가 헛기침하더니 입을 뗐다.

"스네이크 실드 길드 연맹이 꽤 건방진 발언을 하더군요. 도련님께서 직접 고용한 이들을 무시하던데……."

"뭐, 뭐라고?! 그런 목을 뽑아도 시원치 않을 건방진 놈들이 있나!"

"그런 건방진 놈들에게 입장 허가를 내준 것은 총지배인이 아닙니까?"

"크, 크흑……."

총지배인이 바닥에 납작 엎드렸다. 고위 심사관들도 마찬가지였다. 아예 머리를 바닥에 찧기까지 했다. 진우는 진심으로 당황했다. 누가 저 모습을 그 냉정한 총지배인이라고 생각할 수 있을까?

총지배인은 JW 게이트를 아는 능력자들에게는 두려움의 상징이었다. 능력도 엄청났고 감정 기복이 거의 없어 자로 딱 잰 듯한 일 처리는 소름을 돋게 했기 때문이다.

"크흑, 이 어리석은 늙은이의 불충을 용서하지 마시옵소서! 죽여주시옵소서!"

"죽여주시옵소서!"

고위 심사관이 총지배인의 말에 맞춰서 외쳤다.

진우는 한숨을 내쉬며 이마에 손을 얹었다.

"괜찮으니 그……, 너무 과하게 반응하지 마."

"오오! 다시 한번 기회를 주셔서 감사하옵니다! 목숨을 걸고 처리하도록 하겠습니다."

살기마저 일렁이는 총지배인의 눈빛은 그야말로 악귀의 모습이었다. 살기가 진득하게 고여 흘렀다. 단번에 그의 능력이 유나보다 훨씬 강하다는 것을 느낄 수 있었다.

Lv.90

이름: 총지배인(알프레드)

칭호: 진우의 진정한 충신, 수라혈마, 잔혹한 대리자, 기사 학살자, JW의 대악마

나이: 64세

능력자 랭크: A+

잠재력 랭크: B-[한계: Lv 80]

[충성심: Max(완전무결)]

-특이사항

[A]타오르는 정열의 충성심

'나의 신은 오로지 한 분뿐이다.'

충성심으로 자신의 한계를 돌파한다. 어떠한 재난과 고통도 그를 막을 수 없다. 그 타오르는 충성심은 고통마저 잊게 만들고 한계를 초월하게 하였다.

충성심을 근간으로 육체와 정신력을 구성하고 있다. 충성심이 하락하지 않는 이상, 육체는 노쇠하지 않으며 어떠한 유혹에도 흔들리지 않는다.

[C]속박의 눈동자

'죄를 지은 자여, 그를 두려워하라.'

상대를 굴복시켜 속박할 수 있다. 관찰의 마안이 충성심으로 인해 기이하게 비틀렸다.

총지배인은 확실히 굉장한 사람이었다. JW 게이트를 관리할 자격이 충분했다.

그런 총지배인의 몸이 분노로 인해 부들부들 떨렸다. 눈에 핏발이 선 것을 보니 누구 하나 때려죽일 기세였다.

"다시는 그런 망발을 하지 못하도록 두 눈과 혀를 뽑아 성 앞에 전시하겠사옵니다!"

"됐어. 그 정도의 일은 아니야. 그냥 적당히 내보내."

"어쩜 이토록 자비로우실 수가!"

진우가 스네이크 실드 길드 연맹을 살린 셈이 되었다.

하지만 그들 연맹이 말도 안 되는 이유로 위약금을 덤터기 쓰고, 강한 압박이 들어와 한국 땅에서의 생존이 힘들어진 것은 얼마 뒤의 일이었다.

진우가 전반적인 설명을 요구하자 총지배인은 아무런 의심 없이 JW 게이트에 대해 말해주었다. 본래 알고 있든 모르고 있든 그건 그에게 중요한 일이 아니었다. 오로지 명령을 이행하는 것이 존재의 의무라 생각하고 있었다.

JW 게이트는 현재까지 발견한 게이트 중에서 가장 광활한 대지를 지니고 있었고, 그만큼 강력한 몬스터들도 매우 많다고 한다. 얼마만큼 자원이 숨겨져 있을지도 모르는 미지의 세계였다. 그 가치는 숫자로는 표현할 수 없었다. 그런데도 개발이 상당히 더딘 이유는 따로 있었다. 그건 비단 JW 게이트만의 문제가 아니었다.

"아시다시피 모든 게이트가 다 그렇듯 지구의 재료들은 금방 분해가 됩니다. 그 때문에 현대 물품의 도움을 받기도 힘들고, 식량 문제가 있습니다."

총지배인의 말을 듣고는 이해했다. 원작에서 게이트 안에서 전투식량을 먹는다고 언급이 되었다. 동식물들이 넘치는 이곳에서 왜 굳이 전투식량을 먹을까?

게이트 안의 모든 동식물은 해독할 수 없는 독을 지니고 있다고 한다. 그것은 JW 게이트뿐만 아니라 모든 게이트가 동일했다. 그나마 물에는 독이 없어서 물 걱정은 없었다.

게이트의 청정수는 부자들에게 아주 비싼 값에 팔리는 인기 품목이었다.

아무튼, 지구에서 식량을 가지고 와야 하는데, 식량을 아무리 잘 보존해도 시간이 지나면 분해가 되었다. 대기 중에 마력이라는 것이 특수하게 작용해서 그렇다는 연구 결과가 있었는데, 연구원들이 나름의 연구를 통해서 전투식량을 개발했다. 원작에 나오는 가루 식량이었다. 덕분에 그나마 보존 기일을 일주일 정도로 늘릴 수 있었다.

문제는 굉장히 비쌌고, 맛이 없다는 점이었다.

이 기술 역시 일선 그룹이 소유한 기술이었고 만들어내는 데 꽤 많은 시간이 걸렸다. 또한 독과점이 그렇듯 비싸질 수밖에 없었다.

'한 끼 분량에 15만 원이라……'

그것도 가장 싼 소금 맛 패키지가 그러했다. 물에 녹인 종이에 소금을 탄 맛이라고 한다. 고기 맛, 라면 맛 같은 경우는 30만 원이 넘어갔다.

일반적인 지구의 음식을 가지고 오면 하루도 되지 않아 사라지니 원정을 나가면 가루 식량은 필수였다.

물론, 진우가 머무는 곳에서는 계속해서 지구의 음식이 제공되고 있었다. 바로바로 가져와서 조리하기 때문이었다.

'게이트 발굴이나 개발도 아무나 할 수 없겠네.'

지구의 모든 물품은 게이트 들어오는 순간 분해가 된다. 최신 기술이 적용된 비싼 기기조차 오래 버티지 못하고 일회용처럼 써야 하니 게이트 개발에는 엄청난 돈이 들었다.

중국 같은 경우는 정부 차원에서 막대한 물량과 자금을 쏟아붓고 있다고는 하나, 그 역시 한계가 극명했다. 이런 불가사의한 이유로 JW 게이트조차도 아직 개발이 더딘 것이다.

그럼에도 이진우가 도시 건설 계획을 세운 것은 대단한 일이었다.

진우가 크게 신경 쓰지 않아도 되는 부분이었다. 지금 가장 많이 신경을 써야 할 것은 역시 탐욕의 군주였다.

"나들이 가실 때 차질이 없도록 모든 조치를 다 하겠습니다!"

총지배인이 부복하면서 그렇게 말했다.

사냥터 입장 순서가 있었는데, 모조리 다 뒤로 빼버릴 분위기였다. 진우도 그편이 아주 편했지만 그래도 보상은 해주고 싶었다. 악명은 아무래도 명예 스택에 영향이 갔기 때문이다.

적당히 편의를 봐주도록 하자.

"순서가 뒤로 밀린 길드는 체류 기간을 두 배 정도 더 연장해 주는 것이 좋겠군. 가능한가?"

"그저 명령만 내리시옵소서!"

JW 황금 사냥터. 세계의 모든 길드가 가고 싶어 하는 곳이었다. 황금이 쏟아져 나오는 것보다 더한 가치를 지닌 곳이었고, JW가 엘도라도라 불리게 된 이유 중 하나이기도 했다. 워낙 인기가 많아 JW 게이트에 입장한 길드가 모조리 몰렸는데, 몬스터보다 사람이 많다는 우스갯소리가 있었다. 물론 순번까지 꽉 차 있어 대기하는 시간도 상당했다.

"모두 들었는가!"

"네!"

"주인님께서 나들이 가시는 길을 아주 싹 다 비우거라! 그리고 주인님의 위대한 자비를 칭송하게 만들도록 하라!"

고위 심사관들이 고개를 숙인 채로 물러나더니 복도를 달려 나가기 시작했다.

"우오오!"

"명령을 이행하라!"

고위 심사관들은 광신도처럼 침을 튀겨가며 그렇게 외치더니 달려 나갔다. 석상처럼 대기하고 있던 심사관들도 함성을 지르며 그들을 따랐다. JW 게이트로 몰려오는 용병들이 상당히 많다 보니 심사관들도 많았는데, 마치 영화나 만화 속에서나 나오는 이단 심문자 부대 같은 것들을 보는 것 같았다.

"……."

수년 동안 게이트에 있으니 현실 감각이 확실히 떨어진 것이 분명했다. 듣기로는 여러 보안상의 문제 때문에 게이트 안에서 평생 살기로 맹세했다고 한다. 진우의 명령 없이는 누구도 밖으로 나갈 수 없었다.

'어디서 저런 실력자들을 모았지?'

고위 심사관과 심사관은 인맥 같은 것으로 되는 것이 아니었다. 총지배인이 직접 뽑았고, 오로지 실력과 충성심만으로 결정되었다. 전과가 있든 인격 파탄자든, 사이코패스든 상관없었다. JW 게이트 안에서는 면책이었으니까.

총지배인이 하는 어떠한 교육을 받고 나면 모두 진우에게서 벗어날 수 없었다. 모두 자신을 극도로 찬양하니 속이 느글느글했다. 유나가 그런 진우의 모습을 보고 살짝 웃었다.

"후훗, 정말 매번 위대하시군요. 저도 처음 보는 광경입니다만 기분이 좋군요."

"놀리지 마라. 속이 안 좋아."

"충분히 버티실 수 있습니다. 지금까지 잘 해오시지 않았습니까?"

"그렇긴 한데⋯⋯."

아무것도 하지 않았는데 지치는 느낌이었다.

JW 게이트가 이진우의 힘이자 근간이었다. 이진우의 주요 충신들, 핵심 세력들은 대부분 JW 게이트 안에 있었다. 원작에서 게이트가 사라진 순간 세력이 약해진 것이 이해가 되었다.

아무튼, 총지배인이 오늘을 귀환 기념일로 삼아 축제를 연다는 것을 겨우 말린 진우였다.

레이첼은 신세계를 경험하고 있었다. 차라리 꿈을 꾸고 있다고 표현하는 것이 옳을 지경이었다. 나름 명망 높은 길드였지만 길드마스터인 그녀의 언니가 급사하면서, 급격한 쇠락을 맞이했다. 그 배후에 스네이크 실드 길드 연맹이 있다고 의심하고 있었지만, 증거가 없었다.

길드마스터의 공백을 수습하느라 의뢰를 취소할 수밖에 없어 막대한 위약금을 물게 되었다. 갱신 기간이 3년이나 남은 게이트 입장권을 담보로 간신히 운영해 나갔지만, 그것도 한계를 맞이했던 것이 바로 어제까지였다.

핵심 주축이었던 멤버들은 모두 스네이크 실드 길드 연맹으로 스카우트 되었고, 지금은 가족처럼 지내는 이들만 남아 있을 뿐이었다.

"그것도 어제까지! 크으!"

레이첼은 길드 통장에 꽂힌 금액을 떠올리며 웃을 수밖에 없었다. 빚을 갚고도 당분간 길드를 무리 없이 운영할 수 있을 정도로, 아니, 게이트 입장권을 입찰할 수 있을 정도의 금액이 꽂혀 있었다. 꿈이 아닌지 의심마저 들었다. 몇 번 눈을 감았다 떠도 현실이었다!

"레이첼, 기분이 좋아 보이는군."

"그럼 안 좋아요? 단위가 다르다고요! 단위가! 무진 대장도 입가가 씰룩쌜룩하시는데?"

"좋기야 하지만……."

레이첼과 다르게 무진은 신중한 표정이었다. 자금난이 바로 해소되었지만 무진은 여전히 깊은 생각에 빠져 있었다. 능력자가 되고 나서야 돈의 무서움을 알았다. 많은 돈은 많은 희생과 책임을 요구했다. 세상에 거저 주어지는 것은 없다. 능력자들의 세계에서는 더더욱 그러했다.

"자네도 알겠지만, 이 세계에서 공짜는 없어. 큰돈에는 큰 희생이 따르지. 돈과 목숨을 저울질해야 해. 용병은 그런 존재야."

"너무 부정적인 생각이 아닐까요? 요즘 용병 사망률도 크게 낮아졌는데……. 오히려 용병이 더 안전할 때도 있어요. 국제 대회만 해도 그래요. 기사들만 만날 죽어 나가지."

"그래도 그들은 현충원에 안장되지 않나. 보상도 확실하고 말이지. 하지만 우리는 말 그대로 개죽음이야. 시체조차 건지지 못할 때도 많지. 아무튼, 자네는 너무 긍정적인 것 같네만……."

"지금까지 안 좋은 일만 가득했으니 좋은 일도 일어나겠죠! 이미 계약을 했으니 돌아갈 수도 없고요. 복잡한 일들은 나중에 생각해요."

무진은 고개를 끄덕였다. 레이첼의 말이 맞았다. 이미 계약서에 사인해 버린 이상 돌아갈 수는 없었다. 위약금은 자신의 목뿐만 아니라 길드원 전부의 목을 내놓는다고 해도 감당이 되지 않았기 때문이다.

명백하게 '목숨을 걸어라. 너희는 예전으로 돌아갈 수 없다.' 라고 말하고 있었다.

'그래, 그것까지는 어떻게든 이해한다고 하지만…….'

무진은 슬쩍 자신 옆에 세워진 대검을 바라보았다. 이건 돈이 있다고 해서 구할 수 있는 물건이 아니었다. 무진은 길드원들에게 시선을 돌렸다. 모두 장비를 애지중지하면서 쓰다듬고 있었다. 흠집이라도 날까 봐 무척이나 조심히 다루는 모습.

'도대체 무슨 의도일까?'

무진은 머리가 지끈 아파 왔다. 혹시 자신이 형제로 생각하는 길드원들을 사지로 몰고 있는 것이 아닐까?

단순히 재벌의 유흥이라고 보기에도 힘들었다.

"크흐, 역시 진우 님이라니까."

"와, 뱀 놈들 표정 봤냐? 흐흐, 아주 오줌을 질질 쌀 것 같던데?"

"캬아! 게이트 안에서 이런 음식이라니! 진우 님 클라스 봐라."

이미 두 길드의 길드원들은 이진우에게 마음을 빼앗겨 버렸다. 자신이 저들의 마음을 얻으려 그동안 공들인 고생에 비하면 너무나 허무한 결과였다. 두 길드는 현재 JW 게이트의 상징이라고 할 수 있는 금빛 성 앞에서 아주 편안하게 대기하고 있었다.

메이드 복장을 한 이들이 고급 와인을 들고 다니며 잔을 채워주었다. 레이첼은 벌써 4잔째 비우고 있었는데, 무진은 그저 바라만 보고 있을 뿐이었다. 그녀는 노래까지 흥얼거렸다.

무진은 고개를 설레 저을 뿐이었다.

'저 메이드들도 보통이 아니군.'

무진은 메이드를 보면서 그렇게 생각했다. 마냥 아름다운 메이드로 보였지만 적어도 D+급 이상의 능력자였다. 발걸음을 옮길 때 소리가 전혀 들리지 않았다. 그림자조차 흐릿한 것으로 보아 아마도 암살 계열이 분명했다.

메이드복도 고급 소재로 보였다. 마력이 담기지 않은 칼날 정도는 쉽게 방어해 낼 것이 분명했다. 무진은 도저히 긴장을 풀 수 없었다. 실력자들 사이에서 태평하게 술을 마실 만큼 그는 낙천적이지 않았다.

"무진 대장, 그거 안 마실 거면 제가 마실게요!"

"음? 안 마신다고 하지는 않았네만……."

"벌써 분해되고 있잖아요! 아깝게."

"흠……."

무진은 결국 잔을 레이첼에게 건네주었다. 저런 성격인데 일에 들어가면 침착해지는 성격이 경이롭게 느껴질 정도였다. 하기야 그렇지 않고서는 이 바닥에서 버티지 못할 것이다.

레이첼은 젊은 나이임에도 불구하고 믿을 만한 용병이었다. 무진은 무력으로 강한 이들보다 레이첼같이 다방면으로 유능한 인물이야말로 진정한 인재라 생각했다.

"인상 좀 풀어요. 이런 호사가 어디 있겠어요. JW에 하이패스로 들어오다니! 평생에 한 번 들어오기도 힘든 곳이잖아요."

"입장권이 있더라도 입장 심사에서 탈락했겠지."

"그렇죠? 심사관이 지랄 맞기로 유명하잖아요. 예전에 심사 탈락에 반항했다가 이가 모조리 박살 났던 용병이 있었죠. 지금도 죽만 먹고 있대요."

"무서운 이야기로군."

"그런데! 그 심사관들이 우리에게는 엄청나게 잘해주잖아요? 이곳이나 다른 곳이나 목숨을 거는 건 똑같아요. 그러니 지금을 즐깁시다."

레이첼은 빙긋 웃었다.

무진은 살짝 한숨을 내쉬었다. 자신의 길드원들이 밝게 웃고 떠드는 모습을 정말 오랜만에 보게 되었다.

'레이첼의 말대로 너무 부정적으로 생각한 것일지도……'

무진이 그렇게 생각할 때였다. 저 멀리서 분주하게 움직이는 소리가 들렸다. 밖으로 향했던 다른 길드들이 모두 귀환하고 있었다.

무진은 무슨 일인가 싶어 자리에서 일어나 그쪽으로 다가갔다. 레이첼도 마찬가지였다. 손에 든 술잔은 놓지 않았지만 말이다.

무진은 밖에서 안으로 들어오고 있는 이에게 다가갔다. 국내 용병 순위 10위권 안에 드는 길드의 길드 마크를 단 전사였다. 아는 얼굴이었다.

레이첼이 먼저 입을 뗐다.

"실례합니다. 무슨 일이 있나요?"

"음? 그게…… 본래 우리 길드 입장 순서였는데요. 고위 심사관들이 오더니 모두 취소시켰어요. 무기한 입장 대기라는데……."

"네?"

레이첼은 그 말에 눈이 동그랗게 떠졌다. 사냥터로의 모든 입장이 무기한 연기가 된 것이다.

"기존 체류 기간보다 두 배 더 보장해 준다고 하니 불만은 없는데…… 무슨 일인지 참……. 그래서 길드의 수뇌부끼리 회의를 할 예정인가 봐요. 아, 오늘 개체 수도 많이 나오고 좋았는데……. 아시다시피 이번 주가 대규모 리젠이 되는 기간이잖아요?"

"두 배라…… 그래도 큰 이득이네요."

"그쪽도 몸조심하세요. 요즘 들어 심사관들의 행패가 심합니다."

레이첼의 말에 그는 고개를 끄덕였다. 수뇌부 회의는 아마 2배로 늘어난 체류 기간을 어떻게 사용할지에 대한 회의가 분명했다. 불만이 있기는 하지만 전반적으로 이해하며 반기는 분위기였다.

많은 인파가 빠져나와 천막들이 뭉쳐 있는 곳으로 갔다. 길드들이 세운 대규모 주거시설이었다. 수천의 인원을 수용할 수 있을 만큼 컸다. 어느 게이트든 사냥터와 이어진 광장은 늘 북적였는데, 지금은 용병의 그림자도 찾아볼 수 없었다.

규모가 컸던 JW 광장이 싹 다 비어 있었다. 마치 사제처럼 하얀 복장을 한 심사관들이 땀을 뻘뻘 흘리면서 엄청난 속도로 뛰어다니고 있었다. 잔상을 그리는 속도였다.

"광장을 싹 다 비우라신다!"

"빨리빨리 움직여!"

"누가 걷나! 뛰지 못해?"

그 게을러터지기로 유명한 JW 게이트 심사관들이 마치 이등병처럼 뛰어다녔다. 고위 심사관들도 마찬가지였다.

무진과 레이첼은 그 광경을 멍하니 바라보았다.

"무슨 일일까요?"

"글쎄, 확실히 보통 일은 아닌 것 같군."

"우리는 여기 있어도 되겠죠?"

"아마도 그런 것 같은데……."

이제 오로지 무진과 레이첼의 길드만이 남아 있을 뿐이었다.

메이드가 조용히 무진과 레이첼에게 다가왔다. 다른 메이드들과는 다르게 하얀 복면을 한 메이드였다. 고위 심사관들과 동급 지위로 보였다.

무진은 기척을 느끼고 흠칫 놀라며 물러났고, 레이첼도 깜짝 놀라긴 마찬가지였다. 기척을 드러내지 않았다면 알아차리지 못했을 것이다.

"곧 움직여야 하니 준비하라고 하십니다."

메이드는 정중하게 고개를 숙이고는 사라졌다. 고위 심사관들과 메이드들이 일렬로 서며 대기했다.

그때 총지배인이 무진과 레이첼에게 다가왔다.

"흠, 영 믿음직스럽지 못하군. 기사급도 아니고 이런 잡것들을 뽑으시다니……. 내가 이해하지 못하는 위대한 계획이 있으시겠지만……."

그렇게 말한 총지배인은 차가운 눈빛으로 무진과 레이첼을 살펴보았다. 둘은 온몸이 얼어붙는 감각에 몸이 절로 떨렸다.

'……기사 학살자.'

입구에서는 용병들에게 시선조차 주지 않았던 총지배인이었다. 그의 눈빛을 받으니 그에 대한 소문이 모두 진실임을 깨달을 수 있었다. 자세한 내막은 몰랐지만 기사 몇과 비공식 대결을 해서 말 그대로 학살했다는 소문이 있었다. 일본 기사 중에 외팔이 되어 은퇴한 기사가 있었는데, 저 총지배인이 그렇게 만들었다는 설이 지배적이었다. 강단이 있는 무진이라도 시선을 피할 수밖에 없었다.

레이첼의 안색은 새파랗게 변해 있었다.

"네놈들이 감히 누구를 모시는지 명심하도록 해라."

무진은 간신히 고개를 끄덕였고, 레이첼도 고개를 끄덕이고 침을 꿀꺽 삼켰다. 둘의 표정이 풀어질 줄을 몰랐다.

총지배인은 그런 표정이 마음에 들지 않는지 살짝 눈썹을 구겼다.

"곧 주인님께서 행차하신다. 웃어라. 입을 찢어버리기 전에."

무진과 레이첼은 간신히 입꼬리를 올렸다. 굳은 표정에 억지로 웃으려 하니 볼이 부들부들 떨었다.

둘은 진우가 나올 때까지 표정을 풀 수 없었다.

생각보다 준비 시간이 길었다. 의복을 맞추는데 꽤 시간이 걸렸는데, 게이트 밖에서보다 몇 배나 더 신경을 쓰는 느낌이었다.

'나쁘지 않네.'

D+랭크에 달하는 복장이었다. 검은 황제 세트라는 이름이 붙어 있었는데, 방어력과 내구성도 대단했지만, 기품과 매력 스탯이 상당히 높았다. 희귀한 재료를 한 땀 한 땀 땋아서 만든 역작이라고 한다.

진우는 서재를 잠시 둘러보았다. 게이트에서 발견된 고서적들이 가득 꽂혀 있었다. 당연하게도 지구상의 그 어떤 언어도 아니었기 때문에 아직 해석이 안 된 것투성이였다. 대선대학교가 게이트 문자 해석 분야에서 최고이기는 하지만, 진우만큼은 아닐 것이다. 정보의 마안이 있었으니 말이다.

'음……'

누군지 모를 자들이 써놓은 일기나, 잡스러운 서적이 전부였다. 혀가 돌이 되는 서적, 피부에 독버섯이 자라나는 서적, 성별이 반전되는 서적 등 함부로 해석했다가는 큰일 나는 저주받은 서적들도 있었다.

막말로 주인공이 돈을 벌고자 했다면 감정 업체만 차렸어도 큰돈을 벌었을 것이다. 해석이 완료된 안전한 기술 서적이 굉장한 가치를 지닌 것은 이 때문이었다. 유명한 용병 중 하나가 저주받은 서적을 잘못 만졌다가 폭삭 늙어버린 것은 유명한 일화였다.

"오, 괜찮은데?"

[C]몬스터 요리 백과
몬스터 요리의 대가가 작성한 책.
심상치 않은 기운이 잠들어 있다.

간략한 설명이었다. C랭크는 지구에서는 보기 힘든 고위 랭크였다. 저주가 걸린 서적도 아니니 익혀보기로 했다. 그냥 썩히기에는 너무 아까웠기 때문이다.

정보의 마안으로 빠르게 습득했다. 그동안 익힌 기술을 바탕으로 새롭게 해석되어 익혀졌다.

[C+]매혹의 요리법
"요리 과정은 아름다울 것이며 결과는 매혹적일 것이다."
아름답고 매혹적인 요리를 만들어내는 요리 기술.

환상의 종족이 남긴 수천 가지의 요리법이 담겨 있다.

이는 단순한 요리법이 아니라 거의 연금술에 가까운 영역이다. 어떤 재료를 쓰든 최고의 레시피를 뽑아낼 수 있다. 매혹의 요리법으로 작성된 레시피는 특수한 효과를 가지게 된다.

*미각 상승(매혹 효과): 요리를 먹을 동안 미각이 다섯 배로 발달한다.

*매력 상승: 요리를 하는 동안 매력이 큰 폭으로 상승한다.

*요리법 작성: 요리 레시피를 작성한다. 레시피를 토대로 만든 요리는 특수한 효과가 부여된다. 훔쳐 간 레시피로는 효과가 발휘되지 않는다.

꽤 재미있는 기술로 변모했다. 자취하면서도 늘 시켜 먹었던 터라 김치찌개도 겨우 끓였던 진우였다. 꽤 실용적인 기술이라고 생각했다. 가끔은 요리를 해 먹고 싶어질 때가 있었기 때문이다.

그때 유나가 서재로 들어왔다.

"준비가 끝났습니다. 총지배인이 요란하게 준비한다는 걸 말렸습니다."

"잘했어. 사람은 좋은데 좀 요란해서 말이지."

"간단하게 환송한다고 하는데, 그건 말릴 수 없었습니다. 충심을 헤아려 주시지요."

그것까지는 막을 수 없었다. 그렇게 했다가는 총지배인은 자신의 불충 탓 으로 여겨 스스로 벌을 줄지도 몰랐다. 충분히 그리고도 남을 사람이었다.

밖으로 나가니 고위 심사관들과 메이드들이 꽃잎을 뿌렸다. 총지배인이 함박웃음을 지으며 손뼉을 치자, 나머지 용병들도 뻘쭘하게 따라서 손뼉을 쳤다.

모두 어색하게 웃고 있었다.

이 무슨 미친 광경이란 말인가. 빨리 벗어나도록 하자.

일부러 빠른 걸음으로 벗어나 드디어 사냥터로 향했다. 총지배인의 부담스러운 눈길을 간신히 뿌리칠 수 있었다.

'일단 위험도가 낮은 곳부터⋯⋯.'

현재 향하는 곳은 위험도가 낮지만, 값어치가 높은 것들이 나오는 곳이었다. 현재까지 밝혀진 JW 게이트 사냥터 중 가장 노다지였다. 워낙 인기가 많아 몬스터보다 사람이 많은 그런 곳이었는데, 지금은 인기척이라고는 느껴지지 않았다.

'현실에서 사냥터 통제를 하다니⋯⋯.'

사냥터 통제합니다!

게임에서도 어려운 것이 현실에서 일어나고 있었다.

to be continued

만 년 만에 귀환한 플레이어

나비계곡 퓨전 판타지 장편소설
WISHBOOKS FUSION FANTASY STORY

어느 날, 갑작스럽게 떨어진 지옥.
가진 것은 살고 싶다는 갈망과 포식의 권능뿐.

일천의 지옥부터 구천의 지옥까지.
수십만의 악마를 잡아먹고 일곱 대공마저 무릎 꿇렸다.

"어째서 돌아가려 하십니까?"
"김치찌개가… 김치찌개가 먹고 싶다고."

먹을 것도, 즐길 것도 없다.
있는 거라고는 황량한 대지와 끔찍한 악마뿐!

"난 돌아갈 거야."

「만 년 만에 귀환한 플레이어」

비츄 게임 판타지 장편소설

만렙 플레이어

가상현실 게임 올림푸스에 드디어 입성했다.
그런데…… 납치라고!?

강제로 시작된 20년간의 지옥 같은 수련 끝에
마침내 레벨 99가 되었다.
그렇게 자유를 만끽하려던 순간.

정상적인 경로를 통한 레벨 업이 아닙니다.
시스템 오류로 레벨이 초기화됐다.

"이게 무슨 개 같은 소리야!!"

그런데, 스탯은 그대로다?!
게다가 SSS급 퀘스트까지!

한주혁의 플레이어 생활은
이제부터가 시작이다!